人民共和國文化與文學叢書

三　編

李　怡　主編

第 4 冊

鄉土小說與鄉村中國（上）

賀　仲　明　著

花木蘭文化出版社

國家圖書館出版品預行編目資料

鄉土小說與鄉村中國（上）／賀仲明 著 -- 初版 -- 新北市：花
木蘭文化出版社，2016〔民 105〕
目 2+196 面；19×26 公分
（人民共和國文化與文學叢書 三編；第 4 冊）
ISBN 978-986-404-651-5（精裝）
1. 鄉土文學 2. 中國小說 3. 文學評論
820.8   105012607

特邀編委 (以姓氏筆畫為序)：

吳義勤　孟繁華　張　檸
張志忠　張清華　陳思和
陳曉明　程光煒　劉福春
（臺灣）宋如珊
（日本）岩佐昌暲
（新西蘭）王一燕
（澳大利亞）鄭　怡

人民共和國文化與文學叢書
三 編 第四 冊　　　　　ISBN：978-986-404-651-5

鄉土小說與鄉村中國（上）

作　　者　賀仲明
主　　編　李　怡
企　　劃　北京師範大學民國歷史文化與文學研究中心
　　　　　四川大學現代中國文化與文學研究中心
總 編 輯　杜潔祥
副總編輯　楊嘉樂
編　　輯　許郁翎、王　筑　美術編輯　陳逸婷
印　　刷　普羅文化出版廣告事業
出　　版　花木蘭文化出版社
社　　長　高小娟
聯絡地址　235 新北市中和區中安街七二號十三樓
　　　　　電話：02-2923-1455／傳真：02-2923-1452
網　　址　http://www.huamulan.tw 信箱 hml810518@gmail.com
初　　版　2016 年 9 月
全書字數　326728 字
定　　價　三編20 冊（精裝）台幣36,000 元

鄉土小說與鄉村中國（上）

賀仲明　著

作者簡介

賀仲明，男，湖南省衡東縣人，1966 年生，文學博士。現爲暨南大學文學院教授，博士生導師。兼任中國新文學學會副會長，《新文學評論》副主編，中國作家協會會員。已獨立出版學術著作《中國心象——20 世紀末作家文化心態考察》《一種文學與一個階層——中國新文學與農民關係研究》《喑啞的夜鶯——何其芳評傳》《重建我們的文學信仰》等 6 部，在《中國社會科學》《文學評論》《文藝研究》《讀書》等刊物發表學術論文 160 餘篇。獲各類獎勵多項。

提　　要

　　20 世紀中國鄉村社會發生了巨大的政治和文化變遷，以之爲書寫對象的鄉土小說也取得了較爲突出的文學成就，那麼，這些創作與現實之間有著什麼樣的複雜關係，作家的心靈世界、文學的形象世界又因爲現實變化而發生了什麼樣的嬗變？特別是這些政治和文化變遷又複雜地糾結著傳統與現代、本土與世界的變革關係，因此，對鄉土小說的分析研究既關聯著文學的審美，卻又不單是文學內部的事情，而是與大的文化變遷息息相關。本書全面梳理了 20 世紀中國鄉土小說的發展歷史，展示了諸如土地改革、農業合作化、1980 年代鄉村改革等重要鄉村政治在文學中的書寫狀況，展示了鄉土小說創作的基本類型及其嬗變軌跡，更深入剖析了鄉土小說在中國發展存在的多重困境，對鄉土小說發展不同階段的一些重要問題進行了全面的反思和檢討，結合現實文化變革，對鄉土小說的未來發展進行了展望。同時，本書還結合具體文學作品，對孫犁、趙樹理、莫言、張煒、賈平凹、韓少功等重要鄉土作家進行了深入的心靈開掘，檢討了《平凡的世界》等重要文學現象。可以說，本書既關注了鄉土小說的整體發展趨勢和精神脈絡，又細緻分析了小說作家的心靈世界和文學作品的美學風貌，是對中國新文學鄉土小說全面而富有深度的透視。

正在成為「知識」建構的中國現當代文學研究——「人民共和國文化與文學叢書」三輯引言

李　怡

一

　　回顧自所謂「新時期」以來的中國現當代文學研究的發展，我們會明顯發現一條由熱烈的思想啓蒙到冷靜的知識建構的演變軌跡：1980 年代的鋪天蓋地的思想啓蒙讓無數人爲之動容，1990 年代以來的日益冷靜的學科知識建構在當今已漸成氣候。前者是激情的，後者是理性的，前者是介入現實的，後者是克制的，與現實保持著清晰的距離，前者屬於社會進步、思想啓蒙這些巨大的工程的組成部分，後者常常與「學科建設」、「知識更新」等「分內之事」聯繫在一起。

　　當文學與文學研究都承載了過多的負荷而不堪重負，能夠回返我們學科自身，梳理與思索那些學科學術發展的相關內容，應當說是十分重要的。很明顯，正是在文學研究回返學科本位之後，我們才有了更多的機會與精力來認眞討論我們自己的「遊戲規則」問題——學術規範的意義，學術史的經驗，以及學科建設的細節等等。而且，只有當一個學科的課題能夠從巨大而籠統的社會命題中剝離出來，這個學科本身的發展才進入到一個穩定有序的狀態，只有當旁逸斜出的激情沉澱爲系統的知識加以傳播與承襲，這個學科的思想才穩健地融化爲文明體系的有機組成部分。從這個意義上說，正在成爲「知識」建構的中國現當代文學研究，是我們學科成熟的眞正標誌。

　　當然，任何一種成熟都同時可能是另外一些新的危機的開始，在今天，當我們需要進一步思考學科的發展與學術的深化之時，就不得不正視和面對這樣的危機。

二

　　當中國現當代文學研究在日益嚴密的「學術規範」當中成爲文明體系知識建設的基本形式，這是不是從另外一個方向上意味著它介入文明批判、關注當下人生的力量的某種減弱，或者至少是某些有意無意的遮蔽？

　　學術性的加強與人生力量的減弱的結果會不會導致學科發展後勁的暗中流失？例如，在 1980 年代，中國現當代文學研究的曾經輝煌在很大程度上得之於廣大青年學子的主動投入與深切關懷，在這種投入與關懷的背後，恰恰就是中國現當代文學研究的人生介入力量：中國現當代文學與廣大青年思考中、探索中的人生問題密切相關。在這個時候，中國現當代文學的存在主要不是作爲一種「學科知識」而是自我人生追求的有意義的組成部分。在那個時候，不會有人刻意挑剔出現在魯迅身上的「愛國問題」、「家庭婚姻問題」乃至「藝術才能問題」，因爲魯迅關於「立人」的設想，那些「任個人而排眾數，掊物質而張靈明」的論述已經足以成爲一個「重返人性」時代的正常的人生的理直氣壯的張揚。同樣，在「五四」作家的「問題小說」，在文學研究會「爲人生」，在創造社曾經標榜「爲藝術」，在郭沫若的善變，在胡適的溫厚，在蔡元培的包容，在巴金的眞誠，在徐志摩的多情，在蕭紅的坎坷當中，中國現當代文學不斷展示著它的「回答人生問題」的能力，而中國現當代文學研究則似乎就是對這些能力的細緻展開和深度說明。今天的人們可能會對這樣的提問方式及尋覓人生的方式感到幼稚和不切實際，然後，平心而論，正是來自廣大青年的這份幼稚在事實上強化了中國現當代文學的魅力，造就和鞏固了一個時代的「專業興趣」。今天的學術界，常常可以讀到關於 1980 年代的批判性反思，例如說它多麼的情緒化，多麼的喪失了學術的理性，多麼的「西化」，也許這些反思都有它自身的理由，然而，我們也不得不指出，正是這些看似情緒化的中國現當代文學研究方式，不斷呈現出某些對現實人生的傾情擁抱與主體投入，來自研究者的溫熱在很大的程度上煽動了青年學子的情感，形成了後來學術規範時代蔚爲大觀的學術生力軍。

　　從 1980 到 1990，從「人生問題」的求解到「專業知識」的完善，這樣的轉換包含了太多的社會文化因素，其中的委曲非這篇短文所能夠道盡。我這裏想提到的一點是，當眾所週知的國家政治的演變挫折了知識分子的政治熱情，是否也一併挫折了這份熱情背後的人生探險的激情？當知識分子經濟地位的提高日益明顯地與專業本位的守衛相互掛靠的時候，廣大的中國現當代

文學工作者的自我定位是否也因此已經就發生了根本性的改變？

而這些自我生存方式的改變是不是也會被我們自覺不自覺地轉化爲某種富有「學術」意味的冠冕堂皇的說明？

如果眞是這樣，那麼，作爲今天的文學研究者，我們不僅要保持一份對於非理性的「激情方式」的警惕，同樣也應該保持一份對於理性的「學術方式」的警惕。

三

在中國現當代文學研究日益成爲知識建構工程的今天，有一種流行的學術方式也值得我們加以注意和反思，這就是「知識社會學」的研究視野與方法。

知識社會學（sociology of knowledge）著力於知識與其它社會或文化存在的關係的研究。其思想淵源雖然可以追溯到歐洲啓蒙運動以來的懷疑論傳統和維科的《新科學》，首先使用這一詞彙的是 1924 年的馬克斯·舍勒，他創用了 Wissenssoziologie 一詞，從此，知識社會學作爲一門獨立的學科確立了起來。此後，經過卡爾·曼海姆、彼得·伯格和托馬斯·盧克曼的等人的工作，這一研究日趨成熟。1970 年代以後，知識社會學問題再次成爲西方社會科學研究中的焦點。據說，對知識的考察能夠從知識本身的邏輯關係中超越出來，轉而揭示它與各種社會文化的相互關係，乃是基於知識本身的確在一個充滿了文化衝突、價值紛爭的時代大有影響，而它所置身的複雜的社會文化力量從不同的方向上構成了對它的牽引。

同樣，文化的衝突與價值的紛爭不僅是 1990 年代以降中國知識界的普遍感受，它們更好像是中國近現當代社會發展過程的基本特徵。中國現當代文化的種種「知識」無不體現著各種文化傳統（西方的與古代的）、各種社會政治力量（政黨的、知識分子的與民間的、國家的）彼此角逐、爭奪、控制、妥協的繁複景象，中國現當代文化的許多基本概念，如眞、善、美，「爲人生」、「爲藝術」、現實主義、浪漫主義、現當代主義、古典主義、象徵主義、生活等等至今也沒有一個完全統一的解釋，這也一再證明純知識的邏輯探討往往不如更廣闊的社會文化的透視，此種情形聯繫到馬克思「社會存在決定社會意識」這一著名的而特別爲中國人耳熟能詳的觀點，當更能夠見出我們對「知識社會學」的強大的需要。事實是，在西方知識社會學的發生演變史上，馬

克思的確就是為知識社會學給出了一條基本原理，即所有知識都是由社會決定的。正如知識社會學代表人物曼海姆所指出的那樣：「事實上，知識社會學是與馬克思同時出現：馬克思深奧的提示，直指問題的核心。」〔註1〕

今天的中國現當代文學研究，正需要從不同的角度揭示出精神的產品背後的複雜社會聯繫。這樣的揭示，將使我們的文化研究不再流於空疏與空洞，而是通過一系列複雜社會文化的挖掘呈現其內部的肌理與脈絡，而這樣的呈現無疑會更加的理性，也更加的富有實證性，它與過去的一些激情式的價值判斷式的研究拉開了距離。近年來，學術界比較盛行的關於現當代傳媒與現當代文學關係、現代社會體制與現當代文學關係、現代政治文化與現當代文學關係、現代經濟方式與現當代文學關係等等的探索都是如此。

當然，正如每一種研究方式都有它不可避免的局限一樣，知識社會學的視野與方法也有它的限度。具體到中國現當代文學的闡釋當中，在我看來，起碼有兩個方面的局限值得我們加以注意。

其一是「關係結構」與知識創造本身的能動性問題。知識社會學的長處在於分析一種知識現象與整個社會文化的「關係」，梳理它們彼此間的「結構」，這樣的研究，有可能將一切分析的對象都認定為特定「結構」下「理所當然」的產物，從而有意無意地忽略了作為知識創造者的各種能動性與主動性，正如韋伯認為的那樣，把知識及其各種範疇歸併到一個以集體性為基礎的潛在結構之中容易導致忽視觀念本身的能動作用，抹殺人作為主體參與形成思想產品的實踐活動。關於中國現當代文學的研究也是如此，一方面，我們應該對各種社會文化「關係網絡」中的精神現象作出理性的分析，但是，在另一方面，卻又不能因此而陷入到「文化決定論」的泥沼之中，不能因此忽略現代中國知識分子面對種種文化關係之時的獨立思考與獨立選擇，更不能忽視廣大知識分子自身的生命體驗。在最近幾年的中國現當代文學與現當代文化研究當中，我以為已經出現了這樣的危險，值得我們加以警惕。

其二便是知識社會學本身的難題，即它學科內部邏輯所呈現出來的相對主義問題。正如默頓指出的那樣，知識社會學誕生於如下假定，即認為即使是真理也要從社會方面加以說明，也要與它產生於其中的社會聯繫起來，因為不僅謬誤、幻覺或不可靠的信念，而且真理都受到社會（歷史）的影響，這種觀念始終存在於知識社會學的發展中。西方批評界幾乎都有這樣的共

〔註1〕曼海姆：《知識社會學導論》中譯本 97 頁，臺灣風雲論壇有限公司 1998 年。

識：知識社會學堅持其普遍有效性要求就意味著主張所有的知識都是相對的，所以說全部知識社會學都面臨著一個共同的相對主義問題，知識社會學止步於眞理之前，因爲這門學科本身即產生於用一種對稱的態度看待謬誤和眞理。應該說，中國現代文化的發展本身是一個「尙未完成」的過程，包括今天運用著知識社會學的我們，也依然置身於這樣的歷史進程，作爲一個時代的知識分子，並且必須爲這樣的過程做出自己的貢獻，因而，即便是學術研究，我們也沒有理由刻意以學術的所謂中立性去消解我們對眞理本身的追求和思考，我們不能因爲連續不斷的「關係結構」的分析而認爲所有的文化現象都沒有歷史價值的區別，在這裏，「公共知識分子」的精神應該構成對「專業知識分子」角色的調整甚至批判，當然，這首先是一種自我的反省與批判。

總之，知識社會學的視野與方法無疑有著它的意義，但是，同樣也有著它的限度，在通常的時候，其研究應該與更多的方法與形式結合在一起，成爲我們思想的延伸而不是束縛。

在中國現當代文學研究日益成爲「知識化」過程一部分的時候，我們能夠對我們所依賴的知識背景作多方面的追問，應當是一件富有意義的事情。

目次

理論部分

新文學與農民：和諧與錯位
——對新文學與農民關係的檢討

一、

　　中國是一個歷史悠久的農業國家，即使是在已經初步進入到工業化階段的二十一世紀初，它的大多數子民還依然是農民身份。在長期的等級森嚴的中國封建社會中，農民的地位始終是最低的。雖然有所謂「士農工商」四民等級之說，但實際上，除了個別農民通過農民起義的極端方式獲得過非常態的利益外，它基本上是以沉默和分散的姿態承受著社會最大的壓力和最多的災難。由於文字普及和社會等級制的限制，農民自身的文學始終以邊緣和低層次的狀態生存，在歷史上，它只通過有限的幾次「民歌采風」得以部分保留，除此之外，它幾乎湮沒在歷史的流變之中，沒有得到自足的呈現。

　　在封建等級制觀念的影響下，中國傳統主流文學對農民這一群體基本上是漠視的。正如五四文學先驅們所批評的：中國傳統文學，「其內容則目光不越帝王權貴、神仙鬼怪，及其個人之窮通利達。所謂宇宙，所謂人生，所謂社會，舉非其構思所及」〔註1〕。它所承擔的主要是爲封建帝王做「家譜」和爲封建文化「載道」的任務，最多還加上文人們的自我抒懷和相互唱和，農民階層的生活和聲音是很少被反映到其中的。顯然，以「沉默的大多數」來形容中國歷史和傳統文學中的農民，無疑是合適的。

　　中國新文學誕生以後，這種情況有了大的改變。這首先是因爲新文學面

〔註1〕陳獨秀：《文學革命論》，《新青年》第2卷第6號，1917年2月。

向大眾的基本宗旨，中國新文學自誕生之日起，就矢志於「平民文學」和「人的文學」，決心革除傳統文學與社會大眾相疏離的積弊，農民作爲社會大眾的主體成員，自然會與它相遇。正因爲這樣，新文學的第一個小說家魯迅在開始自己的創作生涯不久後，就將筆觸伸進了農民生活這一領域，並以不懈的姿態將它作爲自己始終的關注對象之一。此後近一個世紀的新文學發展，鄉村和農民一直是其最重要的文學場景和文學形象，鄉土題材成了新文學中最興盛、影響最大、成就最高的創作。它們之間的關係也構成了新文學精神聯繫中最重要的部分之一。

新文學的基本指導思想，給予了新文學作家與農民之間深在精神淵源充分展示的機會。由於中國社會的構成特點，新文學的作家們絕大多數都是來自於鄉村，他們的童年和少年時代也多在農村中度過，並普遍有血緣和親情之根牽繫在鄉村之中，他們的精神文化也不可避免要受到農民文化的影響。在傳統的封建文化背景下，這種情感和文化聯繫往往處在受壓抑的位置，階級間的巨大差異和「文以載道」的思想重負，使作家們不可能公開表示對農民的精神親和，最多不過是抒發一些「憫農」的情懷而已。但新文學引進的「民主」、「平等」思想，以及所遵循的「人的文學」主張，卻使作家們與農民的情感和文化聯繫有了充分呈現的可能。事實上，在新文學的大多數歷史上，許多作家並不避諱自己與農民的情感和文化關係，如沈從文、師陀、賈平凹等作家更公開以「我是農民」的身份自居，也不乏趙樹理、浩然等作家以「爲農民寫作」作爲自己顯在或隱在的精神指向。當然，在二十世紀的中國，無論是在物質還是在文化方面，農民還並沒有取得與其它階層真正的平等，還有不少的作家對自己的農民出身，甚至爲自己創作的「農村題材」而感到精神的壓力。即使是像沈從文、賈平凹等公開以自己農民身份爲自傲的作家，內心深處其實也未嘗沒有更複雜的心態，浩然等作家的姿態和創作實際之間更存在著政治主導的根本性精神反差〔註2〕。但是，不管怎麼樣，在農民生活迅速進入新文學創作並很快成爲主體內容的同時，作家於鄉村的關懷，與鄉村的文化聯繫，也必然會進入文學世界，並對他們的創作產生直接

〔註 2〕浩然的創作很值得反思，他所宣稱的創作姿態和作品實際之間存在著不可彌合的反差，這一反差甚至是作家自己都意識不到的。因爲作家的主體精神已經在很大程度上被政治化了，也許他有對農民的深厚情感，並在主觀上希望代表的是農民，但實際上他代表的主要是時代政治觀念。政治已經成爲他血脈中最深刻的部分，壓制了農民文化在他精神中的生長。

而深刻的影響，使鄉村題材創作成爲新文學最主流創作的同時，鄉村關注也成爲縈繞許多作家整個創作生涯的基本精神。所以，儘管就主體精神而言，新文學是以西方現代文化爲主導，其文學形式也主要以西方文學爲榜樣，但農民文化對新文學的影響卻是深刻而複雜的，包括在文學觀念和文學審美上，農民文學的色彩和傳統也會自覺不自覺地在新文學中留下自己的印記。

新文學與農民的密切關係還與二十世紀的社會環境有關。新文學發展的近一個世紀歷史，正是中國革命的進行與成功之時，農民在這一革命中承擔了主力的角色，尤其是在特殊的戰爭政治時代中，農民和鄉村的意義被深刻地與毛澤東的「馬克思主義本土化」經驗相結合起來，在一定程度上說，它們代表的是本土生活，也被賦予了特別的精神內涵。此外，建國後鄉村生活複雜而廣泛的政治改革運動，也深刻地影響了新文學與農民之間的關係。儘管在特殊的政治時代下，這種關係可能是一柄雙刃劍，它既促進了新文學對鄉村的關注，卻也傷害了新文學的自主性，並在深層次上傷害了新文學與農民的內在和諧。但從另一方面講，在時過境遷之後，它又可能促進新文學對這一關係的深層反思，「文革」後新文學鄉村題材創作取得了超越以往的更高成就，正可以看做是這一反思的直接結果。

二、

新文學與農民關係和諧最直觀的表現，自然是以鄉村和農民爲敘述對象的文學創作，也就是一般稱爲「鄉土文學」的作品。但是，「鄉土文學」概念與鄉村和農民之間又存在著一定的錯位，或者說，這一概念中的文化內涵蓋過現實內涵，不僅是反映鄉村和農民生活，更是反映鄉土文化意識的。正因爲這樣，當敘寫鄉村的新文學發展到二十世紀五十到七十年代，其現實意味勝過了文化意味，也就不被人們當做「鄉土文學」來看待，而普遍被稱做「農村題材小說」。也有人因此而放棄了「鄉土文學」的概念，轉而以「鄉村題材文學」來代替。混亂概念背後折射的是新文學與鄉村和農民之間的疏離，也內在寓含著知識分子的精英立場。我以爲，要談新文學與農民的關係，也許需要拋開「鄉土文學」，改用「農民文學」的概念。儘管這一概念還沒有成爲大家的共識，但它確實是客觀的存在，其基本內涵是：將農民作爲文學的服務對象，或者自覺將文學創作作爲農民的代言工具。在新文學歷史上，「農民文學」經歷了幾起幾落的複雜過程，更蘊涵著複雜的內在變遷：

（一）起始階段

「農民文學」的萌芽階段是在三十年代初。在這之前，雖然有李大釗早在一九二七年就寫出《青年與農村》，提出「我們中國是一個農國，大多數的勞工階級就是那些農民。他們若是不解放，就是我們國民全體不解放；他們的愚黯，就是我們國民全體的愚黯；他們的生活利病，就是我們政治全體的利病」。並號召青年們「開發他們，使他們知道要求解放，陳說痛苦」〔註3〕，有魯迅在《故鄉》等作品中書寫了鄉村和農民，但是，新文學最初並沒有明確將農民作為自己的主要接受對象。換句話說，新文學作家們雖然也寫農民，甚至將農民和鄉村作為主要的書寫對象，但是，在作家們的意識中，農民只能是啓蒙對象，改造對象，同情對象，而不是服務對象，所以，他們提出的「平民文學」內涵很模糊，或者說基本上是將農民排除在外的。這一點正如四十年代有人的批評：「他們所謂『平民』其實是意指著市民而不是工農大眾，所謂平民文學，其實是市民文學，不是『大眾自己的文藝』。」〔註4〕

最早表現出「農民文學」意識的作家是郁達夫，他在大革命失敗後創辦《大眾文藝》的刊物，明確表示「我們的新文藝……獨於農民的生活，農民的感情，農民的苦楚，卻不見有人出來描寫過，我覺得這一點是我們的新文藝的恥辱」〔註5〕，並發表《論農民文學》等文章，在對文學現狀的批評之餘，表達了對「農民作家」的期待：「可是在現代的中國，從事於文學創作的人，還是以小資產階級或資產階級的人居多，真正從田裏出來的農民詩人，或從鐵工廠裏出來的勞動詩人，還不見得有。」〔註6〕

正是在這種背景下，越來越多的新文學作家開始將筆觸深入到鄉村世界，關注起農民的生活。這其中，三十年代左翼文學是最為突出的。從革命的功利角度出發，激進的左翼作家們特別希望能夠更大範圍地鼓動大眾（大眾中最主要的成員自然是農民）。這樣，在強調文學的通俗化、大眾化的同時，蔣光慈的《田野的風》、丁玲的《水》、華漢的《地泉》等作品將農民生活納

〔註3〕李大釗：《李大釗文集》，人民出版社1999年版。

〔註4〕《新文藝民族形式問題座談會上潘梓年同志的發言》，《新華日報》1940年7月4日。

〔註5〕郁達夫：《農民文藝的提倡》，《郁達夫文集》（五），生活・讀書・新知三聯書店1982年版，第282頁。

〔註6〕郁達夫：《〈鴨綠江上〉讀後感》，《郁達夫文集》（五），生活・讀書・新知三聯書店1982年版，第253頁。

入視野，部分地描繪了鄉村生活世界，再現了鄉村災難，傳達了革命的宣傳思想。而最有代表性的是真正來自於農民階層的作家葉紫，他以自己的創作爲魯迅的話作了清晰的佐證：「別階級的文藝作品……倘寫下層人物罷，所謂客觀其實是樓上的冷眼，所謂同情也不過空虛的布施，於無產者並無補助。」〔註7〕葉紫的作品滲透了自己親人的血淚和自己的艱辛，其情感也自然密切聯繫著底層的農民大眾：「只有一類人爲葉紫活著，他活著也就是爲他們，那被壓迫者，那哀哀無告的農夫，那苦苦在人間掙扎的工作者。」〔註8〕他的作品中包含著較強的政治內涵，但在那一特殊時代下，這種政治內涵並不割裂於農民生活，相反，它正是時代農民生活的重要組成部分。

但是，我們應該注意到的是，就大部分的所謂「農民文學」理論和創作而言，實質上存在著巨大的自我矛盾。或者說，他們儘管在口頭上高喊「農民」和「大眾」，表示對包括魯迅《阿Q正傳》在內的五四文學精英姿態的否定和批判，但實質上，他們自己也並沒有脫離這種姿態。正如有學者對瞿秋白的分析：「在三十年代，瞿秋白很少使用『民間文學』這個詞，他總是講『平民文學』，意即『市民文學』。因爲在他看來，民間文學是散漫的社會成分——農民的創作，沒有什麼重要的價值……瞿秋白的無產階級新型語言文學，幾乎沒有給『農民文學』留下一席位置。他認爲農民與無產階級不同，農民的語言是原始、粗魯的語言。」〔註9〕瞿秋白的思想代表的是這時期絕大多數知識分子的思想，也顯示出「農民文學」在這時期的表面化和簡單化。

（二）發展階段

正是在上述意義上，毛澤東於一九三九年所提出的「新鮮活潑的、中國老百姓所喜聞樂見的中國作風和中國氣派」〔註10〕就有了它極強的針對性，它不只是在題材上號召作家們寫農民，更明確表示作家們的創作方向應該以「老百姓」的接受爲目標。到一九四二年，毛澤東的延安《講話》更進一步

〔註7〕 魯迅：《關於小說題材的通信》，《魯迅全集》第 4 卷，人民文學出版社 1981 年版，第 367～368 頁。
〔註8〕 李健吾：《葉紫的小說》，《咀華集·咀華二集》，復旦大學出版社 2005 年版，第 125 頁。
〔註9〕 洪長泰：《到民間去——1918～1937 年的中國知識分子與民間文學運動》，董曉萍譯，上海文藝出版社 1993 年版，第 292～293 頁。
〔註10〕 毛澤東：《中國共產黨在民族戰爭中的地位》，《毛澤東選集》第二卷，人民出版社 1952 年版，第 500 頁。

以「為工農兵服務」的口號強化和明確了這一思想，對之前的「農民文學」觀念有了大幅度的理論提升。

正是受毛澤東文藝思想的啟發和指導，四十年代解放區文學呈現出了與五四新文學傳統有很大不同的面貌和特點。趙樹理的「問題小說」是其最突出的體現〔註11〕，這一方面緣於他大量而熟練地運用農民文學形式，更重要的是他積極關注農民的現實問題，將文學作為為農民代言的工具，從而使他的文學作品在精神和形式層面都體現了農民文化的特點。也正因此，他取得了獨特的成就，獲得了農民們的特別歡迎——在新文學歷史上，這是其它作家從來沒有得到過的。趙樹理之外，許多其它的解放區作家也不同程度地表現了對農民生活和農民文學形式的關注。一九四三年至一九四六年之間興起的「新秧歌運動」是新文學對農民文藝形式的直接借用，「民歌敘事詩」和「新章回體小說」的流行，都直接受惠於作家們對農民歌謠和民間小說形式的學習，農民文學在新文學中得到了大範圍的實踐。

與此同時，在國統區，以晏陽初在定縣進行的鄉村建設實驗為代表，「農民文學」也在一定程度上得到推進。晏陽初將藝術教育分為平民文學、藝術教育和農村戲劇三大部分，一方面對民歌、鼓詞等進行採集整理，並在平民讀物中將民間文藝、通俗舊文藝和新文學作品穿插起來編輯。另外，他們還辦有當時全國唯一一張面向農民的報紙《農民報》，刊登農民稿件，傳達農民聲音。這其中，農民戲劇創作的影響最大，著名戲劇家熊佛西在定縣近兩年的時間裏，立足於「農民需要」和「農民能接受」的兩個理念，創作了《過渡》、《鋤頭健兒》等多個劇本，在農民中取得很好的演出效果〔註12〕。但相比之下，由於缺乏強有力的政治力量的支持，國統區「農民戲劇」所取得的成績有限。

建國後，「農民文學」有所發展，也出現了一定的變異。從發展角度說，延安文學的思想在建國前基本上只是地方性的思想，還未能在全國範圍內廣泛地實施，「十七年」文學中，「農民文學」的思想才大規模地成為作家們的追求目標。早在第一次全國文代會上，周揚所作的主要報告《新的人民的文藝》中，明確把《講話》作為指針，把「中國人民所喜聞樂見」作為最基本

〔註11〕雖然趙樹理的創作有其充分的自發性，但他的創作發展與時代政治給予的肯定和激勵是有直接關聯的。

〔註12〕見鄭大華：《民國鄉村建設運動》，社會科學文獻出版社 2000 年版，第 216～217、220～221 頁。

的審美要求提出來，要求作家「與群眾打成一片」，是解放區文學思想明確的延伸。五十年代初出臺了一系列的文學政策，對農民的審美習慣表示重視，對文學也提出了向農民大眾傾斜的要求。其中既有出版政策的傾斜，還包括對農民作家的大力扶植。在這種情況下，該類文學在這一時期達到鼎盛。而且，經過多年的積累和探索，「十七年」的「農民文學」在藝術上比解放區時期更爲成熟，包括語言、形式，都取得了更大的成功。

從變異的角度講，是這一時期不再像四十年代一樣，農民不再佔據革命的中心，城市建設取代了之前的農民中心地位，有關政策和思想文化與農民之間的不和諧開始有較明確的體現。一個典型的事例是「農民文學」最突出的代表趙樹理在五十年代多次受到批評，影響力也顯著下降。至於自五十年代中期開始，人民公社制度、大躍進運動、三年災害等，對農民的人身自由和生活質量、生存空間造成了極大的影響，而當時的許多作家在政治要求和壓力下卻不得不違背生活眞實去書寫各種「鄉村奇跡」，則更可以證明政治與農民利益的割裂。於是，作家們在政治與農民之間的關係中就不可能像四十年代那樣和諧和平衡，而是比較明顯地偏向於政治，甚至不得不在一定程度上違背農民的利益和立場。很多「農民文學」外衣雖然還存在，但眞正的實質已經是對農民的剝奪和瞞騙，對農民利益構成了很大損害。

（三）自覺階段

「文革」結束後，中國文化的整體方向是向五四現代文化的回歸，「農民文學」失去了在文化上的合理性。但是，另一方面，政治束縛的相對減輕，思想文化較廣泛的解放，使部分作家能夠超出主流思想文化的範圍，表現出自己有個性的思想。所以，儘管這時期的文學主流是啓蒙文學，但是，也有作家繼承了以往「農民文學」的創作傳統，甚至有明顯的創新和突破趨向。當然，這一創作的發展過程是緩慢而艱難的。比如，「文革」結束初，高曉聲以他多年的農民經驗和對農民的樸素感情，表達了農民的部分心聲，但是，他很快回到了五四啓蒙文學的道路上，並因此而陷入創作上的巨大困境。只是到了「尋根文學」的後期，一些作家對新文學傳統的啓蒙立場有了更深的體認：「我們再不應把『國民性』、『劣根性』或任何一種文化形態的描述當做立意、主旨或目的……」〔註13〕在這一思想前提下，「農民文學」才有了眞正

〔註13〕 李銳：《厚土自語》，《上海文學》1988 年第 10 期。

實質性的發展。莫言的《憤怒的蒜薹》、劉震雲的《溫故一九四二》等作品分別在現實和歷史層面表現了農民的願望和理想，體現了某種程度的農民精神。

到了文化更爲自由活潑的九十年代後，作家們的思想表達更爲直接和大膽，「農民文學」的創作也更加自覺和深刻。莫言在文章中明確表示自己放棄「爲農民寫作」，轉而走向「作爲農民寫作」〔註14〕，他的《豐乳肥臀》、《檀香刑》等作品，爲農民代言的立場更爲自覺，也更爲堅定。同樣，閻連科也這樣要求自己的創作：「精神上必須是和底層人、勞苦大眾有血肉關係，和土地有天然的、血緣的聯繫……文學也許不應該成爲勞苦人的心聲或者傳聲筒，但應該喚起人們對勞苦人的愛。」〔註15〕至於劉震雲的「故鄉系列」、陳忠實的《白鹿原》等作品，都表達了比較明確的農民文化歷史觀念。如果說《白鹿原》所表達的還是儒家文化姿態和鄉野文化姿態相結合的立場的話，那麼，「故鄉系列」所表達的就是徹底和完全的農民文化立場，代表的是農民對歷史的看法，傳達的是農民審視歷史的方式。

除此之外，賈平凹、張煒也在文化上代表著農民的立場，或者說，他們在農民文化面臨現代化的社會轉形的衝擊和覆滅之際，表達了農民文化的絕望卻是明確的否定之聲。他們所表達的對農業文明生活方式的懷念與肯定，通過對現代文明的恐懼和批判，以回歸和向後走的文化姿態，傳達出了農業文明在消亡前的最後聲音。

「農民文學」在新文學歷史的幾度起落，歷程複雜而坎坷，概括而論，大體走的是馬鞍型的道路。三十年代之前，新文學與農民基本上處於疏離狀態，四十年代至六十年代則是新文學與農民的「蜜月」期，相互之間存在著藉重的關係，也產生了深刻的影響關係，八十年代後，兩者的關係從整體上變得有所疏遠，但內在中又存在著深入的自覺和深化，尤其是隨著九十年代後中國社會的經濟和文化發生大的改變，兩者的關係又進入到一個新的時期。總的來說是始終有許多問題在跟隨，又面臨許多新的變局。

三、

「農民文學」代表了新文學與農民的親近和一致趨向，但是，新文學與農民之間的關係遠不是平靜和單一，而是複雜充滿張力的。這種複雜關係構

〔註14〕 羅雲鋒：《莫言：「作爲老百姓」的寫作》，《文匯報》2003 年 10 月 26 日。
〔註15〕 閻連科：《「不是巧克力，而是黃連」》，《南方周末》2006 年 3 月 23 日。

成了新文學深層的文化和精神語境，也導致了在新文學的創作和研究中存在著一定的誤區，它們包含著內在的錯位，制約著新文學與農民之間的深層發展。

（一）現代與傳統的錯位

農民文化是農業文明的產物，而中國農民在二十世紀所經歷的是從傳統向現代化的過渡階段，因此，在一般觀念中，農民文化往往被當做與農業文明相一體的傳統來理解，也就面臨著被選擇現代化方向的中國新文化和作家們所拋棄的命運。正是立足於這樣的思想前提，中國新文學的主流是以批判和啓蒙的姿態來書寫鄉村和鄉村文化的。與這種批判姿態相對立的另一方面，那些選擇與現代化方向相背離，對現實發展持批判態度的作家來說，農民文化也成爲了他們的「最後的堡壘」。比如三十年代的沈從文，就始終以文化上的「農民」自居，以對自己農民文化姿態的張揚抗擊現實生活中的都市文明。他的這一傳統在九十年代後的賈平凹、張煒等作家的創作中得到了進一步的繼承和發揮，在這些創作中，鄉村和農民文化承擔的正是傳統衛護的角色。

這當中其實存在著一定程度的誤讀。按照社會學家的說法，文化可分爲「大傳統」和「小傳統」〔註16〕，中國鄉村文化應該是非常典型的小傳統，它與中國傳統主流文化有關係但也有大的差別。正如陳思和先生所分析的，農民文化屬於「民間文化」〔註17〕，其內涵是複雜的，絕對不是簡單的封建文化，也不能簡單地作爲傳統文化來看待。在這個角度上來看，無論是新文化運動中對農民文化的批判者，還是對傳統文化的衛護者，都在某種程度上誤讀和借用了農民文化，卻混淆了農民文化的眞實身份。

更值得關注的是，許多作家創作中對農民文化的批判態度其實包含著對農民及其文化的歧視和忽略，其背景則依然與傳統文化有關。也就是說，許多作家的思想貌似現代，但在他們對農民文化的批判中間包含著更傳統的文化因素──或者說是與傳統文化某種程度的趨同。這中間實質上涉及到一個民間文化和精英文化的差異問題。現代作家們基本上是接受主流（精英）傳統影響成長的，他們所藉重的西方文化本質上也是精英文化，它們在精神實質上與中國傳統主流文化是相一致的，這樣，作家們對待傳統文化的態度就

〔註16〕〔美〕希爾斯：《論傳統》，上海人民出版社1991年版。
〔註17〕陳思和：《中國新文學整體觀》（修訂版），上海文藝出版社2001年版。

有些錯位。在對待主流傳統時，他們的姿態是批判和否定的，但在內心卻始終保持著對它的尊重，而對待民間小傳統，他們雖然表面上支持和認可，但從內心來說是拒絕和排斥它的，他們對它表示同情，但缺乏必要的尊重。

這表現在作家們對待民間宗教的態度上。整個新文學歷史上，作家們對主流宗教是始終保持著比較尊敬的態度的，他們也多次呼籲宗教寬容，甚至加入宗教文學的寫作，但這僅限於主流宗教，對待民間宗教，他們普遍持排斥和否定的態度。然而，事實上，在主流宗教和民間宗教之間並不存在本質的差別，它們的「信仰」核心都是一樣的〔註 18〕。當然，之所以出現這種情況，並不是作家個體思想上的缺陷，而是他們的文化教育使然。他們接受的是精英文化，生活與文化都與大眾先天地隔膜，他們的政治立場和文化姿態上的矛盾是必然的。

文學形式和文學接受也涉及到現代與傳統的困境。由於農民的文化水平比較低（尤其是在八十年代之前），他們能夠接受的文學形式主要是民間文學形式，如民歌、章回體小說、評書等等，他們對新文學形式的接受也存在著很大的障礙。民間文學形式自然有其優點，但它又確實積澱了許多舊的程序，與傳統文化、傳統生產方式有著千絲萬縷的聯繫，不適合現代文明的要求。這就使新文學面臨著非常艱難的二難困境。若要農民接受，就需要對文學形式進行轉換，借鑒落後的農民文學，但農民接受了，卻又一定程度上違背了自己的啓蒙初衷。從三十年代開始一直到當下，新文學的這一困境始終未能得到有效的解決，也影響了新文學與農民之間形成真正和諧的關係。

（二）現實與文化的錯位

在新文學對農民和農民文化的表現中，存在著這麼一種現象，即作家們往往將自己的文化立場混淆於農民的現實態度。其實，這中間存在著一定的錯位，其核心依然是農民文化與傳統文化之間的關係問題。由於農民長期處於社會底層，生存艱難，因此，它的文化比較功利，與現實生存有密切的關聯。這與長期作為主流文化的傳統文化不一樣，相比之下，傳統文化的文化色彩更純粹，保守色彩更強。

從這個角度來看二十世紀的社會變革，應該說，大部分農民對中國農村的現實變革，尤其是九十年代以來的現代化的變革，是持著歡迎態度的，因

〔註18〕周星：《「民俗宗教」與國家的宗教政策》，《開放時代》2006 年第 4 期。

為它帶來了可以看得見的物質上的巨大變化。對於農民來說，最首要的關注是生存，是物質的豐盈。至於改革對鄉村文化的觸動和改變，對農民來說其實很難簡單地說是優還是劣。但作家們普遍將關注點放在文化上，比他們對現實的關注要多得多，這顯然緣於他們自己的覺悟而不是農民的現實狀況。比如在三十年代，沈從文就表示過：「表面上看來，事事物物自然都有了極大進步，試仔細注意注意，便見出在變化中那點墮落趨勢。最明顯的事，即農村社會所保有的那點正直素樸人性美，幾乎快要消失無餘，代替而來的卻是近二十年實際社會培養成功的一種唯實唯利庸俗人生觀。敬鬼神畏天命的迷信固然已經被常識所摧毀，然而做人時的義利取捨是非辨別也隨同泯滅了。『現代』二字到了湘西，可是具體的東西，不過是點綴都市文明的奢侈品大量輸入，上等紙煙和各樣罐頭，在各階層間作廣泛的消費。」〔註 19〕但這與其說是農民們的心聲，不如說是作家們內心世界的折射。同樣，九十年代賈平凹、張煒等作家的創作也存在著類似的文化錯位。他們以農民文化衛護者的姿態自居，卻並不一定能得到現實中農民的理解和擁護，農民和他們是相隔膜的。

再如九十年代以來的農民工文學，作家們的關注點都在農民出路、城鄉衝突這方面。這確實是很現實的問題，但他們也許忽略了一個更本質的鄉村觀念問題。在作家們看來，農民們離開鄉村，進入城市，往往是一種對更高文明的追求和嚮往，其隱含的前提是城市化應該是農村的出路。但其實，這裡存在著比較大的思索空間，就是農村的發展方向是否一定要像美國一樣，走都市化的道路？鄉村世界自身能否自足地發展？像上世紀四十年代晏陽初、梁漱溟等人進行過「鄉村建設運動」，像八十年代的蘇南模式，他們設想的是另一種鄉村改革和發展模式。他們的「鄉村建設」、「離土不離鄉」是否完全沒有其可行性？農民是否一定要離開農村進入城市生活才是現代化的標誌？〔註 20〕在這一前提上思考，也許我們許多作家在出發點上就存在著許多可商榷的地方。

當然，我這裡不是要求作家們都去當社會學家，去為中國農村的發展方向把脈，我們所提出的是，作為中國關注農民和農村的作家，立足於鄉村和農民文化本身來看問題，是最重要的基礎。只有在這個前提下，他們才能走

〔註 19〕 沈從文：《水雲》，《沈從文文集》第 10 卷，花城出版社 1984 年版，第 294 頁。
〔註 20〕 參見嚴海蓉：《虛空的農村和空虛的主體》，《讀書》2005 年第 7 期。

出思想的困惑，突破現有創作的瓶頸。這是考察一個作家思想深度的重要方面，但就目前來看，中國鄉土文學領域的作家似乎大都沒有實現這一突破。

與之相關聯的是在新文學研究中，一般只關注新文學對農民的書寫和影響，談現代文化對農民的啓蒙，卻很少人談到農民及其文化對新文學的影響。比如談二十世紀四十年代文學，一般人都談「啓蒙與被啓蒙的錯位」，似乎是農民文化借助政治壓制了知識分子文化，是低等文化侵淩了高等文化。事實其實更爲複雜，從根本上說，應該是政治意識形態（它本質上也是一種知識分子文化）對其它文化的壓制，農民文化和啓蒙文化都是受壓制者。而從文學角度，這時期農民文學對新文學的影響也不單是因爲政治的原因，它包含著新文學自身的選擇和要求，是新文學某種自覺的結果（像趙樹理，很多人把他看做是政治作家，其實並不是這樣。他與其說是政治的，不如說是農民的。趙樹理的出現是新文學的一個異數，也構成了對新文學某種尖銳的警醒）。在這個角度上說，不只是新文學在影響著農民，農民也在深層次上，多方面地影響著新文學，它們之間是一種互動的關係。具體說，這其中既有對作家深層精神世界的影響，也有對文學本身（如語言、如敘事方式等）的影響。這一錯位的存在，在很大程度上是源於知識分子的傳統啓蒙立場，源於新文學對農民不變的俯視姿態。

（三）政治與文學的錯位

二十世紀是一個政治色彩非常強烈的時代，任何作家都不可能完全脫出政治的影響，走在所謂的「純文學」道路上。

農民與新文學的關係也不可能擺脫政治的影響，相反，這一關係的各個時期，都被蒙上了濃鬱的政治色彩。如三十年代作家的集體左轉，中國農村社會的廣泛破產，是「豐收成災」成爲時代鄉土書寫的重要原因；四十年代解放區作家的通俗化、生活化，也與毛澤東的《講話》精神，與解放區的有關政策有直接的關係；尤其是五六十年代作家對現實農村的書寫，更與鄉村社會的現實變革運動密切關聯。

但是，新文學與農民的關係與政治影響並不呈現直接對應的密切關係，而是有一定的錯位。最典型的是四十年代解放區至五十年代初，這是文學與農民關係最和諧的時期，中國共產黨的農村政策，如土地改革、農業合作化等運動對農民的解放和鄉村的發展確實起了很大的作用（當然不排除其中存在的多種問題），農民也眞誠地歡迎和支持共產黨。但這時期的新文學在對鄉

村的表現上卻又存在著一定的錯位。原因是這時期的政治運動雖然有其深刻的歷史必然性，但在具體運作中卻存在著較嚴重的問題。如土改運動中的過激，如農業合作化運動後期的盲目和倉促等，都對鄉村的發展和農民的利益產生了一定的傷害，而當時的新文學，受政治形勢的限制和作家思想的局限，在反映這些政治運動和鄉村生活時，幾乎無一例外只能以歌頌和肯定的方式來書寫。它們強調了其中的合理性和必然性，卻忽略乃至掩蓋了其中的陰暗面。這使人們對這一時期的農村題材文學評價存在著嚴重的分歧。顯然，如何理解政治與文學之間的複雜關係，區分政治與文學的不同標準，是理解這一問題的重要基礎。

文學和政治，應該遵循不同的價值標準，也就是說，政治上的正確絕對不能代替文學上的成就，反之亦然。因為一方面，政治環境也許是時代文學所不能抗拒的。以四五十年代農村題材文學而論，即使是作家書寫了揭露現實陰暗面的作品，在現實情況下也根本不可能發表，也就是說不可能作為這一時代文學出現。另一方面，政治的複雜性也許不是簡單地以文學評價可以解決的。比如農業合作化和人民公社制度問題，很多文學批評的思想前提是一些政治學家和社會學家的觀點，即這一制度違背了現實要求，導致了農民喪失勤奮品質，培養了懶惰風氣，並進而導致了八十年代前農村社會的蕭條。事實上，這一問題遠非如此簡單。集體制度對於農村社會的利弊得失，即使在二十一世紀的「新農村建設」中也存在著爭議，更有許多學者和政策在重新肯定集體制時代的「合作醫療制度」、「農業集體建設」等。許多發達國家的農村也採用了集體制的方式。而當時農村經濟凋敝的原因，也遠非是因為農民自身，而與當時整個國家的政策有直接關係。這一點有充分的數據可以證明，「建國三十多年來，農民通過農業產品價格剪刀差為國家工業化提供了三萬六千億元以上的原始積累，卻沒有分享到任何工業化帶來的文明和進步。貧困、落後和愚昧狀況依然如故」〔註21〕。在當時，農民雖然在表面上受尊重，實際上卻受到剝奪，處於二等公民的身份地位，受到社會的歧視和忽略。將鄉村經濟的凋敝完全算在人民公社制度上顯然是片面的。

在這種情況下，我們評價新文學的農村題材創作顯然需要祛除過多的政治因素，要回到文學標準上來審視。在這裡，我們既需要對這些作品在真實

〔註21〕吳象語，轉引自同春芬：《轉型時期中國農民的不平等待遇透析》，社會科學文獻出版社 2006 年版，第 51 頁。

揭露的不完備方面的缺陷有所批評，又應該看到它們所擁有的細節真實性；同樣，我們既應該批評它們在藝術上單一的現實主義方向發展，也應該看到它們在文學鄉村生態建設方面，在語言的口語化方面所取得的新成就。只有如此，我們才能更全面更客觀地認識這時期的文學創作。

中國鄉土文學的精神發展空間

從魯迅 1920 年發表《風波》到今天，鄉土文學在中國已經走過了近百年的歷史。在這一過程中，許多優秀的作家奉獻了令人難以忘懷的傑作，也有許多理論家和批評家對之作了大量的理論建設，使鄉土文學在新文學歷史中擁有著特別的地位，也產生了突出的社會影響力。鄉土文學的發展與中國鄉村社會的變遷有密切影響，新世紀以來，中國社會步入到工業化進程中，鄉村社會的面貌發生了迅猛的變化，這對鄉土文學的發展帶來了新的挑戰。顯然，檢視其創作歷史，思考其發展得失，展望其前景和未來，是很有必要的。

思想的批判與批判的思想

中國鄉土文學存在著兩個最基本的思想方向。一個是思想的批判，也就是以現代性的啓蒙思想來批判鄉村社會。它的思想前提是：現代思想的視野充分映照出鄉村社會的落後和蒙昧，因此，鄉村迫切需要現代文明來啓蒙和批判。體現在鄉土文學中，是對鄉村的愚昧和黑暗作集中的展示，對其表達同情的悲哀和批判的憤怒。魯迅的《阿Ｑ正傳》是思想批判最著名的代表作品，也是這一傳統的直接開啓者。「五四」時代的鄉土文學群體深印著魯迅的影響。「五四」之後，蕭紅的《生死場》《呼蘭河傳》、師陀的《果園城記》、路翎的《羅大斗的一生》等都繼承了這一思想傳統。從上世紀 80 年代到今天，這一思想依然有深刻的影響力，如高曉聲的《陳奐生上城》、韓少功的《爸爸爸》、鄭義的《老井》、東西的《沒有語言的生活》、譚文峰的《走過鄉村》等。

　　另一個是批判的思想，就是將鄉村作為一種文明方式，以之來反思和批判現代文明。在這一視野裏，鄉村文明呈現的是比現代城市文明與人類更為和諧的精神面貌，作家們也借對鄉村文明的謳歌式書寫表達對現代文明發展的批判。廢名的作品在上世紀 20 年代即表露出這樣的思想傾向，但是真正具有自覺意識的，還是 30 年代的沈從文，他以物質和文化都頗落後的湘西世界作為自然人性的承載者，表示其讚美或歎惋的態度，蘊涵的是對鄉村文化精神的肯定。90 年代後，隨著中國鄉村社會商業化的加劇，也隨著西方生態文化在中國社會的影響，作家和理論家對現實的批判自覺意識更強。一些作品對工業化時代人類精神的處境、人與自然和諧關係等問題作了熱切的關注。遲子建的《額爾古納河右岸》關注行將被現代文明吞噬的古老部落，寄寓著文明的反思；阿來的《空山》意圖更為明確，作品中的鄉村生活代表著一種文明姿態，一種更親近的自然觀、生命觀。此外，也有一些作家為行將崩潰的農業文明唱起了輓歌，也傳達出對現代文明方向強烈的批判思想傾向，如賈平凹的《秦腔》、張煒的《九月寓言》等。

　　這兩種思想傾向，都有其存在的理由，具有自己的存在價值。就對鄉村的批判思想而論，由於長期的經濟和文化上的落後，中國鄉村確實比其它地方要更為貧窮，對它進行思想的啟蒙是促使它邁向現代社會的必要過程；同樣，從文化角度思考鄉土文化的意義也有其合理性。人類文明正在經歷從農業社會向工業社會的過渡，現代文明在賦予人類富庶物質生活的同時，也對其精神世界產生了極大的影響，社會倫理、人性人情都發生了不同程度的變異。鄉村生活處於文明發展相對落後的階段，自然保持有較質樸的人性以及和諧的自然關係。鄉村社會確實具有對現代文明進行反思的批判價值。

　　然而，中國鄉土文學的思想中也存在著比較明顯的缺陷。一個突出的方面，作家們的批判思想大都出自於鄉村之外，很少真正立足於鄉村自身。啟蒙批評者多以批判的俯視態度看待鄉村，與鄉村有著明顯的距離，也缺乏足夠的關愛精神；文化反思者的立場也是外在的文化理念，其思考與鄉村現實有明顯錯位。雖然不能因此否定鄉土文學的思想價值，但它確實帶來了一個問題，就是中國鄉土文學中文化批判思想多，卻少有對鄉村的建設性思考。20 世紀中國鄉村社會充滿著跌宕起伏，無論是體制還是文化，都需要建設性的思想參與。但鄉土文學在這方面所起的作用很小。一個典型的例子，鄉村

人、尤其是鄉村青年的命運，應該是鄉土文學關注的一個重點，但除了柳青的《創業史》、趙樹理的《三里灣》、路遙的《人生》、李一清的《農民》等少數作品直面這一問題，其它作家少有涉獵。再如近年來，農村社會受商業文化衝擊，生活方式、倫理文化都有大的改變，其發展方向令人擔憂。對此，鄉土文學顯然應該表現出自己的價值判斷和獨立思考，或者至少是進行客觀描繪。但事實上，鄉土文學表現得很不充分，甚至有些失語。

改造鄉村與鄉村的改造

　　20 世紀是中國鄉村社會變化劇烈的時期。這既體現在現實政治中，人與土地、人與人的關係發生過多次變動；也體現在文化上，從傳統的小農社會，到集體制社會，再到工業化社會，一百年不到的時間中，中國鄉村經歷了三次大的文化變遷。也許是受中國文學傳統的影響，以及現實政治對文學的欲求，鄉土文學創作與現實政治長期保持著比較密切的關係，記錄和參與著中國鄉村社會變革的進程。茅盾的「農村三部曲」在上世紀 30 年代初開創了直接書寫現實變革的先河，此後，趙樹理的《李有才板話》、丁玲的《太陽照在桑乾河上》、柳青的《創業史》、周立波的《山鄉巨變》等承繼了這一傳統，改革開放以後，更有何士光的《鄉場上》、張煒的《古船》、賈平凹的《浮躁》，以及「現實主義衝擊波」、「底層寫作」等作了進一步的發展。

　　因爲與現實關係密切，這些創作擁有一個突出的共同點，就是政治性強、現實性強。它們往往受時代政治的引導，爲之呼應和搖旗吶喊，帶著很明確的推動現實鄉村改造的意圖。其極端者，更是承擔著時代政治的傳聲筒任務。茅盾的「農村三部曲」就明確包含著推動現實農民反抗的意圖；40 年代解放區的趙樹理、孫犁、丁玲等的創作，也是密切呼應著現實戰爭和土地改革運動的要求；50 年代柳青、周立波等作家的創作，更是與農業合作化運動的發展密切關聯；同樣，80 年代的改革小說，也經歷著從物質到精神、從體制到精神的多層面嬗變過程。

　　與之相應，這類鄉土文學還具有另一個顯著的藝術特徵，就是通俗化的方向。因爲要爲現實服務，就自然看重農民的接受，也就會向農民的審美趣味靠攏。趙樹理濃鬱泥土氣息的小說是其中的典型，其它作家雖然不像他那麼突出，但基本方向是相似的。從「山藥蛋派」、「荷花澱派」的創作以及《紅旗譜》《李雙雙小傳》等作品，到劉紹棠的「大運河」小說、路遙的《平凡的

世界》等作品，都是將英雄主題、通俗故事、大眾口語、浪漫風格結合在一起，將現實政治與大眾需求相統一。他們的創作也確實受到農民的歡迎，實現了比較好的接受效果。

客觀來說，這些鄉土文學對鄉村現實的反映有著具體實在的特點，涉及的生活面也比較廣闊，代表了鄉土文學創作中切近現實的一面。但是，這些創作在兩個方面一直受人詬病。一是真實性問題。雖然這些作品以寫實手法還原了鄉村的具體生活細節，但它們所關注的主要是生活的光明面，對生活的負面揭示很少，很少揭示出鄉村的苦痛。或者說，它們描繪出了鄉村的豐富表象，卻沒有揭示出生活的潛流，沒有呈現出鄉村真正的靈魂。二是思想獨立性問題。因為與現實政治貼得太緊，缺乏必要的距離，因此這些創作很容易成為政治的工具，其思想也很難真正獨立、呈現出現代精神內涵，也難以實現對鄉村普通大眾、鄉村自身的摯切關注。其個別作家的思想觀念中還留存有一些封建落後的因素。在當時這些作品也許有其影響力，但時過境遷之後，它們的局限性就非常明顯，其文學意義也受到質疑。

美的追問

鄉土文學之所以能夠成為一個有特色的文學類型，一個根本的地方就在於其美學個性。所有的鄉土文學創作者和理論家都對這一點極為重視。周作人最早倡導鄉土文學美學上的「土氣息、泥滋味」，魯迅則強調「鄉愁」和「異域情調」，茅盾對鄉土文學做出的經典概念定位，也是將「特殊的風土人情」放在重要位置。近年來，鄉土文學史家丁帆將鄉土文學美學特質概括為「三畫」（風景畫、風俗畫、風情畫）「四彩」（自然色彩、神性色彩、流寓色彩和悲情色彩），將其美學特徵進一步明確化。近百年鄉土文學給我們提供的審美風格是多樣的，就其主流，大體包括以下三種類型：

第一類是沈從文、廢名、汪曾祺所代表的抒情型。他們的特色非常明顯，就是對鄉村自然山水作細緻描摹，表現人性人情中的善和美，融入作者憂鬱或者感傷的複雜感情，通過富有詩意的藝術表達，將自然美、人情美、藝術美和抒情美很好地融合在一起。在這類創作中，作家們往往都傳達出較濃的傳統文化內涵，寄寓著作家們的內在文化精神。像沈從文與苗族民間文化、廢名與傳統禪學文化、汪曾祺與傳統士大夫文化，都有非常密切的聯繫，這也加深了這些作品的文化感染力。

第二類是魯迅所開啟的象徵型。這類創作的重點不在鄉村具象描繪，而是具有高度的概括性和抽象性，力求傳達出其中蘊涵的文化精神。因此，它不以鄉村具體描摹見長，呈現的是深邃的思想之美，其美學特徵是有獨特深度的。不過這一類型中達到較高藝術水準的不多，《阿Ｑ正傳》《爸爸爸》是其較爲突出的代表。

第三類是茅盾開創的寫實型。這類作品以寫實風格爲主，側重於對鄉村生活的細緻描摹。在其作品中，既展現了從南到北各地不同的自然風貌、風土人情，也將鄉村生活的勞作場景、生活細節還原出來。它們在藝術上更以質樸自然見長，也更見客觀寫實的功力。由於地理和文化風貌的差異，這一類型存在著豐富的地域個性色彩。趙樹理、柳青、路遙、陳忠實、遲子建等還原了北方鄉村畫面，顯得厚重深沉，沈從文、周立波、韓少功、畢飛宇等描述了南方鄉村生活，更爲輕靈優美。

然而，鄉土文學的美學風格儘管有多種樣式，其藝術呈現也多姿多彩，但我們依然可以看到其中存在的較大缺陷。首先是對鄉村的深度寫實明顯不夠，鄉村生活和人物的豐富性沒有得到充分表現。由於意識形態影響，鄉村宗教、鄉村民俗生活的表現受到較大阻礙，眞正生活化的、有個性的農民形象也很匱乏。可以說，儘管中國的農村地域寬廣、生活豐富，20世紀中國鄉村社會也經歷了複雜的變遷，但是，尚沒有產生眞正既有深度又很全面地再現鄉村生活的作品。而且，近年來，鄉土文學呈現出嚴重的敘述取代描寫的趨向，鄉村的自然風景和人文風情正漸次從鄉土文學裏退隱。其次是藝術的個性不夠，具有更強超越精神和個性魅力的抒情和象徵類作品較少，鄉村的精神世界表現得不夠充分，藝術風格上的空靈自然也比較匱乏。

鄉土文學的未來

反思鄉土文學的歷史，是爲了克服存在的缺陷，更好地建設未來。這一點，在中國鄉村社會面臨巨變、甚至有人提出「鄉土文學消亡」的背景下，顯得尤爲重要。我以爲，社會在迅速發展和變化，鄉土文學的理論和創作也需要作出必要的調整。只有如此，它才能獲得更大的發展空間，進行新的超越。

首先，加強對鄉村的平等和關愛意識。長期以來，鄉村社會都是中國社會的底層，遭受著社會最多的壓力和苦難。作家要眞正深入地表現鄉村，豐

富鄉土文學的魅力，需要深入鄉村社會，以平等和關愛的姿態看待和認識鄉村。當然，平等和關愛並不排斥批判，只是這些批判應該建立在對它充分尊重和理解的前提之上，它不是簡單粗暴的，而應該是充滿著理解和同情的。尤其是在當前，中國農村面臨大的變化和轉換契機，如果不能真正深入鄉村，不能以關愛姿態進入鄉村的深層世界，不可能把握到這些變化的脈搏，也辨析不清楚鄉村未來的發展態勢。

其次，強化「本土」內涵和家園意識。鄉土文學包括「鄉」和「土」兩方面內涵，它們之間雖然有密切關聯，卻也有分別的側重。其中，「鄉」更聯繫著鄉村生活方式，「土」更側重於本土文化意識。也就是說，鄉土文學的內在精神應該牽連著民族文化記憶，有深切的本土文化關注。在今天，當然不宜完全淡化「鄉」的意識，但卻需要特別強調強化「土」的色彩。因為到工業化時代，城市和鄉村的生活方式差異性會越來越小，但在相同的生活方式背後蘊涵著的是各具特色的民族文化精神。所以，只有強化民族本土意識，才能深化鄉土文學的進一步發展。家園意識與本土意識有直接關聯。因為鄉村的意義不局限於農業文明生活方式，作家們對鄉土社會的變異也不應該是簡單的懷舊和歎惋，而是需要寄寓對人類、對人性的關懷和思考。這也是當前鄉土文學的精神發展空間所在。

第三，強化鄉土文學的美學特質。美學特質是鄉土文學獨立存在的基礎，也是它能夠贏得獨特文學史地位和受到大眾特別喜愛的重要原因。離開了這一點，鄉土文學的存在價值會受到決定性的影響。其實，工業化的背景並不應該影響鄉土文學的美學特點，雖然鄉土社會的範圍在逐漸縮小，農業文明方式會離我們越來越遠，但其美的意義並不因此而失去。鄉土的美，其實質是自然的美、風俗的美、人性的美，這些都是超時空、超地域性的，它是人類審美不可缺少的部分，不可能隨生活方式改變而消滅。相反，在工業化日益深化的背景下，鄉土的美會更凸顯其意義。這一點也許應該受到當前鄉土文學作家們的特別注意。因為許多所謂的「鄉土文學」，正在遠離鄉土獨特的美學特質，本質上是在消弭鄉土文學的獨特個性。那樣的話，鄉土文學距離消亡也許真的不遠了。

鄉土文學的地域性：反思與深入

一、鄉土文學的地域性及其論爭

　　文學地域性有著豐富的理論前提。中國古代文學中，劉勰的《文心雕龍》較早強調文學地域性的意義。它在評論分別孕生於北國的《詩經》和南方的《楚辭》時，指出前者「辭約而旨豐」的簡約深沉藝術特點背後所蘊含的是北方質樸的地域文化精神，而將後者「瑰詭而惠巧」的華麗唯美風格歸結為「楚人之多才」，是南方地域文化的精神產物。這顯然是對文學與地域關係的較明確思考〔註1〕。在世界文學範圍內，法國19世紀文學史家丹納對這一問題的論述更全面，也更有代表性。在著名的《藝術哲學》一書中，丹納明確把地理環境與種族、時代並列，當作決定文學創作的三大基本要素。丹納的思想曾經對中國文學影響很大，只是因為他所談的影響文學諸要素中沒有包括階級性，因此受到馬克思主義文藝理論者的批判，影響逐漸縮小。

　　寬泛來說，城市書寫中也應該存在有地域性特徵，如廣州、上海、北京城市之間在文化和生活上的差異，也會導致對它們的文學書寫產生較明確的地域性特徵。如歐陽山《三家巷》所敘述的廣州生活，與老舍筆下的老北京生活，與張愛玲、王安憶作品中的大上海生活，地域性差異相當顯著，這些作品也蘊含著與這些生活差異相一致的文學地域個性。不過在文學研究中，城市書寫的地域性特徵往往為人所忽略。特別是隨著社會的發展，現代都市的生活方式在逐漸趨同，地方差異和特色也在迅速縮小，人們在談論文學地域性時基本上不涉及這一領域。

〔註1〕 嚴家炎：《20世紀中國文學與區域文化叢書·總序》，《理論與創作》1995年
　　　　第1期。

　　換言之，人們談論文學的地域性特點，基本上都是特別針對以鄉村生活為書寫對象的鄉土文學。在對鄉土文學的各種命名和對鄉土文學作家的評論中，就多關涉到地域性的內涵。如魯迅以「游子」寫「鄉愁」〔註2〕對鄉土文學的最早命名，以及周作人以「地方趣味」〔註3〕來作為鄉土文學的核心內涵，都包含明確的地域特色因素。當代鄉土文學史家丁帆以「三畫四彩」〔註4〕（「三畫」指風景畫、風俗畫、風情畫、「四彩」指自然色彩、神性色彩、流寓色彩、悲情色彩）來定義鄉土文學，更是特別彰顯了地域性的重要性。至於人們在評價廢名、沈從文、「20年代鄉土作家群」等鄉土作家時，也都將地域性作為非常重要的因素和特色來看待，幾乎每一個鄉土作家都被與特定的地域相密切勾連。廢名的湖北黃梅，沈從文的湖南湘西，蹇先艾的貴州，臺靜農的安徽，王魯彥的浙東……當代文學中的「荷花澱派」「山藥蛋派」「茶子花派」等稱謂，都充分彰顯了這些鄉土寫作的地域性特色。包括被許多人排除出「鄉土文學」範圍之外的「十七年農村題材文學」，也盡顯各個地域特色的魅力。可以說，在鄉土文學的發展歷史中，地域性有著非常特別的意義，它是鄉土文學多彩魅力的重要組成部分，是鄉土文學最外在的典型特徵。

　　但是，近年來，在鄉土文學創作界出現了一種對地域性強烈質疑乃至否定的聲音。例如，來自新疆的鄉土詩人沈葦就明確拒絕文學的地域性。他結合文學史史實，指出：許多東部發達地區的作家，如葉聖陶、朱自清、郁達夫等，創作中也有一定的地域特徵，但文學評價中卻很少有人提及，那些被凸顯出地域特色的作家幾乎都是來自相對落後的西部地區。因此，他認為，文學史上所謂的地域特徵，其實就是封閉落後的代名詞，在對作家地域性特徵強調的背後，隱含的不是正常的平等視角，而是發達地區對落後地區、現代文明對傳統文明居高臨下的審視，帶著獵奇式的想像和精神上的優越感。因此，他認為文學的地域色彩已經成了落後地區作家的一種與生俱來的精神胎記，是落後和愚昧的象徵，「窮人和第三世界的人總是地域特徵明顯的人，而暴發戶和強勢集團則希望用『全球化』來取代自己身上尷尬的『地域性』」〔註5〕表達了批判和拒絕的態度。同樣，甘肅藏族作家嚴英秀也對當前鄉土文

〔註2〕 魯迅：《中國新文學大系‧小說二集序》，《魯迅全集》第6卷，人民文學出版社1981年版。

〔註3〕 周作人：《自己的園地》，北新書局1923年版，第153頁。

〔註4〕 丁帆：《中國鄉土小說史》，北京大學出版社2007年版。

〔註5〕 沈葦：《尷尬的地域性》，《文學報》2007年3月15日。

學創作、特別是西部鄉土文學中的地域性表現表示嚴肅的質疑，發出了這樣
的追問：「我們是表現這古老的西部大地和民族文化在現代化進程中的陣痛、
變異和生長，在持守和嬗變中再創造出真正的反映母族大地的現代訴求的新
的西部傳統，還是永遠地開掘取之不盡的『西部』資源，讓自己的文字成為
類似於少數民族地區的風俗旅遊中那種滿足了『東部』人的優越感和獵奇欲
的民俗表演？」〔註6〕

在鄉土文學創作的群體裏，這種質疑的聲音也許還不是那麼強大，但它
所提出的問題卻具有充分的意義，因為它確實反映了當前鄉土文學創作在地
域性表現上存在的許多問題，足以引起我們深思。

當前鄉土文學並非不重視地域性，甚至恰恰相反，地域性被強化到了特
別重要的位置。幾乎所有的鄉土文學作家（特別是西部鄉土作家）在談論創
作時，都會特別強化自己的地域色彩，將自己的創作與獨特的地域風情和地
域文化相聯繫，一些作家甚至將地域性作為創作的準則和最高目標來看待。
他們的創作自然也將地域性放到非常顯著的位置，濃彩重抹地進行描畫。於
是，在許多鄉土作品中，我們能夠看到對地方自然和民俗風俗性的大力渲染
和細緻描摹，卻缺乏最基本的故事構架，更少現實生活的切實敘述。與此同
時，在鄉土文學批評界，對地域性價值的強調也同樣突出。作品是否呈現出
了獨特的地域風情，作家是否以地域特色為特徵，成了評價其價值高下的重
要標準，甚至被以此來判斷是否屬於鄉土文學和鄉土作家〔註7〕。

然而，儘管地域性被作家和批評家們推到如此重要的位置，但實際上，
當前文學所呈現出來的地域性表現並不讓人滿意，相反，是相當嚴重的缺陷。

其一，鄉土地域特色的表面化、外在化。也許作家們太著意於表現地域
性了，他們筆下的地域性沒有與現實生活相聯繫起來，或者說沒有將根深深
地扎在生活當中。因此，很多作品所表現的地域性停留在表面，就如同電視
節目中盛行的民族地域風情片和電影中的「西部片」，沙漠、草原、邊疆，等
等，成為了一個個地區的簡單概念與符號，或者說成為一種點綴和裝飾。這
些地方風景、風俗的細緻乃至誇張性的描摹，脫離了生活本身的質樸和日常

〔註6〕嚴英秀：《「西部寫作」的虛妄》，《文學自由談》2012年第2期。
〔註7〕參見嚴英秀《「西部寫作」的虛妄》，《文學自由談》2012年第2期。文章談到
　　　來自上海的著名學者對她的鄉土文學作品所作的明確預設期待。其實，這一
　　　現象非常普遍。甚至說，在幾乎所有的文學批評家視野中，都或隱或顯地存
　　　在著類似的標準，只有程度的差異而已。

性，變成了孤立的展示和有意識的炫示。它們當然不可能是對生活的深度呈現，甚至說在實質上，這種地域性呈現是對真正地域個性的遮蔽和掩蓋。

其二，內容和審美風格上的模式化。因為將地域性特色停留在表面上，缺乏生活本身的豐富和複雜為後盾，因此，許多作品的故事非常簡單和表面，情節很容易膚淺和雷同，地域特徵的表現也相類似。特別是相同地域的作家作品，很難分清楚作家之間的差別所在。包括一些作家自身創作的多部作品之間也大同小異，存在著明顯的自我重複的缺陷。從整體上看當前鄉土文學，特別是西部鄉土文學（由於地域原因，西部鄉土文學應該構成當前鄉土文學的主要部分），確實風格之間難有顯著的差別，即使外在地域特徵有別，但藝術風格、審美特徵卻難見個性。在這種情況下，鄉土作家難以進行有效的自我超越，也難以產生真正優秀的文學作品。

其三，直接局限了對鄉土生活整體上的表現力。當前鄉村社會正經歷著巨大而艱難的轉型，其中的政治、經濟、特別是倫理文化在接受著現代文化的巨大衝擊，較之新文學歷史的任何一個時期，當前鄉村社會的變化和複雜都是最顯著的。但是，我們在當前鄉土文學中卻鮮見對這種變化的深刻揭示。它們或者是流於作家個人情感的宣洩（包括賈平凹、陳應松等較突出的作家創作中都有顯著的表現），或者是對生活停滯的記敘（在許多西部作家的創作中可以普遍地看到這種跡象）。其中或許有地方風情，或許有文化記憶，但卻沒有對現實的深刻把握和真實再現，沒有展現出鄉村社會在時代裂變中的真實狀貌、複雜心態和內在精神。在這種情況下，當前鄉土文學創作呈現出嚴重的低迷和萎縮局面。不說沒有產生像沈從文、廢名筆下那麼個性鮮明的地域色彩文學，即使是比較起「十七年」和 1980 年代頗具地方氣息的鄉土文學，也有所不足。

這其中的原因當然有許多（包括鄉村現實的變化），也不排除一些鄉土小說作家在創作上作了執著努力，但是，當前鄉土文學在地域性表現，乃至整體上陷入困境確實是一個無法忽視的現實。而在這種困境背後，我們還可以感受到現實文化的巨大陰影。換言之，正如沈葦和嚴英秀等作家所反思到的，當前鄉土文學地域性表現的背後，深刻地隱含著文化市場的需求。也就是說，雖然鄉土文學的地域性是一個文學內部事件，但實際上，在其背後，商業文化在起著重要的作用，產生著很大的影響。因為正是由於東西部經濟和文化上的較大差異，地域性因素才會具有商業市場的潛質，二者之間才會形成強

烈的「看」和「被看」關係，鄉土以及與之相關的文學藝術，才會被打上濃厚的商業印記，以其邊遠、落後、特別的豐富形象來滿足城市大眾的好奇心，使人們獲得對於地域風情的心靈饜足。正是在這種背景下，電影電視中的地域風情片迅速發展，音樂舞蹈藝術中的地域特色也被特別凸顯，鄉土文學地域性因素也自然得到特別的重視和強化。

在這個意義上也可以說，在當前鄉土文學地域性特別興盛的背後，還隱含著另一種地域性因素，那就是在文學批評和價值評判中，以市場和文化為主導的地域性因素。地域不只是一個純粹的空間概念，而是具有複雜的內涵，包括經濟、文化、民族等因素，具有一定的意識形態色彩，對文學評價的標準會產生直接的、甚至是主導性的影響。也就是說，在文化差異較顯著的現實背景下，當前文學的運作和評價上，其實存在著蘊含明顯地域文化差異的因素。在這當中，西部文學的主體因素是處於弱勢位置甚至被完全忽略，主流的文化統率著時代的文學標準，決定著對西部文學的評價。

在鄉土作家的創作中，我們確實可以深刻地感受到許多作家在時代文化影響下的無奈和尷尬，以及內心的巨大困惑和兩難處境。因為在當前文化背景下，處於弱勢地位的鄉土文學（特別是西部鄉土文學）如果不能被主流文學所賞識，就很難在文學舞臺上擁有一席之地。而能夠讓他們得到較好評價的預設標準，地域性幾乎是唯一標準。但在更深層面上，作家們的這種地域性表現，帶來的卻只能是一個更大的困境（這也是一些鄉土作家們拒絕地域性的深層心理動因）。或者說，以凸顯地域性的方式來迎合時代文化的要求，注定只能是失敗，只能是從一個困境走向另一個困境。就如同近幾年著名的民歌歌唱演員阿寶的尷尬——如果老是民歌演員的形象，老是白頭巾，老是「信天遊」，讓人產生審美疲勞，讓人缺乏新鮮感；如果改變，穿上西裝革履，又讓人不習慣，也失去了自己的特色。顯然，當前鄉土文學地域性問題所關聯著的，是鄉土文學非常核心和實質的問題，對它的思考和處置，將深刻影響鄉土文學的未來前景。

二、究竟應該如何看待文學的地域性？

地域性的問題顯著而尖銳地擺在鄉土文學的面前，那麼，究竟應該如何看待鄉土文學創作中的地域性，如何看待那些曾經充分展現出文學魅力的「地域個性」和「異域風情」，以及今天一些人對它們的反感和拒絕？我以為需要進行更客觀深入的思考。

　　一方面，應該充分肯定地域性在鄉土文學創作中的意義。這方面的理由不需要太多贅述。諸如地域性蘊含著審美的豐富性和獨特性，並且體現出文學與生活之間密切的關聯性等等，雖屬老生常談，卻都是最基本而實在的理由。甚至可以說，在很大程度上，因為鄉土文學生活題材的獨特性，它的「地域性」特色是與生俱來的，二者是相互伴生的。對此，鄉土作家們既沒有必要避諱，也沒有必要自卑，應該平和地看待，以不卑不亢、坦然自若的態度來自我認知。事實上，從深遠的意義上來說，鄉土作家們完全有理由擁有文化的自信、生活的自信和創作的自信。從文化來說，儘管鄉土文學所伴隨的地域文化不如發達地區現代化程度高，但並非意味著現代就一切都好。近年來，人們對現代性文化已經展開了非常深刻而強烈的反思，現代性文化不一定就代表先進文化，不一定是人類文化發展的理想方向。從文學角度、從人性角度來看，反思和批判的意識可以更強；從生活來說，人們對幸福的理解也越來越多元化、本體化。人們越來越意識到，物質的富饒不一定代表生活的幸福，與城市生活相比，鄉村社會與大自然更親近，人與人關係更親近，應該更適合人性，如果能夠健康發展，鄉村生活完全能夠具有比城市生活更高的生活質量。所以，對於鄉村生活，對於鄉村的現實生活環境，不應該是以城市生活為理想對照物，而應該建立更強的主體意識，擁有更強的發展信心；從創作來說，寫鄉村，寫西部生活，呈現所謂「落後」的地域色彩，價值絲毫無遜於寫其它生活，它同樣可以傳達深刻的內涵，可以達到高遠的文學境界。

　　另一方面，應該對鄉土文學中地域性的位置進行更清晰的認定。地域性是鄉土文學的重要特徵之一，但它不是鄉土文學的全部，甚至也不是鄉土文學的最首要特徵，我們不應該將它當做鄉土文學的核心，作家們也不應該將它作為最高的追求目標。通過文學史的認識我們就知道，雖然許多人都樂於討論鄉土作家的地域性，但實際上，在文學評價中，地域性始終都不是最高的文學品格，最多只能算是二流的特徵。比地域性更高的文學標準很多，比如思想的深邃、對人性的揭示、生活展現的深廣度等等。甚至可以說，在文學評價中，如果一個作家以地域性為最顯著特色，其實也就意味著他沒有進入一流作家的行列。人們談論福克納、沈從文、老舍等作家時，也會談到他們的地域性，但往往只是將其作為特徵之一，不是將它作為最主要的特徵。

所以，我以爲當前鄉土文學最關鍵的問題不是去否定地域性、拒絕地域性，而應該是更深入地認識究竟什麼才是文學的地域性，怎麼樣才能更好地實現文學的地域個性，從而充分呈現出鄉土文學地域性的魅力和意義。對此，我有這麼幾點思考：

（一）真正地深入生活，在生活中自然地呈現地域性

在對鄉土文學的定義中，茅盾於 1936 年所做的概括很有獨立性：「關於『鄉土文學』，我以爲單有了特殊的風土人情的描寫，只不過像看一幅異域圖畫，雖能引起我們的驚異，然而給我們的，只是好奇心的饜足。因此在特殊的風土人情而外，應當還有普遍性的與我們共同的對於運命的掙扎。一個只具有游歷家的眼光的作者，往往只能給我們以前者；必須是一個具有一定的世界觀與人生觀的作者方能把後者作爲主要的一點而給與了我們。」〔註8〕對此，一些人認爲它太政治化，或者說僅局限於其特殊的政治時代，其實，這一概括深入地辨析了鄉土文學內部的複雜多元因素，很有啓示意義。鄉土生活也包括有多個層面，如外在的自然風物，民俗和風土人情等。雖然不排除有人以純美或文化的觀點來看待它們，但對於鄉村本身來說，它們永遠都只能是鄉村的外部世界，距離生活的深層脈絡是遙遠的。鄉村的最深層世界只能是人們的日常生活，是他們「對於運命的掙扎」——這些「掙扎」，無疑應該成爲鄉土文學最主要的關注對象。只有表現和揭示了這些生活，鄉土文學才實現了其最基本的使命，也切近了文學眞正深層的境界。

事實上，地域性與對生活本身的表現之間並不矛盾，相反，地域性其實是深藏在日常生活之中。通過自然質樸的生活場景描畫，通過日常生活的細緻還原，地域性會眞實而深刻地展示出來。而且，這種融化於生活之中的地域性，袪除了刻意和人爲的弊端，雖然也許不那麼鮮亮，但卻能更眞實熨帖，也更具藝術生命力。這樣的文學才是眞正體現了地域審美價值的文學，也是能夠具有超越價值的文學。

而且，即使是自然風景、民俗風情，也不是獨立在生活之外，不是空穴來風，而是與生活融爲一體的。作家們描述自然風景和民俗風情，也不應該滿足於風景風物本身，它應該與鄉村生活本身相深刻勾連，展現出它們背後的日常生活內涵。這就如美國學者皮爾斯·劉易斯對此所做的分析：「我們人

〔註 8〕茅盾：《關於鄉土文學》，《文學》第 6 卷第 2 號，1936 年。

類的風景是我們無意為之，卻可觸知可看見的自傳，反映出我們的趣味、我們的價值、我們的渴望乃至我們的恐懼。」〔註9〕

（二）以人為中心來呈現地域性

地域性到底體現在什麼方面？最重要的是什麼？肯定有不同的見解。我以為真正深度體現地域性的是人，是蘊含獨特文化精神的人物個體。自然環境再優美，人文習俗再有個性，如果沒有真正作為生活中心的人，就不會體現出這個地方的獨特文化，就不會實現真正的地域特色。因為人是生活的中心，他的夢想、困境、理想和追求，深刻地聯繫著滋養他精神的地域文化，他的生存一方面是現實的，與現實地域生活相緊密關聯，同時另一方面也是歷史的，在他的身上蘊藏著獨特的地域歷史和文化精神，是歷史和文化在推動著他的思考和行動。

福克納是中外文學史上對地域性表現最為卓越的作家之一，他的作品深刻地體現了美國南方的地域文化，其主要方式就是通過對人物形象的塑造。他筆下最具代表性的人物有《喧嘩與騷動》中的康普生家族中的昆丁、凱蒂，以及《熊》中的小男孩艾克，等等。這些人物形象身上深刻地蘊含著美國南方的文化傳統。他們生存中的矛盾和困惑，以及現實與夢想之間的尖銳衝突，他們的成長和對命運的抗爭，以及他們之間的複雜性格和情感關係，都真實地傳達出了南方精神的狀貌和實質。他們由美國南方獨特地域文化孕育而成，他們也是這種文化的最典型體現者。同樣，在中國文學中，沈從文的《邊城》中最有地域個性的是翠翠和老船夫、順順和攤送等人物形象。試想，如果沒有翠翠《邊城》會變成什麼樣？還會有湘西的獨特地域個性，有那種獨特的地域文化魅力嗎？當代文學中另一部地域個性鮮明的作品是陳忠實的《白鹿原》。它所塑造的白嘉軒同樣深刻地體現了中國西北地域的文化精神，是具有地域性特徵的人物形象。沒有白嘉軒，《白鹿原》的地域個性就無法深度體現（順便說一句，作品中其它人物的塑造都遠沒有這一形象成功。這也多少局限了其成就）。

當前鄉土文學在這方面存在著較顯著的不足。我們許多作家習慣於在作品中寫異域風景，寫傳奇性故事，卻很少去關注樸實的日常生活，特別是缺乏對普通人的關注，缺乏對這些人心靈世界的細緻把握，沒有真正展現他們

〔註9〕　（美）溫迪·J·達比：《風景與認同》「譯後記」，張箭飛、趙紅英譯，譯林出版社 2011 年版，第 361 頁。

獨特的自我。因此，在當前鄉土文學中，我們能夠看到故事，更能看到風景，卻很少看到真正具有生命力的、植根於大地上的人物形象，事實上也就沒有真正展示出鄉土社會的地域性。

（三）在鄉土語言中突出地域性

鄉土語言同樣是當前鄉土文學嚴重匱乏之處。這種匱乏的一個直接表徵，就是很少能夠在鄉土文學中看到鮮活的鄉土人物語言。與生動的鄉村人物形象匱乏相一致，個性化的、帶著鄉村泥土生活氣息的人物對話基本上從鄉土文學中消失了，這當中既包括鮮活的口語，也包括地方氣息濃鬱的方言。作家們普遍以間接敘述來代替直接敘述，經常是一篇作品都是沒有引號的間接敘述，沒有生活場景的直接再現。

這涉及到多方面的因素，其中有些因素在文學範圍之外。比如國家在語言規範和出版制度等方面的要求，方言的使用範圍在逐漸縮小，文學作品中的方言也有諸多限制，作家們有難以逾越的雷池。但是，我以為其中不可忽略文學層面，也就是作家層面的因素。作家們普遍與鄉村生活相隔膜，缺乏對生活的密切關注，也就自然難以擁有真切敘述人物語言的能力，做不到人物語言的個性化、口語化和地方化。當前鄉土文學這種語言缺陷，對於鄉土文學多彩藝術魅力是一個巨大的損失，也會嚴重影響到文學地域性的深度呈現。

因為一方面，正如德國著名學者洪堡特所說：「一個民族的精神特性和語言形成這兩個方面的關係極為密切，不論我們從哪個方面入手，都可以從中推導出另一個方面。這是因為，智慧的形式和語言的形式必須相互適合。語言彷彿是民族精神的外在表現；民族的語言即民族的精神，民族的精神即民族的語言，二者的同一程度超過了人們的任何想像。」〔註 10〕方言口語的差異中潛藏著不同地方的文化個性，只有把握住了這種語言的豐富性和微妙性，才能真正切實地再現生活，也才能說真正實現了文學的地域個性。在我看來，文學語言的地域性應該是考核地域性價值和水準的重要標杆；另一方面，鄉土文學地域性的魅力有很大一部分就是在於鮮活的地方口語，包括獨特的地方方言。就新文學歷史而言，趙樹理的山西鄉村口語，周立波的湖南、東北地方方言，都是他們所描畫鄉村世界魅力的重要來源之一。正是借助於

〔註 10〕 （德）洪堡特：《論人類語言結構的差異及其對人類精神發展的影響》，姚小平譯，商務印書館 1997 年，第 52 頁。

這些從人物口中說出來的地道地方語言，他們的性格氣質、精神面貌才得以鮮明地再現，整個鄉村世界才能氤氳著濃鬱的地方生活氣息。我們在閱讀過這些作品的多年以後，也許故事、細節都忘記了，但其中的某些人物臺詞、方言口語還能夠留在我們心裏，讓我們記憶猶新。

三、地域個性失去後鄉土文學何爲？

困擾著當前鄉土文學地域性問題的，除了前面所談到的商業文化影響外，還有一個非常重要的現實情況，那就是隨著社會的發展，鄉村生活中地域個性的逐漸消弭。就目前來說，南方發達地區的鄉村已經普遍城市化，基本上已經失去了原有的地域特點。在可以想像的不遠的未來，會有越來越多的鄉村向城市生活趨同，地域特點越來越少。這種現實情況，已經對當前鄉土文學地域性的表現產生了直接影響，而更深刻也更長遠的問題是：在這種情況下，鄉土文學如何發展？鄉土文學如何處理與地域性的關係？一些學者已經敏銳地注意到了這種情況，並且認爲隨著鄉土社會地域性的消弭，鄉土文學會走向消亡〔註11〕。

我不贊同這種看法。或者說，我認爲，地域特徵的消失會對鄉土文學帶來很大的衝擊，但並不是決定和關鍵性的，有兩個理由。

1. 正如前所述，地域性只是鄉土文學的一個重要要素，但不是唯一，甚至也不是最關鍵要素，它的興衰不會在根本上決定鄉土文學的前景。在不同社會文化中，鄉土文學的基本內涵會有不同的表現，但就根本來說，鄉土精神應該是其中最核心的因素。所謂鄉土精神，具體說，包括三方面內涵：一是對鄉土生活和鄉土文化的熱愛。這是作家主體因素，也是鄉土精神的重要基礎。因爲只有熱愛，才能使作家擁有對鄉村現實的關注，對鄉村命運的思考，才能在其創作中讓鄉村的面貌自主地呈現出來。二是對鄉土文明生活方式和核心價值觀的嚮往與認同。這是一種基本的價值觀。或許它不是那麼現代，但卻與鄉土相內在關聯。這種價值觀是鄉土文學內在精神的核心，是其獨立價值之所在。它的內涵具有一定的發散性，如對人類生態的關注，對現代文明缺陷的批判等，都是與之相關聯的主題。三是對一些美善鄉土文化的

〔註11〕 在多次鄉土文學會議上，均有學者提出這樣的看法。參見《鄉土文學創作與中國社會的歷史轉型——「鄉土中國現代化轉型與鄉土文學創作學術研討會」紀要》，《渤海大學學報》2010 年第 1 期；《鄉土文學會不會消失》，《溫州日報》2010 年 4 月 15 日。

展示和認同。鄉土文學當然不是退縮到傳統生活方式中，成爲簡單的文化保守主義，但它應該更客觀地看待鄉土文化，認同並展示其中的美善面、積極面。比如：對自然的尊重和熱愛，質樸單純的人性，對人情、人倫的強調，等等。一個作家如果擁有了鄉土精神，就能夠對鄉村社會和鄉村文化給予深切的關注，對鄉村心靈及其變遷進行敏銳的捕捉，對鄉村精神和鄉村生活作出細緻的體現，從而與鄉村世界的內在靈魂相溝通。這樣的文學也就能夠呈現鄉土文學獨特的、其它文學類型難以具有的文化意義和審美價值，鄉土文學的獨特文化和形式意義就不會消亡。

2. 與之相關聯的是，鄉土文學的地域性不只是表現爲外在地域特徵，同時更體現爲內在地域精神。自然地貌、風土人情，當然是地域性的重要因素，但是，在這種表層（或者說顯像）的地域因素背後，還潛藏著更深刻的地域精神因素。這種精神因素是在獨特地域環境長期薰染下形成的整體文化特徵，包括語言方式、思維方式以及精神秉性和人物氣質等。這種內在的地域性不像外在地域性那麼明顯，但更內在更深沉。而且，這種地域精神同樣能夠賦予鄉土文學獨特的個性審美特徵。因爲鄉土地域精神與外在地域個性相關聯，蘊含著與鄉土社會和生活方式之間不可分割的獨特氣質，是鄉土文學地域審美特徵中的重要組成部分——正因爲鄉土地域性不只是通過實體表現，還蘊含爲精神，因此，鄉土地域性的表現並不依賴於鄉村生活寫實敘述，而是有更豐富多樣的方式。它可以是浪漫的回憶與想像，也可以是精神的遨遊。在藝術風格上，也呈現爲現實型鄉土文學和浪漫型鄉土文學的多元形式。與外在地域特徵相比，地域鄉土精神與作家主體、與整個鄉土精神都有密切的關聯，也擁有更持久的生命力，使鄉土文學超越外在地域性的限制。也許有一天，鄉土社會外在的地域性會消失，但擁有內在地域精神，鄉土文學的地域個性、價值意義和獨特意蘊並不會隨之消亡，而是有豐富的生命力。

以趙樹理爲典例。他的小說基本上沒有風景描寫，也不是優美筆法描述鄉村，而是著力於現實生活的關注和對問題的揭示。按照傳統以地域性（外在地域性）爲中心的說法，他的作品似乎不是典型的鄉土文學（事實上也有一些鄉土文學研究者將趙樹理排除在鄉土文學陣營之外。我以爲這是非常草率和不合常理的）。但是，趙樹理擁有對鄉村的深切感情，他的質樸本色，以及所包含的對鄉村未來的眞切期待，特別是對鄉土獨特地域精神的深刻把

握，既還原了鄉村生活非常本眞的一面，也賦予了其作品獨特的美感。趙樹理的創作雖然外在地域色彩不是很強，但其地域個性是最充分的。儘管他距離今天已經半個多世紀，但其審美個性在今天與未來的鄉土文學創作中都依然不失借鑒意義，他的創作毫無疑問屬於鄉土文學的重要部分。

當然，鄉村社會現實的變化，肯定會對鄉土文學的傳統概念內涵構成衝擊，更會對鄉土文學作家們提出新的要求和期待。我以爲，對於鄉土作家們來說，最首要的是強化對鄉土社會文化內涵的表現，給予其文化精神以更多的關注和思考。也許有人會覺得這很容易，其實並不如此。因爲鄉土精神不是停留在生活表面，不是簡單的浪漫懷鄉、田園風光，而是蘊藏著很深的價值意義。更重要的是，長期以來，鄉土精神被嚴重地忽略和批判，其內涵實質已經爲時間所遮掩，作家們只有在深入細緻的甄別、選擇和揚棄基礎上，才能眞正明確出什麼才是眞正的鄉土精神，什麼才是有現代價值的鄉土文化。以對鄉土社會的情感表現爲例。當前鄉土文學中許多作家的情感表現呈現嚴重的簡單化，要麼就是鄉村溫情，要麼就是愚昧落後，但實際上，鄉村情感既與傳統儒家文化相關聯，存在封建落後的家長制一面，又有質樸眞誠、體現更質樸人性的一面，更凝聚著中國鄉村悠久的歷史、民俗和生活方式。要不落於俗套，要眞正體現其深邃處，作家們不只要對鄉村生活和鄉村文化有眞正的熟悉，還需要以深厚的鄉土精神爲內在依託。在充滿浮躁和簡單的當下社會，要做到這一點是需要作家們付出很大努力的。

最後要說明的是，我如此強調鄉土精神，不是要求作家們完全放棄對鄉土現實地域性的關注，我只是認爲：鄉土地域性的內涵不是單純和外在的，而是豐富且具有變化的，它不僅是外在的地理風景和生活風情，也包括更深層的鄉土文化。並且，在將來的社會中，現實中的地域性可能會隨工業化的發展而消失，文化精神會作爲地域性更重要的一種存在方式。理解和把握了這一點，鄉土文學對鄉土社會的表現力才會更強，也才可以擁有更興盛的生命力，有更輝煌的前景。

鄉土精神：鄉土文學的未來靈魂

　　關於到底什麼是鄉土文學，以及什麼是鄉土文學的核心精神，文學界和學術界的看法一直是變化的，也始終存在爭議。從魯迅的「用主觀或客觀」來寫出「胸臆」〔註1〕，到周作人的「地方趣味」〔註2〕；茅盾的「特殊的風土人情的描寫」和「對於運命的掙扎」〔註3〕，再到丁帆的「三畫四彩」〔註4〕，在不斷豐富和規範的同時，也體現著對不同方面的不同側重。由鄉土文學概念內涵的分歧，又直接衍生出諸如「農村題材小說」、「鄉村題材小說」、「鄉村小說」等概念及爭論。

　　在我看來，鄉土文學概念和內涵的流變是非常正常的。因為鄉土文學作為一種與農業生產方式密切相關的文學類型，在快速發展的工業社會背景下，本身就應該是發展的、可塑的。或者換句話說，自鄉土文學這一概念誕生以來，它所賴以生存的鄉村社會始終處在發展和變化中，鄉土文學的變化發展是自然而然的事情。我們認識鄉土文學，也需要將它與具體的時代背景聯繫起來，進行歷史的認知──正是建立在這一思考之上，我一直不贊同許多人將「十七年」的鄉土文學另類視之、將之劃為「農村題材小說」以示打入另冊──如果嚴格以某一時期和階段的內涵來限定整個鄉土文學，也許就窒息了它的生命，決定了它的死刑。

〔註1〕　魯迅：《中國新文學大系・小說二集序》，《魯迅全集》第6卷，人民文學出版社1981年版。
〔註2〕　周作人：《自己的園地》，北新書局1923年版，第153頁。
〔註3〕　茅盾：《關於鄉土文學》，《文學》第6卷第2號，1936年。
〔註4〕　丁帆：《中國鄉土小說史》，北京大學出版社2007年版。

當前鄉村社會的發展和變化，就對鄉土文學的概念內涵產生了新的挑戰。自 1990 年代以來，中國社會發生了巨大的變化，特別是農村社會，隨著大量農民進入城市（據統計，2010 年的農民工人數達到了 2.4 億），鄉村生活方式有了極大的改變，「空心化」特徵的出現，意味著傳統鄉村生活的狀貌、以往農村生活的複雜性和豐富性正在逐漸失去。正是在這種情況下，近年來，以農村生活爲題材的文學作品（或者說傳統的鄉土文學作品）在大幅度地減少。特別是在年輕的「70 後」「80 後」作家中，書寫鄉村的作家已經急劇萎縮。可以想見的是，在不久的將來，中國的鄉村將會進一步被城市化，人口會越來越少，許多村莊將不復存在。從文學來說，隨著鄉村社會的變化，傳統鄉土文學作品會進一步縮小，很可能難以作爲一種文學類型或文學題材而繼續存在。

正是在這種情況下，在本世紀初，就有一些批評家認爲鄉土文學已經失去了生存的基礎，面臨絕境，或者說面臨消亡。我不同意這樣的看法。我以爲，鄉土文學是一種有豐富內涵的概念，即使是在鄉村生活越來越現代化、傳統鄉村逐漸消逝的背景下，它也應該有存在的一席之地。它並不隨鄉村面貌的改變、傳統鄉土文學某些特徵的消失而消逝，而是在不斷的發展和演變中拓展自己、轉換自己。具體說，我以爲，在鄉土社會發生巨大轉變的今天特別是不久的將來，「鄉土精神」應該成爲「鄉土文學」最基本的核心，構成這一概念的靈魂。

具體說，鄉土精神主要體現爲這樣幾方面的內涵：一是對鄉土的熱愛和關注。這是鄉土精神的基礎，也是其重要的內容。只有對鄉村和鄉村人的關愛，才能呈現出鄉土的內核；二是對鄉土文明生活方式和核心價值觀的嚮往與認同。這是一種基本的精神姿態。或許它不是那麼現代的，但卻是與鄉土內在關聯的。當然，它的內涵具有一定的發散性，如對人類生態的關注，對現代文明缺陷的批判等，都是與之相關聯的主題；三是對一些美好鄉土文化價值觀的揭示和展示。鄉土文化中包含有多元因素，文學應該張揚其中的美善一面，它的基本內容包括如：對自然的熱愛和尊重，人與自然的和諧；對人類質樸人性的認同，張揚人自身的力量和價值；強調人情、人倫，對人類精神價值表示尊重。

也許有人會更習慣於用「鄉土文化」來指稱鄉土文學的內涵，但我以爲，鄉土精神比鄉土文化更合適。因爲鄉土文化內涵的指向性更單一，也更保守，

鄉土精神則更抽象，與傳統鄉土生活方式之間的關係要間接和深遠一些。換言之，鄉土精神雖然以鄉土為基礎，但它並不局限於傳統鄉土文化，它能夠吸收現代精神的因素，對傳統鄉土文化有揚棄和現代的改造重生。比如說，鄉土文化的豐富內涵中包含一些粗俗低級的內容，也有很多滯後於時代的因素，但是鄉土精神對這些因素和內容是拒絕和批判的，它更側重於鄉土文化中積極的、與現代因素相融合的一面。

我之所以主張將鄉土精神作為當前和未來鄉土文學的基本要素，除了現實鄉村的環境發生巨大變化之外，也與現代文學的意義及鄉土文學的獨特性質有關。鄉土文學這一概念的最初出現，是應時代而生的。正如赫姆林・加蘭在《破碎的偶像》（劉保端等譯《美國作家論文學》，三聯書店 1984 年版）中闡述的，只有在大工業背景下，才可能出現「鄉土文學」這一概念，因為只有對比現代工業社會生活，鄉土文學才呈現出其獨特的內容和文化意義。同樣，在今天的中國，人們所面臨的是現代商業生活和文化的衝擊，是金錢物欲對人生存的異化。在這一時代，文學所主要承擔的作用是對物質世界的反抗，是呈現精神、情感和美的世界的價值意義——這當然不是說文學完全是悖逆時代潮流，是完全的對傳統的維護和對現代的抵制。但是文學作為人類重要的精神創造物，確實應該堅持以人本身的發展為基礎，以對真善美的張揚和讚美，對醜惡和虛假的批判為中心。它不反對人類的發展，但不應屈服於彌漫於整個世界的物質文化之下，應該對之進行深刻的揭露和否定。因為人不是單一的物質動物，它更本質、或者說更高的層面是精神——只有擁有精神價值，人才能成為人，否則就與一般的動物無異——文學雖然也有反映現實、表達現實要求的一面，但在當前社會，它的主要價值就是彰顯人的力量，張揚人的本質意義，是對物質文化的抗拒和批判。

在這當中，鄉土文學的意義又有其特別處。因為鄉土文學所依託的是鄉土世界，其背景依靠的是與人類生存密切關聯的鄉土文明，因此，在以文學價值對物質世界的反抗中，它自然地要體現出鄉土精神的內在資源。在現代文明社會中，鄉土精神可能不是與時代結合最牢固的，也肯定有需要進行現代洗禮和改造的方面，但是，就其最基本的方面來說，它更重視人的自主生存，強調人的獨立性，它是具有獨特的文化價值的。換句話說，從文化角度而言，鄉土精神已經超越了鄉土生活方式，具有更深遠的意義內涵，或者說它應該成為現代文化精神中非常重要的一部分，能夠以自己的獨特內涵對現

代思想進行某種糾偏和補充，促使現代文化的發展更加人性化。另外，從本土文化方面看，鄉土精神立足於本土，更能依靠和彰顯中國傳統文化的價值，以自己獨立的立場發出自己的聲音——我們當然不贊成諸如「二十一世紀是中國文化的世紀」之類簡單的豪言壯語，但卻也不應該菲薄中國文化在現代社會中的獨立價值。在現代社會中，在洶湧而至的物質文化面前，鄉土精神的價值並沒有失去，它的反抗和批判精神是其它文化所不能取代和擁有的。

這樣，建立在以鄉土精神爲靈魂的鄉土文學就能夠呈現其獨特的、其它文學類型難以具有的文化意義。而且，它還能使鄉土文學擁有獨特的審美特徵。因爲一方面，鄉土精神本身是豐富而斑爛的，它的神秘性、邊緣性，與鄉土社會和生活方式之間不可分割的獨特氣質，較之其它文化精神更有獨特的美學魅力；另一方面，鄉土精神一般都在鄉土自然和人文景觀中呈現出來，其與大自然的親近，與質樸人性和簡樸生活方式的關聯，使之具有了比城市生活更多樣化的審美基礎。鄉土文學的這種獨特美學價值與其文化價值不可分割，也是其承擔文化價值的重要方式。

當然，強調鄉土精神的價值，並不排斥鄉土現實在鄉土文學中的位置，不排斥對鄉土自然與人文景觀的再現。這也有兩方面的原因，一方面，鄉土精神與鄉土現實有著密不可分的聯繫。鄉土精神並不是抽象的、虛幻的，它往往體現於現實生活之中，也需要以具體的方式體現出來。它或者體現爲具體的生活場景，或者體現爲凝聚著鄉土文化氣息的人物形象。鄉村人物、景觀和民俗，在鄉村精神表現中起著至關重要的作用。其中需要特別指出的是語言。正如德國著名學者洪堡特所說：「一個民族的精神特性和語言形成這兩個方面的關係極爲密切，不論我們從哪個方面入手，都可以從中推導出另一個方面。這是因爲，智慧的形式和語言的形式必須相互適合。語言彷彿是民族精神的外在表現；民族的語言即民族的精神，民族的精神即民族的語言，二者的同一程度超過了人們的任何想像。」〔註5〕語言中潛藏著文化精神的所有一切。因此，對鄉村語言的再現是鄉土文學的重要方面，也是考核其價值和水準的重要標杆。此外，鄉土自然和人文景觀本身也與鄉土精神密切相連，或者說，對它們的再現，能夠使鄉土精神的表現更爲具體，也更能突顯出其審美特徵。只是需要指出的是，鄉土精神的表現並不依賴於鄉村生活寫實敘

〔註 5〕 （德）洪堡特：《論人類語言結構的差異及其對人類精神發展的影響》，姚小平譯，商務印書館 1997 年版，第 52 頁。

述，其表示方式更爲豐富多樣，它可以是浪漫的回憶與想像，也可以是精神的邀遊。這也是以鄉土精神爲靈魂的鄉土文學區別於傳統鄉土文學的一個重要方面。

另一方面，正如前所述，在當前社會，鄉土文學需要主要承載文化批判的功能，但這並不意味著它完全與現實功能相隔絕。在當前中國，對鄉村現實的關注依然是鄉土文學不可忽視和缺少的重要方面。鄉村現實中存在的問題既直接關係著鄉村的現實與未來狀況，關係著眾多的生活在城市或農村的農民，也關係著鄉土精神的現實依託與生存前景。所以，對鄉村現實的關注、批判和揭示，並不與鄉土精神相割裂，而是保持著密切的關聯性。鄉土文學沒有理由忽略鄉村現實，甚至說，對鄉村現實的熱情和關注是鄉土精神的重要一部分。只是，在鄉土精神的輝映下，鄉土現實已經（或者說在不遠的將來）不再是鄉土文學最重要的要素，包括與之有關的「鄉愁」、「地方色彩」或「風土人情」等，都難以構成鄉土文學最主要的因素。鄉土文學的基本靈魂已經位移爲鄉土精神。

以當前文學創作爲例。我以爲，雖然不以鄉土生活爲中心卻體現鄉土精神、因此應該被視爲鄉土文學的作品，趙本夫的《無土時代》可以作爲典型。這部作品表現的中心生活雖然是城市，但作品的基本精神是對現代城市文化的質疑和批判，其中傳達出對鄉土精神的強烈認同，並進行了豐富的表現、執著的嚮往與追求。所以《無土時代》的精神是屬於鄉土世界，其精神是以鄉土爲中心，它應該歸屬於今天的鄉土文學陣營中。與之相對應，我以爲當前文學中的一部分打工文學已經不適合進入鄉土文學（這一觀點對我以前的看法有所修正。這種修正在一定程度上緣於打工文學本身的發展，也緣於我對現實鄉村瞭解的全面和對鄉土文學意義思考的深入〔註6〕。）這些打工文學的主人公雖然是農民，其敘述中也可能會部分涉及到鄉村生活，但是，它們沒有表現出對鄉土精神的嚮往與肯定，所展現的鄉村生活也停留在日常生活之上，沒有深入到鄉土精神層面，因此它們不具備作爲鄉土文學的基本精神特徵。

需要特別指出的是，我們以鄉土精神來限定鄉土文學，並不是以之來排斥其它文學作品，也不以爲鄉土文學就有某種特殊的地位。我們之所以這樣認定，是考慮到在當前社會文化背景下文學的整體意義承擔問題，是考慮到

〔註6〕參見拙著《一種文學與一個階層——中國新文學與農民關係研究》之「緒論」，人民出版社 2008 年版。

鄉土文學應該依託獨特的文化精神，應該承擔起更大的文化責任。我們並不排斥對鄉村生活或城市打工者進行純粹的寫實性敘述，甚至認爲這種立足於底層生活之上的客觀敘事是當前文學不可缺少的重要部分。寫實與精神，應該分別構成當前文學鄉土關注的兩個側面。

　　鄉土文學內涵的調整，對鄉土文學作家也自然提出了新的要求，要求他們調整或者改變自己的文學側重點。最首要的，是強化文化內涵，對鄉土精神做出更多的關注、思考和表現。也許有人會覺得這很容易，其實並不如此。因爲鄉土精神不是停留在生活表面，不是簡單的浪漫懷鄉、田園風光，而是蘊藏著很深的價值意義。更重要的是，長期以來，鄉土精神被嚴重地忽略和批判，其內涵實質已經爲時間所遮掩，作家們只有在深入細緻的甄別、選擇和揚棄基礎上，才能眞正明確出什麼才是眞正的鄉土精神，什麼才是有現代價值的鄉土文化。以對鄉土社會的情感表現爲例。當前鄉土文學中許多作家的情感表現呈現嚴重的簡單化，要麼就是鄉村溫情，要麼就是愚昧落後，但實際上，鄉村情感既與傳統儒家文化相關聯，存在封建落後的家長制一面，又有質樸眞誠、體現更質樸人性的一面，更凝聚著中國鄉村悠久的歷史、民俗和生活方式。要不落於俗套，要眞正體現其深邃處，作家們不只要對鄉村生活和鄉村文化有眞正的熟悉，還需要以深厚的鄉土精神爲內在依託。在充滿浮躁和簡單的當下社會，要做到這一點是需要作家們付出很大努力的。

　　這當中，需要特別強調的，是理清楚鄉土精神與現代意識的關係。鄉土精神並不排除現代意識，甚至說它是以現代意識爲前提，在對傳統鄉土文化進行甄別和選擇，在釐清鄉土精神內涵實質時，都需要現代意識爲重要依託。但是，需要明確的是，鄉土文學的中心始終都應該是鄉土精神，現代意識只是它相關聯的一個重要因素。也就是說，不管在任何時候，鄉土文學應該立足於鄉土，以鄉土精神爲根本。失去了這一點，也就失去了鄉土文學，或者說也就無所謂鄉土文學這一稱謂了。

　　其次，需要進一步張揚鄉土文學的美學特質。鄉土文學的美學特質既包括鄉村獨特的自然美，更包括質樸眞誠的人情美。這種美是鄉土文學的本質審美特質，也是其個性所在。因爲不管在任何時候，文學的獨特本質都是審美，離開了審美，文學也就不成其爲文學，也就失去了存在的意義。當然，這並非是要求鄉土文學只是簡單的風俗美和人情美，更不是只一味爲鄉土社會唱讚歌，爲之塗脂抹粉，那樣的話，鄉土文學只能變得越來越膚淺庸俗，變

成像劉紹棠那樣淺白的「田園詩」。美學特質與深度揭示和現實批判並不衝突，它們的統一點是對眞善美價值上的認同。它揭示鄉村的問題、批判鄉村的醜惡，目的是爲了使鄉村更美好，它讚美、描述鄉村的美和善，目的也同樣如此。以這一基礎上，鄉土文學的深度意義與審美視野能夠得到和諧統一。這裡可以以趙樹理爲典例。他的小說基本上沒有風景描寫，也不著意於以優美筆法描述鄉村，而是著力於對鄉村矛盾和問題的揭示，但是，他對鄉村的深切感情，他的質樸本色，以及所包含的對鄉村未來的眞切期待，既還原了鄉村生活非常本眞的一面，也賦予了其作品獨特的美感。趙樹理的創作雖然過去了半個多世紀，但其審美個性在今天與未來的鄉土文學創作中都依然不失借鑒意義。

在這個意義上，我也可以對鄉土文學的未來給予自己的期望。首先，它能夠以自己獨特的審美特色，以自己獨立的文化精神，卓立於現實與未來文壇之上。我相信，眞正的鄉土精神呈現，眞正的鄉村美學視野，是能夠產生獨特感染力，是能夠永遠在文學中佔有一席之地的。正如美國學者皮爾斯‧劉易斯所說：「我們人類的風景是我們無意爲之，卻可觸知可看見的自傳，反映出我們的趣味、我們的價值、我們的渴望乃至我們的恐懼。」〔註7〕對質樸、眞實的認同是人類的基本價值方向，即使在再發達的社會，在再機械化、電子化的時代，人們對眞誠質樸的嚮往不會終結，對自然和淳樸美的願望不會泯滅，鄉土文學的價值也就不會有盡時；其次，它能夠擴大和深化文學的意義，體現文學更大的文化力量。鄉土精神是具有獨特美感和文化意義的，如果作家們能夠予以眞正的彰顯和張揚，其意義也許不只在文學內部，更可能對社會文化產生積極的影響。這其中，對民族國家的凝聚力是其重要的一方面。因爲正如學者們所認爲的，民族國家不是天然的自然產物，而是文化的結果，是「想像的共同體」。在往昔，鄉土文學（在鄉土文學沒有被凸顯的時代就是傳統文學）就是這些「想像」的重要一部分。在今天與未來，鄉土文學完全可以承擔更多的「民族想像」功能，具有更多的民族文化意義。那樣，鄉土文學的興盛將不只是對它本身有意義，對整個文學的生存和發展，對整個人類文化的個性和生存都有積極價值——當然，說到底，這種意義的產生不只是依靠文學，而是其背後深厚而悠遠的鄉土精神，或者說，文學承擔的主要是文化精神一個載體和宣示的角色而已。

〔註 7〕 轉引自（美）溫迪‧J‧達比：《風景與認同》「譯後記」，張箭飛、趙紅英譯，譯林出版社 2011 年版，第 361 頁。

論中國鄉土小說的現代性困境

　　中國鄉土小說與現代性有著先天的不解之緣。「鄉土小說」(包括「鄉土文學」)這一概念的產生,就與現代性密切相關:正是因為現代工業文明的到來,人們不再像以往一樣以鄉村為主要生活背景,取而代之的是城市成為人們生活和關注的中心,有了現代城市生活的對應,才誕生了所謂的「鄉土社會」和「鄉土小說」概念〔註1〕。所以,自誕生之日起,鄉土小說就在精神上構成了與現代性的某種對抗性張力,西方文學中的許多著名鄉土小說,如屠格涅夫、哈代、福克納等作家的創作,就都包含著強烈的現代性批判意圖。

　　中國鄉土小說自然也不能逃脫與現代性之間的複雜關係,而且,在中國現代社會背景下,它與現代性的關係更有其獨特性:一方面,它的內部呈現出迎應和批判兩種對立形式的現代性衝突;另一方面,它又集體性地蘊涵著現代性的精神困境,對中國鄉土小說的總體發展產生著制約和影響。

一、改變的尷尬與守望的迷茫

　　中國鄉土小說的主流是以支持和呼應的態度來對待現代性,它的方式也與現代性內涵完全一致——就是改變鄉村。以建國為界限,不同時期的作家以不同的具體方式來表達這一理念:建國前作家一般都以批判和否定方式來表現鄉村,其負面敘述中寄寓著強烈的政治改造意圖;建國後的作家則主要以積極的態度來迎合鄉村的現實變革情狀,傳達著對現代文明發展的高度認同。與之相關聯,在同樣的改變主題下,蘊涵著側重點有差異的方式和角度:一種以文化改造為中心,另一種則更著力於現實的變革。

〔註1〕參見丁帆:《中國鄉土小說史》「緒論」,北京大學出版社 2007 年版。

　　魯迅是文化改造的代表和創始者，他最著名的作品《阿Ｑ正傳》就是以現代文化對鄉村進行啓蒙與觀照的典型，所意圖的是「畫出這樣沉默的國民的魂靈來」、「引起療救的注意」〔註2〕，根本目的是以現代文明來映照和再造中國鄉村。魯迅的理念代表著五四文學基本傳統，所以，正如張天翼曾經說過的：「現代中國的作品裏有許多都是在重寫著《阿Ｑ正傳》」〔註3〕，中國鄉土小說的基本歷史都在繼承著《阿Ｑ正傳》的思想理念，承載著對鄉村進行文化啓蒙的創作精神。包括80年代的《爸爸爸》、《陳奐生上城》，以及90年代後的《沒有語言的生活》、《羊的門》等作品，都是這一傳統有影響的繼承者。

　　茅盾則開啓了在現實政治上變革鄉村的創作傳統。在茅盾對鄉土小說的定義中，特別強調的是「普遍性的與我們共同的對於命運的掙扎」〔註4〕。他的目光所在，也主要是鄉村的現實政治變化潛力和這種潛力的現實表現。茅盾的「農村三部曲」，與葉紫的《豐收》、蔣光慈的《咆哮了的土地》等作品一道，對30年代鄉村激烈的政治變革進行了積極的描述和熱情鼓動。之後，40年代趙樹理的《小二黑結婚》、丁玲的《太陽照在桑乾河上》，五六十年代柳青的《創業史》、周立波的《山鄉巨變》、浩然的《艷陽天》等，以及80年代以來數量龐大的反映鄉村改革的作品，都遵循著同樣的鄉村變革創作理念，激勵和參與著鄉村的政治變換和經濟更新。其創作聲勢，在很多時候超過了魯迅的文化改造型創作。

　　改變鄉村的創作思想適應20世紀中國社會現實的發展方向，也符合五四「民主與科學」的現代性文化精神，因此，它得到了主流政治和主流文化的大力支持，從而引領了中國鄉土小說的創作潮流，也滿足了許多作家以文學創作參與和推進中國鄉村社會現代化進程的願望和意圖。但是，複雜社會現實卻常常以其艱難和曲折戲弄著作家們，構成著對他們「改造鄉村」夢想的嘲諷。

　　首先是改變效果上的艱難。儘管作家們力盡文化啓蒙和現實改造的任務，但是，現實卻往往讓他們遭遇到尷尬和艱難。從文化方面說，作家們改造鄉村的理想在幾十年歷史中並沒有取得所期望的進展：新文學一直沒有眞

〔註2〕魯迅：《俄文譯本〈阿Ｑ正傳〉序》，《魯迅全集》第7卷，人民文學出版社1981年，第82頁。
〔註3〕張天翼：《我怎樣寫〈清明時節〉的》，《文學》第6卷第1號，1936年。
〔註4〕茅盾：《關於鄉土文學》，《文學》第6卷第2號，1936年。

正進入鄉村，其思想也遠沒有對鄉村文化和農民構成直接的影響；同樣，從現實方面說，雖然在這大半個世紀中，中國鄉村發展了巨大的變化，但是，文學在其中到底起了多大的作用，或者說是否起了作用，卻是很可疑的事情。每一次鄉村變革，文學都只是跟在後面作出鼓吹或者其它方式的呼應，很少有對鄉村運動做出前瞻性思考和鼓動（也許李準的《不能走那條路》是例外，但它遭到的卻更多是人們的批評）。更叫人難堪的是，由於中國鄉村運動在幾十年間走著頗為坎坷曲折的道路，作家們又都是被動地跟隨在鄉村運動後面，所以，每一次鄉村政策的改變，都會構成對鄉土小說的尖銳嘲弄，作家們虔誠的創作態度，帶來的卻往往是尷尬的結果〔註5〕。

其次是自我精神的尷尬。新文學鄉土小說的最初目標是希望以現代性精神改變鄉村，啟蒙農民，但是，從歷史看，作家們沒有改變鄉村，倒是作家自己精神受到了改變。有學者曾將四五十年代中國歷史視為是「啟蒙者與被啟蒙者的錯位」〔註6〕，是知識分子（作家）被改造的歷史，事實上，不僅是這一時代，整個現代歷史都是如此。我們對比五四時代和之後的鄉土小說發展後可以清晰地看到，由於「改變鄉村」的理念多受制於現實文化或政治變革的要求，作家們的創作也總是被蒙上了濃重的服務色彩，作家主體精神事實上是在不斷潰退，在不斷失去自我。這嚴重影響了「改變鄉村」作家們形成對鄉村發展獨立深入的思考，也影響他們對鄉村生活表現的真實化和個性化。比如，從藝術上看，這類小說明顯缺乏獨立的創造精神，「一窩蜂」式的創作現象經常充斥其歷史中：20年代作家多營造「未莊」式的鄉村景觀，30年代作家紛紛以「豐收成災」為中心，五六十年代作家則集體性地歌頌農業合作化運動和人民公社制度，80年代作家眾口一詞地為「承包責任制」喝彩。雖然這其中有外在環境的限制，但作家理性精神和反思精神的匱乏是內因。這樣的作品不可能真正地揭示現實的深層面貌，也不可能擁有現代獨立精神文學創作所具有的生命力。

「改變鄉村」是中國鄉土小說的主導形式，但也有一些作家選擇了另一種方式來表達他們的現代性思考。二三十年代的廢名、沈從文，80年代汪曾

〔註5〕 最具代表性的是50年代柳青等人的農業合作化題材小說。這些作家生活功底深厚，對農村、對文學都有執著的感情，但中國鄉村的發展現實卻對他們構成著嚴屬的嘲諷。這種尷尬同樣體現在80年代鄉土作家身上，這些改革小說正遭受著90年代以來鄉村現實越來越嚴峻的挑戰。

〔註6〕 參見許志英、鄒恬主編：《中國現代文學主潮》，福建教育出版社2001年版。

祺、李杭育等部分「尋根」作家，以及 90 年代的賈平凹、張煒等，是其中的突出代表。與「改變鄉村」者完全相反，他們在現代性問題上的思維理念是守望，他們對鄉村既有現實和文化持肯定和留戀式敘述，對現代文明於鄉村的改變持明確的拒絕和批評姿態。

他們鄉村世界的最大特點是美麗和寧靜，時間和空間也呈現凝滯和封閉的狀態。廢名的《竹林的故事》和沈從文的《邊城》最爲典型。在這兩部作品裏，鄉村的自然風景和人物心靈，共同構成了一個遠離人間喧囂和進化的桃源世界，其中的時間雖然也在流逝，人事也經歷著滄桑變遷，但這種變遷並無損於鄉村的美麗和寧靜，它只是生命自然的一種流程，它與鄉村的美和善是凝結在一起的。作者以恬淡而豁達的態度看待鄉村的變化，以守望的姿態謳歌著鄉村的自然和生命。正如沈從文所說：「時代的演變，國內混戰的繼續，維持在舊有生產關係下而存在的使人憧憬的世界，皆在爲新的日子所消滅。農村所保持的和平靜穆，在天災人禍貧窮變亂中，慢慢的也全毀去了。」〔註7〕在作者們營造的這些鄉村世界背後，折射的是作者們對傳統鄉村生活和文化關係的維護，是他們對現實變異的抗爭和拒絕。文學，是作家們維護鄉村傳統和平靜穆的方式。

正因爲作家們不僅僅是意圖再現現實的鄉村，而是寄寓著一種理想和生命方式，因此，許多守望鄉村的創作都呈現出明確的非現實色彩。沈從文曾這樣評價廢名的創作：「馮文炳君過去的一些作品，以及作品中所寫及的一切，將成爲不應當忘去而已經忘去的中國典型生活的作品，這種事實在是當然的。」〔註8〕並引以爲自己的同調。周作人評價廢名的小說，也認爲「這不是著者所見聞的實人世的，而是所夢想的幻景的寫象」〔註9〕。而這，也使得他們的許多思考能夠超越現實層面進入到更廣泛的自然和人性世界中。像廢名的《橋》、《桃園》和沈從文的《雨後》等作品，就都表現出對人和自然和諧相處的思想。

「守望鄉村」的思想和審美效果與現實鄉村發展構成一定的張力，並體現了現代性思考的獨立性，但是，他們的創作中也存在難以彌補的遺憾：

〔註7〕 沈從文：《論馮文炳》，《沈從文文集》第 10 卷，花城出版社 1984 年版，第 101 頁。

〔註8〕 沈從文：《論馮文炳》，《沈從文文集》第 10 卷，花城出版社 1984 年版，第 102 頁。

〔註9〕 周作人：《〈桃園〉跋》，《苦雨齋序跋文》，天馬書店 1934 年版。

　　首先是思想的迷茫。作家們以守望鄉村爲基本姿態，但到底守望什麼，是現實還是精神，是文化還是理想，往往困擾著許多守望姿態鄉土作家的精神世界，並對其創作產生影響。這一點最突出地體現在 90 年代鄉土小說創作中，以賈平凹《土門》、《高老莊》、《秦腔》，張煒《家族》、《外省書》、《醜行與浪漫》等爲代表，守望姿態在 90 年代出現了一個新的創作高峰，然而，這些作品基本上都缺乏明確的建設性思想，或者說，他們對鄉村現實進行批判的立場明確，但是，守望的內涵卻很模糊，批判之後回到什麼目標，以什麼爲新的歸依，作家們往往沒有清晰的答案，在一些情況下，他們創作中表現出來的是向後的退卻姿態，是向傳統封建文化的簡單復歸。

　　其次是創作持續性問題。思想的退卻也許是部分作家的表現，但創作持續性問題更普遍地存在於守望姿態鄉土作家們身上，即使其代表作家沈從文和廢名也不例外。我們一直以「人性世界」爲沈從文鄉村敘述的基本主題，但我們很少人注意到，沈從文創作中眞正表現這一主題的作品並不多，並且只集中在 30 年代的短短幾年中。抗戰後，沈從文的鄉土小說創作就逐步萎縮，期間創作的《長河》未能終篇，與《邊城》的主旨也有差異，之後，他更長期徘徊在文體探索之中，基本上遠離了 30 年代的「人性夢想」。比較起來，廢名的鄉村夢更是曇花一現，他創作於 30 年代的《橋》已經體現出以文學形式來表現其鄉村理想守望的勉力，40 年代的「莫須有」系列作品，更不得不借助宗教來傳達其文化情感，與其早期清新自然的鄉村夢已經有了很大的差異。同樣，80 年代向鄉村「尋根」的作家也很快偃旗息鼓。90 年代的賈平凹、張煒等作家，雖然不斷有新作問世，但從精神上卻很少有創新和突破之處，基本上沒有超越八九十年代之交的思想理念。

　　這兩個方面的缺陷，限制了守望型鄉土小說作家的文學成就。從思想層面來說，眞正形成系統性獨立思考的作家只有沈從文，能夠傳達作家獨立思想的作品也甚寥寥。在一定程度上，這一創作在社會上的影響力超過了它實際上的創作成績。

二、現實的制約與精神的困惑

　　兩類鄉土小說雖然擁有相對立的現代性方向，藝術旨趣和藝術成就也存在差異，但它們卻受到某些共同的現實和精神制約，或者說，相似的現實和精神困境對它們的思想藝術予以限制，對它們的創作產生負面影響。

首先，中國鄉村現代化道路的複雜和坎坷是這一影響的基礎。由於近代以來長期的戰亂和災荒，整個 20 世紀的中國鄉村、尤其是部分內地鄉村處於相當貧困的狀態，它們對物質的現代化有著特別渴切的要求和願望。在這種環境中成長起來的作家，其記憶中往往會銘刻有深重的貧窮和苦難，當作家們從事創作時，很自然會將改變鄉村作為最大的願望和第一選擇，也容易將主體精神完全寄託在現實政治與現代文化上。過於深重的苦難記憶，過於強烈的現實關注，使作家們無暇、也不願意去關注和思考其它超現實層面的問題，而是容易急切地跟隨在現實背後，受制於現實政治的影響。這是「改變鄉村」成為中國鄉土小說主流的原因，也是這些作家多難以邁開獨立探索步伐的根本原因。而且，20 世紀中國鄉村現實中的現代化路途充滿著曲折和坎坷，其中，政治的失誤和利益的爭鬥更是給鄉村的發展塗上了一層斑駁的雜色，甚至不無荒誕和謬誤。這使作家們的政治依附和現實希望顯得虛幻和可笑，也阻滯著作家們的現代性追求步履。

「守望鄉村」者也受制於現實的羈絆。在現實面前，他們雖然選擇了批判和守望的姿態，但不可避免要受到時代的精神擠壓，也容易使他們在現實改造潮流和個人獨立精神追求之間陷入兩難。比如我們前已提及的「守望鄉村」作家普遍存在創作持續性方面的缺陷，這一方面與作家們受到主流現代性的精神壓力，與現實政治和文化的批評有關。比如，40 年代沈從文多次受到文學界和思想界的批評，對其創作的轉型和陷入困境產生了直接影響。另一方面，也是因為作家們受到現實環境的制約，難以真正脫離現實去追求自己的鄉村夢想，深化自己的鄉村思考。以賈平凹和張煒為例。雖然他們在 90 年代是鄉村文化的明確守望者，但在 80 年代，他們都曾經是鄉村改革的積極歌頌者，只是在鄉村文化面臨毀滅的危局下才轉變其創作姿態。顯然，與鄉村現實所經歷的巨大變化一樣，他們的內心也經歷了艱難的選擇和自我衝突，現實和文化都拉扯著他們的衣履，使他們難以沉靜的姿態去思考鄉村，去表現更深層的現代思想。

其次，中國鄉土小說的困境還受制於作家們現代性精神準備上的不足。如前所述，20 世紀中國是從傳統向現代的轉換，這一轉換的速度之快，遠遠超出了一個作家（知識分子）思想變化所可能具有的速度，而且，西方文化在政治力量的促動下所具有的強大影響力，也使作家們很難遽然間形成真正成熟的現代性思想。在這種情況下，雖然作家可能選擇以迎應或拒絕的不同

姿態來書寫鄉村和看待鄉村，但也許並沒有真正的現代精神和清晰的現代性理念為指導，對於他們所希望改變或守望的鄉村，到底應該成為一個什麼樣子，鄉村和人到底應該是一種什麼關係，他們自己也並沒有明確的方向，形不成堅定的目標。

前面我們已經談過「守望鄉村」作家們在方向上的迷茫，事實上，那些以「改變鄉村」為目的的作家們，也存在著相類似的精神迷茫。一個突出的表現是，他們雖然以改造姿態對待鄉村，但實際上，大部分作家所表現出來的改造理念僅僅局限在鄉村的表層文化觀念，以及政治和經濟面貌上，他們的精神實質依然還是傳統的鄉村生活方式。

以 30 年代文學對當時鄉村的道德變異書寫為例。30 年代是中國鄉村第一次受到西方文化道德的衝擊，對於這一變化，作家們基本上持簡單否定的態度。王魯彥、王統照等作家的作品都表現出對傳統鄉村道德的懷念和對城市文化的明確批評，只有茅盾的《水藻行》具有較強現代意識，對這種道德變化給予了一定的認可。但即使是茅盾，思想中也充滿著對城市文明的自然反感：「一方面固然由於都市的罪惡伸展到鄉村，而另一方面也由於農村的衰敗和不安引起了人心的迷惘苦悶，於是要求刺激，夢想發財的捷徑了。」〔註10〕他的《春蠶》，在政治上是強烈地呼喚著鄉村現代化，但在思想上並沒有表現出對現代文明的理性思考。作品借老通寶之眼和口，表示的是對一切代表「洋」的東西的憎惡與恐懼，其中不難看出作者的價值趨向。在這個意義上說，30年代作家們的思想並沒有真正超越當時的農民群體，他們的價值觀念上依然帶有對傳統農業文化強烈的依戀色彩。王統照的話具有一定的代表性：「無論世界的政潮，資本力量，有若何變革，而我國以農立國的根本卻不能拋棄。縱然在重要城市已打下新工業的基礎，新資本者也逐漸在工商業與政局中形成主要勢力，然百分之八十在舊傳統掙扎生活的農民，他們的思想，行動，終究是這個東方古國的不可漠視的動力。」〔註11〕

正是現代性精神的制約，許多作家們所追求和迎應的「現代」，實質上只是政治權力的更替與「進化論」意義上文化的現代，而不是完備的、全面的現代，他們對於現代的理解和表達，都只能局限在為現實政治或達爾文式的

〔註10〕 茅盾：《中國新文學大系‧小說一集導言（1917～1927）》，良友圖書印刷公司1935 年版。

〔註11〕 王統照：《〈銀龍集〉序》，《銀龍集》，文化生活出版社 1947 年版。

簡單文化變革的服務中，只能作爲現實政治的追隨者而不是批判者和引導者。面對 20 世紀斷斷續續進入中國鄉村社會的現代工業化潮流，鄉土作家們很少有現代性的反思，很少去思考其中是否存在有積極的因素和必然性趨勢。也就是說，從農民自身角度去看，這種社會發展的變局無疑是痛苦和殘酷的，但它也許是歷史發展不可避免的「陣痛」，是中國農村社會發展的必然階段。這一點，農民們不能意識到是正常的，但是，如果作家也和農民一樣完全沉浸在對它的政治和道德譴責當中，顯然是一個精神缺陷。

在這個意義上，中國鄉土小說雖然創作姿態有別，卻寓含著同樣的現實和文化困惑，遭遇著同樣的複雜精神悖論。同時，它也深刻地揭示出，鄉土和現代性的關係絕對不是一個簡單的概念，而是具有豐富的複雜內涵，只有在作家們的獨立思考和深入體味下，它才有可能展現出自己的眞實面貌。

三、開放的現代性與開放的鄉土小說

中國鄉土小說之現代性困境，既有中國本土的現實限制，也源於現代性本身內涵上的自相衝突，或者說源於現代性自身的複雜性。因爲在一般意義上，現代性「體現爲對於進步的時間觀念的信仰、對於科學技術的信心、對於理性力量的崇拜、對於主體的自由的承諾、對於市場和行政體制的信任等世俗的中產階級價值觀。」〔註 12〕但實際上，「現代性」存在不同意義上的多個層面，其中科學現代性與審美現代性更存在著內在的自我衝突。科學現代性的指向是進步和發展，而審美現代性的指向則是批判和疏離〔註 13〕。就審美現代性而言，正如阿多諾所說，它「所要完成的任務不是保存過去，而是拯救過去的希望」。〔註 14〕不同層面現代性之間存在的內在衝突，也直接導致現代性在思想發展上形成「現代」和「後現代」相繼承又相衝突的不同階段〔註 15〕。

現代性充滿自我張力的複雜內涵，是人類社會發展到現代之後的必然結果。因爲一方面，人類要走出原始和前現代的困境，是一種必然的要求和自

〔註 12〕 汪暉：《汪暉自選集》，廣西師範大學出版社 1997 年版，第 5 頁。

〔註 13〕 參見（美）馬泰・卡林內斯庫：《現代性的五副面孔》，顧愛彬等譯，商務印書館 2003 年版。

〔註 14〕 轉引自（美）安德魯・芬伯格：《可選擇的現代性》，中國社會科學出版社 2003 年版，第 21 頁。

〔註 15〕 參見周憲：《現代性與後現代性──一種歷史聯繫的分析》，《文藝研究》1999 年第 5 期。

然趨勢，但另一方面，單純的發展現代性，必然會帶來對精神和心靈的傷害，必然會損傷人類的審美世界。二者需要尋找到和諧點，需要努力達到平衡，這也正引起當前許多有識者的努力思考。

在這個意義上說，中國鄉土小說精神的現代性衝突，所內在蘊涵的是現代性精神不同層面的衝突，也是人類從傳統進入現代所難以避免的結果。魯迅、茅盾等人所追求的是傳統意義上的科學現代性，沈從文、張煒等人所追求的既可以說是反現代性，也可以說是現代性的另一層面——後現代性思想。由此來看，中國鄉土小說表現出的現代性對立姿態也許不是一個問題，甚至可以說，它既是中國獨特情境的產物，體現了中國鄉村發展對現代性問題的獨特貢獻，也體現了思想和文學發展多元性的特點。同樣，中國鄉土小說的現代性困境也具有必然性因素，要解決這一困境，是非常困難甚至是不可能的。換個角度看，也許根本就不需要去嘗試解決這種困境，我們所需要的對這一困境根源的探索，是對這些問題認識的深化。立足於中國鄉村和鄉土小說獨特性的思考，對鄉土小說的現代性困境做出深入探究，不僅能促進鄉土小說的發展，也能促進對中國鄉村發展方向的思考。

首先，應該對「現代性」概念的認識作出更深的思考。現代性是人類共同的前景和面臨的問題，但是它不是普泛的、內涵固定、放之四海而皆準的，而應該是隨著時代、地域的變化而遷移的。在這當中，有兩方面的因素需要作為思考的前提：一是民族性。不同民族、文化背景下的現代性內涵是有差別的，應該體現其文化差異和民族精神。二是時代性。不同時代的現代性內涵應該是不一樣的，時代的發展應該賦予現代性不同的理解，也應該作為現代性方向調整的基礎。

這直接關聯到中國鄉土小說的現代性選擇問題。它不應該是簡單的二元取捨，而應該是更全面客觀的權衡。比如對中國的鄉村文化，一方面應該認識到其中的封建和落後因素，作出批判和摒棄的選擇，但是，另一方面，其中也包含著一些自然的、更符合人性的因素，它可以促使我們對現代性的批判和反思，具有人類心靈歸宿的意義，這自然應該得到保留。再如對於中國鄉村改革的方向，也應該建立自己的獨特思考。因為中國鄉村的現實面貌和文化傳統都與西方不一樣，鄉村的發展也應該有自己的獨特道路和前進方式。它既要克服貧窮，走向物質的發達，但又不應該走向完全的西方化，如何既保留自己的獨特文化，又結合現代的民主和自由精神，是其必要的選擇。

在這個意義上說，過於執著於現實容易成為現實的奴僕，完全游離於現實之外也會對自我構成羈絆。

其次，應該將文學現代性作為首要的標準。前面講到在傳統與現代之間進行合理的取捨，但是，在取捨標準多元也很模糊的情況下，確立標準是重要前提。我以為，文學應該堅持自己的標準，也就是堅持文學的現代性方向：所謂文學現代性，簡要的說，最基本的原則是人，是健康而完美的人性。因為文學是人類精神的產物，它的最高目的是促進人的美好與完善。文學在思考人類發展方向，思考鄉村未來等問題的時候，都不應該脫離這一前提。文學的現代性標準可能（甚至是肯定）會與政治、文化等其它標準構成頡頏甚至是衝突，但是，這正是它擁有自己獨立價值和獨特魅力的重要前提。

其實，在深層意義上，文學現代性與現代性思想內涵並不完全衝突而是具有內在和諧的基礎。以人和自然的關係為例。鄉村由人和自然共同構成，以現代性思想進行觀照，兩者應該保持共同的和諧，所以既要揚棄「征服自然」、「人定勝天」的思想，也要反對簡單的自然崇拜。同樣，文學從人類自我完善出發，也將與自然的和諧相處作為重要的生存基礎，而且，自然美也是文學美中一個重要的組成部分。在這個意義上，堅持文學的現代性思想，並不意味著滯後於時代，也不一定對立於時代，而是給現代性發展提供一條重要而獨特的思路。

論中國鄉土小說的二重敘述困境

　　中國鄉土小說誕生於 20 世紀 20 年代初，那正是中國社會從傳統農業國家向現代文明轉型的艱難開端，也是中國知識分子尋求西方資源，進行文化啟蒙和政治變革的緊要當口。在這種背景下，鄉土小說自被命名之日起就成為了知識分子表達文化啟蒙的重要陣地，也被作為演繹中國社會政治和文化變革的重要場所，獲得了特別的發展。然而，獨特的社會文化環境在給鄉土小說帶來繁榮的同時，也賦予了它許多難以擺脫的困厄。這在鄉土小說的敘述上就有非常顯著的表現。

一、敘述姿態：「游子」的迷茫

　　中國鄉土小說敘述者的身份很有特點，他們極少有鄉村中人，而是普遍具有「鄉村游子」的背景。他們一方面與鄉村具有著不可割捨的密切關係，或者曾經是鄉村中之一員（如軍人、知識分子），或者在鄉村生活過（如下鄉幹部、知青），但另一方面，他們在敘述時又都脫離了鄉村人的身份，明確地在文化和心理居於鄉村之上。他們以與鄉村若即若離、蘊涵著內在悖反精神的游子姿態，敘述著鄉村和鄉村人的故事。

　　延伸開去，可以發現，這種「游子」特徵也體現在鄉土小說敘述的多個方面。如在敘述人稱上，中國鄉土小說多以第一人稱敘述，敘述者也往往在其中融注了很強的感情色彩，但作家們又多以批判作為基本的創作理念。於是，這些鄉土小說大多都是抒情和批評的複雜交織，充滿著自我的張力。再如鄉土小說的敘述方法，雖然作家們都紛紛表示對鄉村的感情和關注態度，但他們的敘述語言都是知識分子的現代書面語，小說的結構安排也與農民閱讀習慣有很大距離。

　　游子型敘述姿態的形成，從表面上看，是源自現實生活。因為絕大多數鄉土小說作家本身就是鄉村的游子，他們經歷過從鄉村到城市的生活經歷，也有從鄉村到城市的身份和文化轉型。他們小說中的敘述者，一定程度上是他們自己的人生道路和情感經歷的反映。正因為如此，眾多的鄉土小說批評家們都認同了鄉土小說敘述姿態的合理性。魯迅就很理解他們的創作處境：「在還未開手來寫鄉土文學之前，他卻已被故鄉所放逐，生活驅逐他們到異地去了」，「回憶故鄉的已不存在的事物，是比明明存在，而只有自己不能接近的事物較為舒適，也更能自慰的。」〔註1〕並因此將鄉土小說定義在這些鄉村游子的創作上。一些當代學者也肯定地認為，正是這種心態，造就了中國鄉土小說「漂泊與回歸」、「反叛與眷戀」〔註2〕的獨特主題和審美風格。

　　然而，從更深層來說，「游子」敘述姿態的形成，更是中國複雜的社會現實和文化的產物，同時，它既折射著鄉土小說作家們巨大的精神困境，更最終體現為制約中國鄉土小說思想和藝術發展的一個重要因素。

　　在中國長期的社會現實和歷史文化中，農民一直處於社會的最底層。進入 20 世紀後，在新文化運動中，農民第一次被推上文學舞臺，受到較深切的關注。然而，這並沒有真正改變農民在社會和文化中的卑微和被動處境。在現實生活中，農民和鄉村一直是貧窮和落後的代表，在現代文化中，他們也一直承擔著愚昧的待啟蒙身份。在這樣的背景下，鄉村和農民受到社會的歧視，在文化上，也形成了這樣一個定論，就是鄉村人是沒有能力對自己的生活進行敘述的（至少在深層意義上是如此。因為鄉村的民歌、故事、說書也在一定程度上敘述鄉村生活，但它顯然不被認為是我們一般所指的文學）。他們在政治和生活上需要等待外來者來拯救，在文學上也只能接受外來者的書寫。

　　在 20 世紀中國，這種現實和觀念已經成為社會普通民眾和知識分子的集體潛意識，也自然影響著鄉土小說作家。正像每一個鄉村知識分子都渴盼著離開鄉村、進入都市，在文化上，他們也自覺地認同現代文化，參與著現代文化對鄉村的批判式啟蒙，從而在創作姿態上形成了與其個人境遇自然的遇合。也許在現實中，不同作家與鄉村的關係和情感會有一定的誤差，但在理

〔註1〕魯迅：《〈中國新文學大系〉小說二集序》，《魯迅全集》第 6 卷，人民文學出版社 1981 年版，第 247 頁。
〔註2〕陳繼會等著：《20 世紀鄉土小說史論》「導論」，安徽教育出版社 1999 年。

智上，他們都一致服從著現代文化的號令，在書寫中自覺地站在比鄉村高的現代文明立場上，進行俯視與回望。在這個意義上，游子姿態可以說是鄉土作家們無可擺脫的現實和文化宿命。

然而，現實生活遠比文化要求要複雜，正是這種複雜性給中國鄉土作家和鄉土小說構成了深深的傷害，也使游子姿態成了鄉土作家和鄉土小說困境的體現。一方面，雖然鄉土作家都是鄉村生活的成功突圍者，但他們在進入城市生活後，又不可避免地要經常感受到城市人和城市文化對鄉村的蔑視（事實上也就是對作家自己的蔑視），在心靈上感受到城市生活和文化的煎迫。這使他們中的許多人陷入到強烈的自卑當中，並在城市與鄉村之間呈現出態度上的漂移和割裂狀態。環顧中國鄉土小說作家，很少有對自己曾經的農民身份表示足夠自信的（除了一些曾經客寓鄉村的幹部和知青。而他們的自信其實正是建立在他們並非真正鄉村人的基礎之上），對城市生活和現代文明，他們也表現出強烈的反感和敵視態度，強烈的自卑和憤激蘊涵其中。比如賈平凹、劉醒龍都曾這樣感歎：「說到根子上，咱還有小農經濟思想，從根子上咱還是農民。雖然你到了城市，竭力想擺脫農民意識，但打下的烙印，怎麼也抹不去。好像農裔作家都是這樣。有形無形中對城市有一種仇恨心理了；有一種潛在的反感，雖然從理智上知道城市代表著文明。」〔註3〕「曾經由城市來到鄉土中的人與被鄉土乳養大後進入城市的人，不知為何一下子生出那古怪的念頭，以為鄉土是一種應該無條件接受批判，無條件接受憤怒，無條件享受向現代文明投降待遇的唾棄之物。」〔註4〕沈從文、師陀、賈平凹等人反覆稱自己是「鄉下人」，寓含的也多是激憤，是對城裏人作派的強烈不滿。

另一方面，作家們雖然在現實生活中強烈感受到鄉村的落後和貧窮，並都渴盼著離開鄉村，但他們並不可能輕易割斷與鄉村的情感聯繫，在文化上也難以遽然擺脫鄉村的影響。在與城市生活、城市文化磨合的艱難與尷尬中，這些情感和影響會有更深刻的體現。這往往導致許多作家在城市/鄉村，現代/傳統，情感/理性之間，找不到自己的準確位置和確定身份，在自己內心世界和時代要求之間無從選擇，從而形成強烈的自我衝突和精神割裂。如沈從文就曾經感歎：「如今居然已生活在二十年前的夢境裏，而且感到厭倦了，我

〔註3〕賈平凹：《關於小說創作的答問》，《當代作家評論》1993年第1期。
〔註4〕劉醒龍：《白菜蘿蔔》自序，轉引自程世洲：《劉醒龍論》，湖北人民出版社2001
　　　年版，第158頁。

卻明白了自己，始終還是個鄉下人。但與鄉村已離得很遠很遠了。……我發現在城市中活下來的我，生命儼然只淘剩個空殼。正如一個荒涼的原野，一切在社會上具有商業價值的知識種子，或道德意義的觀念種子，都不能生根發芽。」〔註5〕莫言也有過這樣的深切體會：「我無法準確地表達我對故鄉那片黑土大地的複雜情感，……我在那裡生活了整整二十年，那裡留給我的顏色是灰暗的，留給我的情緒是淒涼的……離開故鄉之後，我的肉體生存在城市的高樓大廈裏，我的精神卻依然徘徊激盪在高密荒涼的土地上。對高密的愛恨交織的情愫令我面對前程躊躇、悵惘。」〔註6〕

在這種情況下，鄉村游子的敘述姿態帶給鄉土作家和鄉土小說創作的，並不是深刻和堅定，而往往是漂浮和困惑。因為缺乏了自信，作家們就難以形成穩定的創作思想和獨立的創作立場，難以具備執著的熱愛和堅定的關注之心，從而影響到他們對鄉村生活的深入，影響到他們對鄉村面貌和鄉村人生的自在書寫，並限制他們在鄉村生活敘述中寄寓更深刻的人文和哲學思考，表現出複雜深刻的人類感情。

相反，它有可能將作家們的創作引向兩個極端。其一可能是以極度的自尊、甚至對抗性的姿態激烈地排斥和批判城市文明，以誇張或炫耀的方式張揚鄉村的美麗。正是在這種情況下，沈從文將《邊城》的寫作比作「受壓抑的夢」，自稱「我的過去痛苦的掙扎，受壓抑無可安排的鄉下人對於愛情的憧憬，在這個不幸的故事上，才得到了排泄和彌補」〔註7〕。此外，像沈從文的《媚金·豹子·與那羊》等作品，莫言的「紅高粱」系列，以及賈平凹的部分小說，都清晰地表露出這種心態。其二是屈從於城市文明的要求，按照城市文明對鄉村的預設去想像鄉村、書寫鄉村，其中的等而下者，更是墮入到傳統文人的賞玩心態，以缺乏熱情也缺乏真誠的心態去看待鄉村，塑造農民。二十世紀四五十年代的一些政治化的作品，以及八十年代初許多知青創作中出現的將鄉村「惡魔化」的傾向，就可以看作這一心態的產物。

正因為如此，在中國鄉土小說創作中，很難看到自主的鄉村面貌和自在的農民形象，也很少能看到持續深入地展示獨立鄉村姿態的鄉土小說作家。

〔註5〕沈從文：《燭虛》，《沈從文文集》第 11 卷，花城出版社、香港三聯書店 1984 年版，第 276 頁。

〔註6〕莫言：《高密之光》，《人民日報》1987 年 2 月 1 日。

〔註7〕沈從文：《水雲》，《沈從文文集》第 10 卷，花城出版社、香港三聯書店 1984 年版，第 280 頁。

鄉村或者淪爲文化批判的產物，或者成爲心靈幻想的寄寓地，破碎、漂移、
矛盾、困惑充塞其中，卻不能形成完整獨立的文學世界。作家也很少能夠持
續地形成自己的創作風格，擁有自己的創作立場，更有不少鄉土小說作家的
創作生命也受到影響——可以作爲例證的是沈從文、廢名和趙樹理。沈從文
在 40 年代後之創作陷入低潮並最終終結〔註8〕，廢名創作之不斷漂移、并最
終遁入禪學，都與他們創作姿態之矛盾密切相關；趙樹理在 50 年代後出現的
創作委頓，與其創作姿態爲現實所困厄亦有直接關係。當然，從文學本身來
說，這種充滿矛盾和破碎的鄉土小說並非沒有價值，像沈從文《邊城》等作
品，就因其矛盾和困惑而形成了自己獨特的藝術魅力。但從文學和鄉村的關
係來說，就鄉土文學的整體性來說，這種單一的創作姿態無疑是一個明顯的
缺失，也影響了對鄉村生活完整而全面的表現。鄉村和鄉村人的面貌在中國
鄉土小說中始終模糊，也始終沒有出現眞正展現中國鄉土精神的小說大家（沈
從文雖然取得了中國鄉土小說迄今爲止最突出的成績，但他也有其明顯的局
限。而更多的作家則是始終逡巡在鄉村的邊緣，沒有眞正進入鄉村，也沒有
描畫出眞正的鄉村）。

　　此外，游子型的敘述姿態，還帶來了中國鄉土小說的接受困境。作家們
以游子的敘述姿態書寫鄉村，很自然地導致鄉村敘述與敘述對象的分離，也
導致了二者的深刻隔膜。一個深刻的事實是，儘管中國新文學中擁有那麼多
的鄉土小說創作，但是眞正能被農民接受，能讓農民理解的，非常少見。農
民作爲鄉土文學被塑造的主體現象，卻被剝奪（當然不是硬性的剝奪，卻是
一種眞正的話語剝奪）了分享鄉土小說的權力，以農民爲主人公的鄉土小說，
卻得不到農民的知情與承認，這顯然是鄉土小說的一個悲劇，也指示著它的
一個艱難困境。

　　應該說，對於鄉土小說敘述姿態上的諸種困境，作家們並非完全沒有自
覺，他們中也有不少人進行過努力，探求著走出困境。尤其是 80 年代後，在
西方後現代多元文化的影響下，不少鄉土作家改變「游子型」敘述姿態的目
標更加明確，立場也更爲堅定。如張承志對鄉土小說的接受困境曾有過清醒
的認識：「我通過科學加感受發現（眞像哥倫布一樣發現）回族人民心靈蒙受

────────────

〔註8〕 沈從文之創作生命終結，主要是因爲政治影響，但與其創作精神上的困境也
　　　　不無關係。因爲自 40 年代起，他的鄉土小說創作就已經呈現明顯的下滑趨勢，
　　　　其原因就主要不在政治而在自我精神了。

著的那可怕的侮辱、孤立和苦難，並神聖立誓要用我的筆推翻大山——但我幾乎在同一個刹那就明白：我最熱愛的他們是絕不可能讀懂我的小說的；就像我熱愛過的蒙古牧民不僅不可能品味我那麼『純情』地寫成的《黑駿馬》，甚至我每天都等著他們臭罵我一樣。」〔註9〕並且在《心靈史》的創作中尋求著對這一困境的改變。劉震雲和莫言等人也從80年代後期起不斷調整自己的創作姿態，力求回覆鄉村自我的敘述立場。從80年代的《塔鋪》、《新兵連》和「紅高粱」等作品，到90年代後的「故鄉系列」和《豐乳肥臀》、《檀香刑》等作品，我們可以看到其敘述者的身份向鄉村人的逐步轉變，敘述姿態也由俯視逐漸轉向平視。莫言更明確將「作為老百姓寫作」取代傳統的「為老百姓寫作」作為自己的創作目標〔註 10〕。此外，劉紹棠、劉玉堂、趙德發等作家也都有過這方面的明確自覺。

然而，就目前來說，作家們所獲得的收穫是有限的。就張承志而言，他自認為他的《心靈史》取得了對接受困境克服上的成功：「這部書是我文學的最高峰」，「我踏上了我的終旅。不會再有更具意義的奮鬥，不會再有更好的契機，不會再有能這樣和底層民眾結為一體的文章。」「就像南山北里的多斯達尼看到我只是一個哲合忍耶的兒子一樣，人們會看到我的文學是樸素的。敘述合於衣衫襤褸的哲合忍耶農民和他們念了幾天書念了幾天經的孩子的口味；分寸裏暗示著我們共同的心靈體驗和我們承托的分量。我在這樣的寫作裏陶醉。」〔註11〕但事實上，正如南帆所表示過的疑問，作品的敘述其實還包含著很強的知識分子色彩，與作者所期望的效果還存在著相當的距離〔註12〕。同樣，劉震雲、莫言的創作在農民接受上也存在著深遠的距離。

真正對中國鄉土小說敘述困境有所突破的作家是趙樹理。他在創作之初，就明確表示自己「文攤文學家」的農民創作立場，並基本上以鄉村人的姿態進行敘述，以「問題小說」、口語化和故事化的敘述方式，實現了文學創作與農民對象之間的基本一致。正是憑藉這種創作姿態，趙樹理在總體上擺脫了一般鄉土作家的自卑和矛盾的精神困境，保持著比較自信的創作信心（這

〔註 9〕趙玫、張承志：《荷載獨彷徨——黃泥小屋來客之六》，《上海文學》1987 年第
　　　　11 期。

〔註 10〕莫言：《作為老百姓寫作》，林建法、徐連源主編《中國當代作家面面觀》，春
　　　　風文藝出版社 2003 年版。

〔註 11〕張承志：《心靈史·代前言》，花城出版社 1991 年版，第 7 頁。

〔註 12〕參見南帆：《隱蔽的成規》，福建教育出版社 1999 年版，第 247 頁。

種情況在 50 年代後有所變化，在強大文化壓力下，趙樹理被迫改變自己的創作習慣，以書面化語言創作了《賣煙葉》等失敗的作品。其原因同樣可歸咎到創作姿態的割裂），也博得了農民讀者的真正喜愛。在抗戰的特殊情況下，趙樹理被新文學界所接受，從而為中國鄉土小說建立了一面別樣的風景。

然而，趙樹理也未能真正解決鄉土小說敘述姿態上的困境，或者說，他的成功從另一個側面凸顯了中國鄉土小說敘述姿態困境的深刻與複雜。因為他雖然走出了鄉土小說在接受上的難題，但同時卻失去了更高層次的文學追求和文學境界。確實，趙樹理小說對人性的關注和揭示都是比較淺層次的，文學視野上也比較狹窄，難以從中透射出更普遍的意義，相反，由於它過度切近現實，很容易墮為政治的宣傳品。另外，趙樹理小說的藝術表現也有明顯的不足，如人物形象因為不能深入到內心世界而顯得單薄，以及故事結構的單一和單調等。趙樹理小說的這些缺陷與他的農民立場有著非常直接的關係。或者說，農民立場使趙樹理解決了鄉土小說的某些困境，卻又陷入了另一重困境中。

顯然，對於中國鄉土小說作家們來說，問題並不僅僅單純體現在作家身份和主體願望上，它還涉及到農民文化的地位、教育等更深層次的問題。在一定現實情況下，這也許是一個不可解決的悖論型困境。

二、敘述特徵：「地域性」的誤區

中國的鄉土小說作家和理論者們，幾乎無一例外，都是將「地域性」作為鄉土小說的首要特徵。從鄉土小說一誕生，周作人的《地方與文藝》等文章提倡鄉土小說，就是將「地域性」作為鄉土小說最首要的因素：「我相信強烈的地方趣味也正是『世界的』文學的一個重大成分。」〔註 13〕此後，魯迅也對「地方色彩」有特別的關注：「有地方色彩的，倒容易成為世界的，即為別國所注意，打出世界上去，即於中國之活動有利。」〔註 14〕在茅盾的論述中，「特殊的風土人情的描寫」〔註 15〕也被作為鄉土小說重要的因素之一。50年代梁斌在創作《紅旗譜》時也明確表示：「地方色彩濃厚，就會透露民族氣魄。為了加強地方色彩，我曾特別注意一個地區的民俗。我認為民俗是最能

〔註13〕 周作人：《舊夢・序》，《自己的園地》，北新書局 1923 年版，第 153 頁。
〔註14〕 魯迅 1934 年 4 月 19 日致陳煙橋信，《魯迅全集》第 12 卷，人民文學出版社
　　　 1981 年版，第 391 頁。
〔註15〕 茅盾：《關於鄉土文學》，《文學》6 卷 2 號，1936 年。

透露廣大人民的歷史生活的。」〔註16〕到了 80 年代,劉紹棠重提「鄉土文學」,其字訣也是「中國氣派,民族風格,地方特色,鄉土題材。」〔註 17〕知青作家進行「非規範文化」的「尋根」,文學方面也是對「地域特色」的特別強調。創作和理論的聯姻,將「地域性」凸顯為鄉土小說最基本的特徵。

以地域性作為鄉土小說的首要目標並不足怪,因為中國的鄉村地域廣闊,其多元豐富的地域特點,確實應該構成中國鄉土小說魅力的基礎,而且,它也符合個性與共性的哲學關係,有利於展示文學的個性色彩。然而,人們對「地域性」的理解方式卻值得我們充分的關注。我們注意到,上述的幾乎所有特別強調「地域性」的作家和理論家,都不是獨立地強調「地域性」,而是明確地將「地域性」與「世界性」緊緊地聯在一起,「世界性」才是他們的根本目標,「地域性」不過是一個手段,一個實現他們「世界性」目標的途徑而已。

這顯然是對地域性的深層誤解和扭曲。正如美國作家加蘭所說:「只有出生於當地並從內部瞭解當地生活的那個作家,才能真實地描寫某個城市或某個農村的生活。對於這樣的作家說來,任何東西也不會是『奇怪的』或『美麗如畫的』,對於他,一切都將是親切的、充滿了美與理性的。」〔註18〕地域性不是游離在生活之外的某種特別物,而是包孕在生活之中,是生活不可分割的部分。地域色彩的真正呈現,只有在自然狀態下,在自在的生活敘述中。中國鄉土小說作家和理論家們建立在「世界性」基礎上的對「地域性」的特殊強調,正說明他們認知和書寫鄉村時的非自然姿態,並必然影響他們對真正鄉土地域性的表現。

事實也正是如此。匱乏鄉村獨立、自我的姿態去追求鄉土的地域性,這樣的鄉土小說難以描畫出真正自然本色的「地域性」,而是容易淪為各種「世界觀念」的精神奴僕,淪為鄉土風貌的浮光掠影和片面獵奇。因為 20 世紀的中國社會處在相對弱勢的欠發達階段,無論經濟還是文化都受到強勢的西方社會的嚴重影響,盲目地追求「世界性」,很容易墮入先在的西方文化視野中,作家們筆下的「地域性」也很容易呈現出文化先驗色彩,它不再是真正自然

〔註16〕 梁斌:《漫談〈紅旗譜〉的創作》,《人民文學》1959 年第 6 期。

〔註17〕 劉紹棠:《關於鄉土文學的通信》,《鄉土文學四十年》,文化藝術出版社 1990 年版,第 105 頁。

〔註18〕 〔美〕赫姆林·加蘭:《破碎的偶像》,載劉保端等譯《美國作家論文學》,三聯書店 1984 年版,第 92 頁。

的、本土的呈現，而是具有了「被看」的色彩，具有了有意無意地去迎合和取悅「世界性」的意圖。

許多貌似呈現出獨特地域特色的鄉土小說作品，就明確存在著這一傾向。像 30 年代沈從文的部分作品，正如金介甫所說：「當時許多讀者曾把湘西看成充滿異國情調的半開化地區。沈從文正好滿足這些人的好奇心理」〔註 19〕，獵奇因素相當明顯。80 年代鄭義的《老井》、賈平凹的「商州」系列等「尋根文學」作品中，更存在著這樣的缺陷。它們都以明確的趣味性和文化先驗姿態，準確地契合著西方（世界）對於中國的想像：「東方幾乎就是一個歐洲人的發明，它自古以來就是一個充滿浪漫傳奇色彩和異國情調的、縈繞著人們的記憶和視野的、有著奇特經歷的地方。」〔註 20〕正是由這其中部分作品改編的電影，在 80 年代後期曾經引發了中國文化界對「後殖民文化」的批評潮流。

「世界性」的主體內涵指的是西方，但對於中國鄉土作家們來說，它也部分地指向中國的城市讀者，指向現實主流政治，因為畢竟，真正的西方過於遙遠，指代著「世界性」的城市文化趣味和主流政治才是最現實也最真切的。

這其中的一部分指向中國現代文化的啟蒙方向，在這當中，地域性被賦予著承擔鄉村落後文化代表的使命，接受現代文化的批判和申討。魯迅的啟蒙主題小說具有著最典型的代表性意義。《阿Q正傳》中的未莊，《祝福》中的魯鎮，都具有著同樣的陰暗封閉的「待啟蒙」色彩，也寓含著作家們對國家民族的集體文化想像，其地域特點，都具有明確的文化批判先驗性，蘊藏著作者強烈的社會改造意圖。

在這方面，它與鄉土小說的政治化創作部分有一定程度的契合（不同的是政治化創作的改造色彩更為外顯，而文化啟蒙創作則更多愚昧的自我呈現）。「正如孔邁隆最近所指出的，在一個新政權成立以後，它便需要對文化進行重建。一方面，它自然需要建設與以前不同的文化來證實其國家的合法和合理性；另一方面，為了達到這一目標，它必需構造一個與新社會相形之下無比落後的社會形象。從而，農民所習慣的舊生活方式、社會形態和文化被當成『落後』的表現，家族和社區的宗教儀式（如祭祀祖先的習俗）成為

〔註 19〕 〔美〕金介甫：《沈從文傳》，中國友誼出版公司 2000 年版，第 187 頁。
〔註 20〕 〔美〕賽義德：《東方主義》，三聯書店 2002 年版，第 1 頁。

舊的事物的典型代表。」〔註21〕雖然中國共產黨建立新政權是在 20 世紀中葉，但中國政治知識分子的政治和文化更新意圖卻一直伴隨著它革命的歷史。蔣光慈的《咆哮了的土地》、丁玲的《水》、茅盾的「農村三部曲」、賀敬之等的《白毛女》等作品，都讓鄉村承擔著政治改造對象的角色，其地域性，就像聞一多筆下的「死水」一樣，以腐朽的姿態渴盼新生。到了建國後，像《高玉寶》、《苦菜花》等「憶苦」型作品，更將這一傾向推至極端。

　　另一部分的政治化作品則適應著現實歌頌的需要，將鄉村作為新政治的代表，其地域性也自然呈現出完全不同的光明和歡快特點。這主要體現在在四五十年代和 90 年代前的許多作品中。像康濯的《我的兩家房東》，周立波的《山那面人家》，王汶石的《風雪之夜》，以及如何士光《鄉場上》、張一弓《黑娃照相》等 80 年代眾多的改革題材作品都是如此。

　　「世界性」的要求，使鄉土小說中的地域特徵失去了自在的主體性訴求，而成了一定文化與政治觀念甄別和挑選的對象，只有符合時代文化或政治要求的部分，才能被選中，展現到文學中，那些與之無關或不相宜的風俗生活就被忽略與遮蔽掉，原本非常豐富的地方風俗在鄉土文學被狹隘地遮蔽與遺忘。像魯迅的《阿Q正傳》、周立波的《禾場上》等貌似有個性的地域特色，其實都只承擔文化與政治的功能，不具備地域性的真實和豐富。甚至即使是那些被作家們選擇來書寫的，也可能存在扭曲或被曲解的情況。最典型的例子是黎錦明的《出閣》和臺靜農的《紅燈》。就作品本身而言，兩部作品對「出閣」和「紅燈」這兩種風俗的表現是較為自在和真實的，也根本看不出作者對這些風俗的明確褒貶，但是在先入為主的現代文化觀念影響下，人們普遍將這兩篇作品理解為對低俗和迷信風俗的貶斥，實質上造成了對作品的曲解。

　　正是作為這種以「世界性」為前提的地域性強調的後果，中國鄉土小說事實上並未真正呈現出中國鄉村地理和文化色彩豐富的特點。雖然中國鄉土小說數量龐大，從中我們也可以看到貌似豐富的地域自然和人文風貌，形成了如湘楚、三秦、吳越等地的區域文學創作，但實質上，這些作品的地域性的差異多只體現在外在形式上，並不具備獨特的精神個性，也很少那種透入地方文化深處、凸顯出地方生活深層精神個性的作品。〔註22〕

〔註21〕王銘銘：《社區的歷程》，天津人民出版社 1996 年版，第 172 頁。
〔註22〕以老舍為代表的京味小說也許是其中最有深度的例外，而其原因也正因為老舍等作家以「自主選擇和自足心態」對中國鄉土小說傳統的超越和偏離。參見趙園：《北京：城與人》，上海人民出版社 1991 年版，第 24～53 頁。

　　正是作爲這種匱乏的體現，中國鄉土小說的地域性形成了一個突出的特點，那就是強烈的寓言化。從魯迅的《阿Q正傳》開始，到20年代鄉土作家筆下的「陳四橋」、「松村」等地方，40年代的果園城（《果園城記》），以及80年代作家筆下的「雞頭寨」（《爸爸爸》）、「陳家村」（「陳奐生系列」），以及「葛川江」（《沙竈遺風》等），寓言化遍佈於鄉土小說創作中。並不是說鄉土小說排斥寓言化，但在這些寓言化特點創作的背後，我們看到的往往是眞實地域性的匱乏。〔註23〕可以說，正是因爲作家們沒有將各個地方眞正內在的地域氣質體現出來，才不得不借助挖掘它們的象徵意義，努力彰顯它們的文化地域特點。而事實上，它所折射的，其實是鮮活地域性枯萎後的無奈和勉力。

　　在一定程度上，中國鄉土小說地域性的缺失性特點，寓含著後發達國家在現代化、全球化的發展趨勢中保持本土化的難題，也折射出在這一現實情境下中國鄉土作家們改變現實、追趕強國的急切心情。

　　對於中國鄉土小說「地域性」特點的局限，作家們並非完全沒有自覺，80年代後，許多作家轉而選擇另外一條道路，由對地域特色的執著追求轉而對地域性的淡漠和忽視。以余華的《一個地主的死》、蘇童的《米》、格非的《敵人》等爲代表的「先鋒小說」作家，是其中的始作俑者。這些作家關心的只是故事和故事的敘述方式，鄉土只是作爲一個背景、一個故事發生地而存在，因此，他們既不關心鄉村本身的存在，也就自然忽略了對鄉土地域色彩的表現。他們的作品，雖然可能作者點明了具體的故事發生地，但卻很難尋找到相對應的地域美學描寫，也很難尋覓到獨特的人文特徵。

　　嚴格說起來，上述「先鋒小說」不能算是眞正的鄉土小說，但由於題材上的特點，它在一定程度上引領了同時期鄉土小說的方向，到90年代，這種祛除傳統地域色彩的創作方法已經成爲眾多鄉土小說作家競相採用的技巧，無論是在成名已早的賈平凹、莫言、劉震雲等鄉土作家筆下，還是在劉醒龍、何申、張宇、李佩甫等傳統現實主義手法的作家筆下，以及更年輕的東西、鬼子、畢飛宇等新銳作家的作品中，都已經很難看到傳統鄉土小說濃鬱的地域風貌追求和明確的地方色彩。這一點，構成了20世紀90年代以來鄉土小說一道特別的風景。

〔註23〕80年代知青文學中這一特點體現得最爲突出。參見王一川：《傳統性與現代性的危機》，載《文學評論》1995年第4期。

　　90 年代以來鄉土小說的變化，對於走出傳統鄉土小說對「地域性」的畸形追求，顯然有積極意義的，而且，它也許還體現著越來越現代化的時代對於文學的一種現代要求，那就是對於文學敘述速度的要求。在高速度的生活條件下，已經不允許出現以往那種對鄉土風貌的濃彩重抹的慢節奏描摹，它需要的是快節奏的簡單故事——正像人們生活中已經不需要那種傳統的精雕細刻，而選擇了印刷式的現代繪畫一樣。

　　但是，這也許走入了鄉土小說創作的另一個誤區。

　　因為我們雖然批評那種片面追求地域性的創作，但絕對不是否定鄉土小說本身所具有的地域特色，相反，我們始終認為地域色彩應該是鄉土小說一個重要的創作特徵。鄉土生活區別於城市生活的地方，就是其與自然的親近，人與人之間的和諧。自然的多彩，風俗的多樣，是它區別於單調重複都市生活的重要所在，也蘊涵著豐富的現代人文精神。正如阿多諾所說：「審美經驗是精神本身對於某種既不能在世界中提供也不能在自身中提供的東西的經驗。作為被其不可能性所許諾的東西，它是那可能之物。」〔註 24〕美是抗拒現代社會物化的重要方式之一，鄉村的自然美和地域美正體現了一種抗拒現代物化生活的個性方式，也具有文化的審美意義。所以，鄉土自然和人文風俗的真實再現應該是鄉土小說不可缺少的特點，這其中所蘊涵的「美」和對鄉村現實生活描寫的「真」，應該成為鄉土小說最中心的藝術特徵，造就鄉土小說最本質的精神內蘊。

　　顯然，試圖通過祛除鄉土小說的地域性以尋求擺脫「世界性」的精神夢魘，無異於將孩子等同於洗澡水的位置，是對於鄉土小說本質的傷害。其實，關鍵並不在「地域性」本身有何問題，也不在於一定要摒棄「世界性」，而是如何擁有自己的主體性，並在此基礎上將地域性和世界性堅實而自然地結合起來。這一點，也許美國作家加蘭的話會對我們有所啟迪：「為一切時代而寫作的最可靠的方法，就是通過最好的形式，以最大的真誠和絕對的真實描寫現在。為別國而寫作的最可靠的方法，就是忠實於自己的國家，忠實於那些我們熱愛的——樸素地愛，像人那樣愛的——地方和人，在他們面前既不企圖降低，也不企圖抬高自己。」〔註25〕

〔註24〕引自〔美〕理查德·沃林：《文化批評的觀念》，張國清譯，商務印書館 2000年版，第 126 頁。

〔註25〕〔美〕赫姆林·加蘭：《破碎的偶像》，載劉保端等譯《美國作家論文學》，三聯書店 1984 年版，第 84 頁。

鄉村倫理與鄉土小說：影響與互動

一、鄉村倫理與鄉土社會

在傳統意義上，倫理基本上指的是道德範疇，漢語詞典的定義爲：「處理人與人之間關係的各種道德準則」〔註1〕，也有學者定義爲「指一定社會的基本人際關係規範及其相應的道德原則」〔註2〕。中國傳統文化也是這樣概括。如孟子說：「教以人倫：父子有親，君臣有義，夫婦有別，長幼有序，朋友有信。」（《孟子・滕文公上》）。不過近年來，隨著社會的發展，人與自然關係進一步凸顯，倫理的內涵已經超越了人與人的關係，而是拓展到了人與自然、生命等的關係〔註3〕。

對於中國的鄉村社會來說，鄉村倫理具有根本性的精神意義。因爲中國社會的宗教不同於西方，沒有完全承擔信仰和精神支柱的功能，因此，在鄉村社會中，維持鄉村社會正常運行，爲村民們提供精神和信仰意義，同時也作爲鄉村人際關係基礎的，就是鄉村倫理。換句話說，在中國鄉村社會裏，倫理在一定程度上承擔著宗教的功能。

鄉村倫理與中國傳統儒家文化有密切聯繫，卻又有自己的獨特內涵。它的基本精神以儒家文化爲基礎，儒家的「忠孝節義」、「三從四德」等思想在鄉村倫理中有著深厚的根基。但是另一方面，由於長期遠離主流文化，鄉村

〔註1〕 李行健主編：《現代漢語規範詞典》，語文出版社 2004 年版，第 862 頁。

〔註2〕 吾淳：《中國社會的倫理生活——主要關於儒家倫理可能性問題的研究》，中華書局 2007 年版，第 6 頁。

〔註3〕 參見萬俊人：《現代西方倫理學史》，中國人民大學出版社 2010 年版；何懷宏主編：《生態倫理：精神資源與哲學基礎》，河北大學出版社 2002 年版；〔英〕齊格蒙特・鮑曼：《全球化：人類的後果》，商務印書館 2001 年版。

社會又形成了自己的獨立「小傳統」特徵。簡潔地說，在儒家文化之外，佛家、道家等思想也滲透在鄉村倫理中，對鄉村人的思想行為產生較大的影響。由於中國的鄉村社會幅員廣大，這種複雜性帶有很強的地域性特點，相互之間也存在一定差異。斯賓格勒下面這段話談的雖然是西方農民，但在針對鄉村與城市文化對立方面，同樣適合於中國農民：「農民是永恆的人，不倚賴於安身在城市中的每一種文化。它比文化出現得早，生存得久，它是一種無言的動物，一代又一代地使自己繁殖下去，局限於受土地束縛的職業和技能，它是一種神秘的心靈，是一種死釘著實際事務的枯燥而敏捷的悟性，是創造城市中的世界歷史的血液的來源和不息的源泉。」〔註4〕

典型而論，由於農民處於社會底層，生活艱苦，面臨的生存壓力更大，因此，在鄉村中，儒家倫理難以得到徹底的貫徹，而是變得比較靈活和有彈性。比如儒家的「三從四德」，要求女子完全服從於丈夫（「在家從父，出嫁從夫」），特別是對女子貞德有特別嚴格的限制。但在鄉村，特別是相對邊遠的鄉村，這一點很難真正做到。在任何時代的鄉村社會中，都經常存在婦女當家做主的情形，至於丈夫去世或離異後的婦女再次結婚，更是常見的事。在某些生活特別艱難的地區，甚至連一女二夫的「拉邊套」等行為也被人們默許——顯然，比較起道德上的規範，生存還是更基本的要求。再如作為傳統儒家思想核心之一的父權，在鄉村也會遇到很多嚴峻挑戰。在生存原則為主的背景下，一切以獲得經濟的能力為中心，當父親年老失去勞動能力之後，在家中的地位自然下降，甚至完全失去地位。這樣，我們才能理解為什麼在封建時代的鄉村，會經常出現子不敬父、女不養母等「不孝」事件。

鄉村倫理還有另外一個特點，就是與土地、自然之間有非常密切的關聯。「他生根在他所照料的土地上，人的心靈在鄉村中發現了一種心靈，存在的一種新的土地束縛、一種新的感情自行出現了。敵對的自然變成了朋友；土地變成了家鄉。在播種與生育、收穫與死亡、孩子與穀粒間產生了一種深厚的因緣。對於那和人類同時生長起來的豐饒的土地產生了一種表現在冥府祀拜中的新的虔信。」〔註5〕較之城市生活，鄉村生活與土地的關係顯然要密切得多，這也就形成了鄉村倫理特別的「重土」特色，以及與之相關的敬畏自

〔註4〕〔德〕斯賓格勒：《西方的沒落》（上），齊世榮等譯，商務印書館1963年版，第208頁。

〔註5〕〔德〕斯賓格勒：《西方的沒落》（上），商務印書館1963年版，第198頁。

然、敬畏鬼神和祖先的特點——在農村，許多鄉風民俗、戲曲傳說都蘊含著這樣的內容。自然原則也在鄉村倫理中呈現出一定的約束力。

與這種土地倫理相關聯，鄉村倫理也特別重視人際關係，也就是人情，而且也很重視家鄉的榮譽感。費孝通在《鄉土中國》一書中，將中國鄉村社會倫理概括為「差序格局」，即以「我」為中心展開：「在差序格局中，社會關係是逐漸從一個一個人推出去的，是私人關係的增加，社會範圍是一根根私人聯繫所構成的網絡，因之，我們傳統社會裏所有的社會道德也只在私人聯繫中發生意義。」〔註6〕也就是說，鄉村社會的交際範圍並不寬廣，大部分人都處在熟人社會中，以家人關係為中心，因此，在鄉村，人際關係的倫理對人的約束和影響都非常之大。比如鄉村人都非常注重對家鄉的歸屬感和榮譽感，注重鄉人對自己行為的評價。「衣錦還鄉」、「遠親不如近鄰」、「錦衣不夜行」、「兔子不吃窩邊草」等俗語，都充分地表示出傳統倫理對人們行為規範的影響和制約。

土地、人情，兩個最基本的鄉村關係，造就了許多鄉村倫理精神。典型如安土重遷，勤勞儉樸，熱愛土地，敬老愛幼，慎終追遠，重視人與自然的關係（甚至有大自然崇拜），以及對鄰里關係的看重，對個人聲譽的重視等。這些方面構成了鄉村社會比較淳樸自然的民風，在很多情況下（當然也有時代地域等限制），鄉村更注重精神的純樸，忠厚質樸、熱情勤勞，成為鄉村文化中的主流部分。這也賦予了鄉村倫理文化以特別溫情和寧靜的特徵，鄉村也因此成為歷代文學家們反覆謳歌和表達懷念的地方。

當然，鄉村倫理也有兩面性。或者說，它也有相當的消極面。比如庸俗功利、世態炎涼，在鄉村倫理中也並不少見。這主要由於兩方面的原因。一是長期封建等級制文化的產物。因為鄉村處在更封閉的文化狀態中，所接受的封建文化影響是非常單一的，也是長期的，等級制的思想很容易產生勢利心態。二是極度的貧窮狀態。人以生存為最基本目的，極端的貧窮確實可能滋生相互之間的爭鬥、傾軋，以及嫉妒等不良心態。

應該說，任何社會的倫理都不可能是完美的，鄉村社會自然也是這樣，我們很難對之作簡單的臧否。對於個人來說，由於中國社會幅員廣大，不同的地理、經濟和文化環境都會對鄉村倫理狀況產生很大的影響，因此，個體之間對鄉村倫理會有多樣化的感受差異。

〔註 6〕費孝通：《鄉土中國 生育制度》，北京大學出版社 1998 年版，第 30 頁。

但是，客觀來說，在基本層面上，鄉村倫理更符合人與人、人與自然的和諧關係，特別是在經濟相對比較發達、傳統倫理保持得比較好的區域。當然，歷史的發展是無情的，也是無法阻擋的，隨著中國社會整體上的工業化發展，鄉村倫理的逝去是必然結果。只是在文化角度，如何保留鄉村倫理中的優秀部分，讓它融入到現代城市文明中，彌補現代城市倫理的缺憾，將是一個值得充分探討的課題。

二、鄉村倫理與鄉土小說發展

鄉村倫理對中國鄉土小說的影響很深。一個重要的原因是中國的鄉土小說作家絕大部分都來自農村，至少與鄉村有著很深的淵源（如上世紀 80 年代的知青群體），因此，他們很容易感受到鄉村倫理的影響力。特別是許多作家在鄉村倫理環境中成長，血緣關係和童年記憶加深了他們的鄉村情感，長大後離開鄉村，以游子返鄉的角度來看鄉村，感受最深的當然主要是鄉村倫理的美好和溫情。

所以，在上世紀 20 年代，魯迅對鄉土文學的命名就與「鄉愁」直接相關，那些離開鄉村來到城市的作家們，既懷有對故鄉的鄉愁，也把它作爲城市擠壓中的重要緩衝帶，以慰藉漂泊異地的心靈〔註7〕。作家們也普遍把鄉村倫理當作美和善的代表，表達懷念和謳歌。不少作家都表達過類似感受：「我贊成尋根，每個人都有自己的根，每個人都有自己的尋法，每個人都有自己對根的理解。我是在尋根過程中扎根。我的《紅高粱》系列就是扎根文學。我的根只能扎在高密東北鄉的黑土裏。」〔註8〕「說到根子上，咱還有小農經濟思想，從根子上咱還是農民。雖然你到了城市，竭力想擺脫農民意識，但打下的烙印，怎麼也抹不去。好像農裔作家都是這樣。有形無形中對城市有一種仇恨心理了；有一種潛在的反感，雖然從理智上知道城市代表著文明。」〔註9〕「我現在的日常生活離開了農村，但精神狀態還是農村的，」「雖然我在北京待了很久了，像北京這樣的地方我也逐漸熟悉了，但是在內心知道你自己完全不是這個城市的人，有一種特別想回家的感覺。」〔註10〕在創作上，諸如

〔註7〕 魯迅：《〈中國新文學大系〉小說二集導言》，《魯迅全集》第 6 卷，人民文學出版社 1981 年，第 238 頁。
〔註8〕 莫言：《十年一覺高粱夢》，《中篇小說選刊》1986 年第 3 期。
〔註9〕 賈平凹：《關於小說創作的答問》，《當代作家評論》1993 年第 1 期。
〔註10〕 閻連科：《我爲什麼寫作——在山東大學威海分校的講演》，《當代作家評論》2004 年第 2 期。

現代文學時期的許欽文的《父親的花園》、沈從文的《邊城》、蕭紅的《後花園》，當代文學中張煒的《九月寓言》、趙德發的《通腿兒》、張宇的《鄉村感情》、劉慶邦的《姐姐》、遲子建的《霧月牛欄》等，都是典型的鄉村倫理讚歌。

當然，由於生活環境、文化教育等方面的差異，不同作家對鄉村倫理的感受會有一定的個體差異，更有不少作家站在更高的立場來審視鄉村倫理。其中，從現代文化角度進行批判的如魯迅的《祝福》《阿Q正傳》等，以及在魯迅影響下的蹇先艾、彭家煌等人的作品，蕭紅的《呼蘭河傳》等；還有從政治現實角度進行批判的，代表作品如茅盾的《春蠶》、柔石的《爲奴隸的母親》、葉紫的《豐收》等。但即使是這些批判作品，大多都沒有完全摒棄對倫理中的溫情內涵。包括產生於「十七年」和「文革」時期的階級鬥爭主題作品，如《創業史》《三里灣》《山鄉巨變》《豔陽天》等，都沒有眞正打破人們對傳統鄉村倫理的溫情印象。在文學史上，許多作家甚至同一部作品的倫理書寫都會存在交織和糾纏。如魯迅，他是鄉村倫理文化批判的主要倡導者，其《阿Q正傳》《祝福》《明天》等作品都針對鄉村倫理有所揭露和批判，但在《社戲》等作品中，他的筆墨又充滿著懷戀的溫情。應該說，這種情況是與鄉村倫理本身的複雜性相一致的，也與作家思想的多元、社會文化的變遷等有直接關係。

除了思想方面，鄉村倫理對鄉土小說的審美也有重要意義。因爲正如古人所說：「夫禮之在天下，不可一日無者，禮行則道德一矣。道德一則風俗同矣。」〔註11〕倫理道德觀念直接影響到地方的風俗習慣、價值觀念，甚至包括穿著飲食習慣。倫理觀念的豐富性和差異性，造就了鄉村風俗的多樣化，也使鄉土小說的風俗描寫呈現更多彩的模樣。正如著名的《簡明不列顚百科全書》對鄉土小說的定義：「它著重描繪某一地區的特色，介紹其方言土語、社會風尙、民間傳說，以及該地區的獨特景色。」〔註12〕鄉村風俗習慣是構成鄉土小說的基本審美特徵。

大文豪托爾斯泰對作品與作家關係有過這樣的概括：「對於讀者來說，任何藝術作品中最主要、最有價值而且最有說服力的乃是作者本人對生活的態

〔註11〕《大學衍義補》卷78。
〔註12〕中國大百科全書出版社簡明不列顚百科全書編輯部譯編：《簡明不列顚百科全書》(8)，中國大百科全書出版社1986年年，第540頁。

度以及他在作品中寫到這種態度的一切地方。」〔註13〕正因爲鄉土小說、鄉土小說作家與鄉村倫理有著如此多元而複雜的關係，對於鄉村倫理的狀貌，特別是對於其變化，鄉土小說作家們的感受會更加敏銳，受到的刺激和反應也比旁人更突出，並且會直接影響到鄉土小說在不同時期的狀貌、形象和特徵。反過來也可以說，20 世紀中國鄉村社會的倫理變化在鄉土小說的發展歷史中有清晰的投影和折射，每當鄉村社會的倫理文化經受較大衝擊和變化時，鄉土小說對此有更集中的關注，書寫內容也有較大變異。具體到 20 世紀中國鄉土小說歷史上，大體有三次比較大的鄉土倫理書寫高峰。

第一次是上世紀 30 年代。這時期的中國鄉村正經歷著兩件重要的社會事件。其一是西方現代工業文明的大規模衝擊。當時的西方社會正經歷經濟危機，爲了轉嫁危機，西方國家拼命打開對中國的出口業務。西方產品的大量進入，迅速打破了傳統鄉村的寧靜，也嚴重影響了傳統農業生產方式的生存。「豐收成災」事件層出不窮，傳統農業大量破產，許多農民進入城市，產生了第一批進城打工的農民群體。其二是鄉村革命的出現。隨著農村經濟的轉向蕭條和衰敗，社會矛盾的尖銳惡化，大大地激發了鄉村社會結構的分化和傳統倫理的衝突。激進的革命者開始在鄉村宣傳革命，於是，正如毛澤東在《湖南農民運動考察報告》所闡述的，大規模的農民運動迅速在中國鄉村發展，尖銳的階級矛盾，以及殘酷的政治衝突，對鄉村衝突倫理構成了巨大衝擊，傳統的父子關係、母女關係、夫妻關係都產生了不同程度的變化，或者說被階級關係所衝擊甚至代替。

部分鄉土小說展示了這種變化。如果說 20 年代臺靜農的《拜堂》、王魯彥的《黃金》等作品，雖然也涉及到商業文化對鄉村倫理的衝擊，但還只是淺嘗輒止的話，那麼，到了 30 年代，在社會矛盾更爲顯著的背景下，作家們筆下的鄉村倫理衝突也更爲尖銳。典型如蔣光慈的《咆哮了的土地》、茅盾的《春蠶》、葉紫的《豐收》、王統照的《山雨》，都展示了經濟危機衝擊下傳統父子關係的巨大變化。那些同一階級的父子中，兒子以新農民的形象，逐漸取代傳統農民在家庭中的位置，建構起一種新型的、由兒子爲主導的父子關係。那些處於敵對階級關係的父子，則完全沒有了傳統的倫理溫情，取而代之的是殺戮和仇恨。同樣，吳組緗的作品也是這一現實的典型反映者。《一千

〔註13〕 《同時代人回憶托爾斯泰》(下冊)，周敏顯等譯，上海譯文出版社 1984 年版，第 186 頁。

八百擔》雖然寫的主要是經濟和階級衝突，但傳統宗族文化的受到衝擊正典型地表示著傳統倫理的面臨崩潰，《樊家鋪子》更是以在傳統倫理中非常密切的母女關係的對立為中心，展示了傳統倫理趨於崩潰的前沿。也有一些作家，如沈從文，在《邊城》《長河》等作品中，以強烈的懷鄉色彩書寫了對往昔鄉村倫理的追憶和對現實凋敝倫理的歎惋。

第二次是上世紀 40～60 年代。幾次大的政治運動，特別是土改運動、人民公社制度，以政治的激烈方式衝擊了中國鄉村的土地制度，徹底摧毀了在中國鄉村文化倫理中起重要作用的鄉紳階層及其文化，也改變了中國農民傳統的信仰和價值觀念，從而嚴重影響了中國鄉村社會的生活形式和倫理文化狀況。可以說，從土改運動，到反「右」運動，大躍進運動、「四清」運動，再到「文革」，一步一步地，中國鄉村傳統倫理經受了激烈衝擊，幾近瓦解。破「四舊」運動長期而持續的開展，人民公社的長期制度化運行，嚴重傷害了鄉村中人與人之間的基本感情，傳統鄉村的倫理溫情受到毀滅性打擊。這些政治運動的影響既在顯性層面，更是在隱性層面。甚至可以說，正是這些長期政治運動的影響，傳統鄉村倫理受到的毀滅性打擊，才造成了「文革」後中國農民在精神層面的真空狀態，也才會出現當前中國鄉村社會倫理崩潰後的極端場景。

最典型的表現是家庭倫理。在此時期所著力營造的政治環境中，傳統的家庭倫理被有意地拆解，以血緣親情為中心的家庭親情被政治倫理所取代。比如，黨對父親和母親的取代，階級感情對兄弟情感、朋友友情的取代等。對此，鄉土小說的反映存在程度上的差異。「十七年文學」中反映較多，如《創業史》梁生寶生身父親的缺失，以及黨在其成長過程中的「代父」姿態；再如《山鄉巨變》、《山那面人家》等對新型夫妻倫理的建構等。「文革」時期由於文學創作的嚴重萎縮，對之進行反映的作品不多，《金光大道》是《創業史》的加強版，高大泉對黨的依賴和崇拜也更體現了「尋父」的意蘊。

第三次是上世紀 80 年代。長期的「文革」政治，對人們的傷害絕對不只是外在的，而是深入到心靈深處的，那種虛幻的信仰和個人崇拜，以及對背叛和仇恨的鼓勵，完全顛覆了傳統倫理。因此，「文革」結束後，整個社會在經歷短暫的喜悅之後，很快彌漫著虛無和失落。這是一個政治文化幻滅之後必然的過渡時期——如果能夠很好地重新建立，消弭過去的影響，新的規範建立起來，就能夠很好地度過這個過渡階段。否則，就有可能陷入新的迷茫和動蕩中。

由於地處邊緣，又與傳統鄉村倫理有著更密切的關係，相比於社會其它階層，農民受政治文化的影響較少，因此，「文革」後政治思想的崩潰對他們造成的影響相對小了很多。不過，傳統倫理所遭受的巨大衝擊，長期政治運動和人民公社制度所造成的文化倫理混亂狀況，導致了許多農民在面對城市文化、現代生活方式時，容易產生巨大的失落感和無所適從感，並造成了他們內心中倫理的混亂和淺薄狀態。在新的思想倫理重建之前，他們也會有虛無和迷茫感。在「文革」後文學裏，一些作家（如周克芹《山月不知心裏事》、賈平凹《滿月兒》）就表現了一些農民（主要是青年農民）的這種情緒，他們在新時代下對於昔日政治化氛圍的懷念，以及對於現實的迷惘感。

所以，對於 80 年代的鄉村改革，作家們表現得最突出的特點是矛盾——兩難的處境使他們無所適從。一方面，他們急切地歡呼鄉村的現實改革，以改變鄉村極端的貧窮和凋敝，但是另一方面，他們又敏銳地感受到鄉村在走向富裕的同時不可避免的倫理頹敗。於是，許多作品對鄉村變革持矛盾的曖昧態度，充滿著妥協和委曲求全。典型如賈平凹的《小月前本》《雞窩窪人家》等作品，作品中的主人公在金錢和傳統倫理之間充滿兩難，充分折射出作者內心的困惑和迷茫。此外，王潤滋的《魯班的子孫》、張煒的《一潭清水》等也對這一物質和倫理變化進行了揭示，不過作者的立場更多是站在傳統倫理一面，而對現代物質倫理持比較明確的否定態度。

值得指出的是，部分作家作品以讚美的方式表現了鄉村倫理的新格局。典型如已經有學者分析到的張一弓的小說《黑娃進城》。作品中的青年農民黑娃剛剛開始走向經濟上的富裕，但他內心充溢的是強烈的欲望追求，包括對財富的強烈願望和對城市的仇恨態度。雖然作者的寫作目的在於表現農民對未來的渴望和追求，但客觀上確實反映了一種趨向：即在經歷了「文革」長期影響之後，鄉村社會嚴重缺乏傳統倫理規範的制約。在這種情況下，物質的刺激很可能會導致無序的狀貌，人們對物質的追求也可能陷入瘋狂的狀態。欲望的無節制追求，以及追求不得之後的怨恨情緒，會成為鄉村文化中的重要心理情緒。〔註 14〕由傳統倫理節制下產生的溫和、中庸、平靜，基本上失去了存在的位置。雖然在 80 年代，這種情況在文學中的揭示還並不充分和強烈，但它在一定程度上預示了未來鄉村倫理髮展的某種趨勢——一旦鄉

〔註14〕 韋麗華：《「改革文學」的現代性敘事反思》，《南京師範大學文學院學報》2004
　　　　年第 2 期。

村物質追求真正放開，它所帶來的文化倫理衝擊將是無法阻遏，也將是毀滅性的。

共和國成立後中國鄉村社會經歷的一系列巨大政治變遷，對傳統鄉村倫理造成了如此複雜而不無反覆性的衝擊。不過，迄至 80 年代末之前，它並未對鄉村倫理構成毀滅性的傷害，甚至說，由於期間的經濟制度未變，政治措施在很大程度上還依賴於鄉村倫理，鄉村倫理雖然表面和部分地受到影響，但在實質上並未有大的改變，「文革」結束，很快恢復——就如同歷史上多次農民起義一樣，鄉村倫理的根本沒有變化，它所擁有的強大自愈功能會迅速發生作用。

但是，絕對不可忽略這些政治運動對鄉村倫理的巨大影響，至少它形成了潛在動盪和毀滅的契機，如果衝擊的時間比較短，其它方面又沒有大的改變，它可能很快又回歸往昔的平靜。但是，一旦外在社會環境持續變化、甚至有更大改變的話，這種影響有可能會導致根本性的坍塌。從現實說，這種狀況就出現在上世紀 90 年代以來的市場經濟大潮中，其影響和格局正體現在當前社會。

三、當前鄉土小說與鄉村倫理建設

上世紀 90 年代以來，中國鄉村社會與以前有著本質的區別和變化。特別是新世紀以來，國家政策層面施行快速的城市化進程，鄉村倫理更呈現激盪和割裂的局面，對此格局，有社會學家如此感歎：「中國鄉村社會出現了巨變，可謂『千年未有之大變局』。」〔註15〕

這種變化的最主要表現當然是鄉村現實。自 90 年代以來，中國鄉村社會面貌發生了大的改變，最直觀的表徵是大量農民離開鄉村、進入城市（據國家統計局統計，2013 年的農民工人數達到近 2.7 億），鄉村生活呈現「空心化」特徵〔註16〕。而它帶給鄉村的變化是多樣的。其中既有經濟上的相對富裕，更有許多新的現實問題，比如農田的拋耕，鄉村的凋敝，特別是農村中的老年人生活、婦女生活、兒童生活問題，非常尖銳而普遍。鄉村現實的變化，直接導致了鄉村社會最深刻的變化，就是鄉村倫理的巨變。以打工農民為媒

〔註15〕 賀雪峰主編：《回鄉記——我們所看到的鄉土中國》，東方出版社 2014 年版，第 1 頁。

〔註16〕 參見陸學藝主編：《當代中國社會結構》，社會科學文獻出版社 2010 年版；李培林：《當代中國城市化及其影響》，社會科學文獻出版社 2013 年版。

介，以商業文化爲主導，傳統鄉村倫理受到了顛覆性的衝擊。傳統的人際關係、家庭關係都基本上不復存在，還出現了許多新的倫理問題。當前的鄉村現實固然不再同於以往，倫理狀況更與以前迥然不同。

當前社會倫理的變遷當然不只是在鄉村，但總體而言，這一變化對鄉村倫理的影響和破壞力要遠大於城市。因爲農民的文化水平普遍比較低，接受的傳統文化影響較多，而比較缺乏現代文化教育，也普遍缺乏更高的信仰和精神追求。而且，他們長期在鄉村環境中長大，已經非常習慣鄉村倫理狀態，對之有一種心理依賴感。「如果說 20 世紀中國大部分農民還信仰宋朝以來形成的『天理觀』，對菩薩、孔子、玉皇大帝爲代表的傳統價值觀持有敬畏之心，如果這一價值觀徹底崩潰了，而沒有新的價值觀形成，整個社會將會陷入更加混亂的境地。」〔註 17〕鄉村社會倫理狀態的變化，以及對中國社會的影響，都要遠超於其它階層。

對當前鄉村社會的倫理變遷，鄉土小說進行了豐富的書寫。對這一書寫本身的優劣得失，我已經專文做了評論〔註 18〕，這裡不再贅語。在此，我想思考的，主要是鄉土小說與鄉村倫理的建設問題。因爲很簡單，當前鄉村社會的變化是不可逆轉的，但是，中國又不可能完全離開鄉村，至少在相當長一段時間內，鄉村的存在是必然的。鄉村社會需要安定，已經基本崩潰的鄉村倫理亟待重建。那麼，在這當中，鄉土小說是否能夠起到一定的作用，以及起到什麼作用，這是我以下討論的中心。

鄉村倫理是一個社會問題，鄉土小說屬於文學，當然不可能要求文學與現實簡單掛鈎，希望它對現實發生直接作用。文學只能是表現、展示，通過曲折而間接的方式，引起人們的關注，從而對社會現實產生某些影響。所以，對鄉土小說與現實鄉村倫理的建設，顯然不能給予過多、過於急切的要求，也不能期待作家們提出非常有針對性的、具有現實建設性的思想。文學的評判只能在文學內部，而不能在文學之外進行。但是，文學作爲一種創造性的思想產物，完全應該而且能夠在倫理建設中出現價值和意義，以自己獨特的方式爲社會文化提供批判和參考。或者說，它所承擔的最重要角色就是思想的角色，也就是以文學方式提供自己的獨立思考，給社會、大眾以啓迪，幫助鄉村倫理的重新建立。

〔註 17〕 魯民：《在今天，如何做一個好人？》，《作品與爭鳴》2008 年第 4 期。
〔註 18〕 參見賀仲明：《論近年來鄉土小說審美品格的嬗變》，《文學評論》2014 年第 3 期。

　　以我個人的思考，在鄉村倫理重建中，對待鄉村傳統倫理需要更多客觀冷靜的思考。既需要客觀認識和繼承傳統鄉村倫理中的優秀處，也需要祛除傳統倫理中的迷信和落後成分。中國社會沒有嚴格的宗教信仰，只有依靠傳統倫理才形成自己的精神信仰，找到生存的根本依託。許多傳統倫理，比如慎終追遠、親敬忠孝的內涵，對於中國社會和人的生存具有不可缺少的重要意義。如果失去了對家、祖先的信仰，失去了這種精神依託，中國人將真正處於精神真空的狀態，將帶來極大的社會後遺症。所以，我不贊同以西方宗教文化來拯救中國的設想。因為在中國沒有西方宗教的文化基礎，中國人即使接受它，也只在功利的層面上（為了某種利益，或者因為恐懼，或者為了填補心靈空虛），不可能成為像西方社會一樣的正面接受，而很可能產生負面效應，不可能真正成為穩定性的社會文化精神。但是，傳統倫理中也有許多落後和陳腐之處，如地獄輪迴思想、保守封閉特徵等，它們都需要必要的甄別和更新。鄉村倫理與傳統倫理密切關聯，其重建原則也應該客觀而全面。其中需要特別指出的，是將鄉村倫理與整個中國社會的倫理狀況結合起來看待、思考。也就是說，我們關注鄉村倫理不應該是孤立的，而是要與當前中國文化中占主導地位的商業倫理結合起來，從中國社會、甚至人類整體的倫理髮展方向上來考察。在這個意義上，我們也許才能不是以簡單的「現代性」對一切加以橫掃，才能做到對傳統具有真正尊重前提上的批判性繼承。只有更客觀地重新認識傳統倫理，將之與現代社會更密切地關聯，才可能改變中國現實的倫理狀況。

　　在這當中，鄉土小說能夠做的事情很多。因為鄉土文學這一概念的最初出現，本身就是應時代而生，帶有文化反思和建設的意義。正如美國學者赫姆林·加蘭在《破碎的偶像》中闡述的，只有在大工業背景下，才出現了「鄉土文學」這一概念，因為只有對比現代工業社會生活，鄉土書寫才呈現出其獨特的內容和文化意義〔註19〕。在今天的中國，人們所面臨的是現代商業生活和文化的衝擊，是金錢物欲對人生存的異化。在這一時代，文學主要承擔的作用是對物質世界的反抗，是呈現精神、情感和美的世界的價值意義——這當然不是說文學完全是悖逆時代潮流，是完全的對傳統的維護和對現代的抵制。但是，文學作為人類重要的精神創造物，確實應該堅持以人本身的發

〔註19〕　〔美〕赫姆林·加蘭：《破碎的偶像》，《美國作家論文學》，劉保端等譯，三
　　　　　聯書店 1984 年版。

展為基礎，以對真善美的張揚和讚美，對醜惡和虛假的批判為中心。它不反對人類的發展，但不應屈服於彌漫於整個世界的物質文化之下，應該對之進行深刻的揭露和否定。因為人不是單一的物質動物，它更本質、或者說更高的層面是精神——只有擁有精神價值，人才能成為人，否則就與一般的動物無異——文學雖然也有反映現實、表達現實要求的一面，但在當前社會，它的主要價值就是彰顯人的力量，張揚人的本質意義，是對物質文化的抗拒和批判。

在這當中，鄉土文學的意義又有其特別處。因為鄉土文學的基礎是鄉村生活和鄉土社會，背後所依靠的是鄉土文明，因此，在以文學價值對物質世界的反抗中，它自然地要體現出鄉土及其獨特精神倫理的資源意義，以更切近大地、自然、精神的方式，凸顯出其人文和文化價值。

所以，鄉土小說也許不可能對鄉村倫理重建提供直接的措施和方法幫助，但在思想資源上，它卻可以具有自己更鮮明的姿態、更堅定的立場，以及更具有創造性和開拓性的豐富內涵，為人們認識鄉村、鄉村倫理的意義，提供自己的思想。作為文學，它所期待的未來鄉村倫理應該是人性的，與自然倫理和生命倫理相和諧統一，它所期待的未來鄉村社會應該是和諧、寧靜而不是雜亂浮躁，是建設而不是毀滅，是興盛而不是黑暗。事實上，這種狀況對於鄉土小說自身的發展也具有決定性的意義。因為鄉土小說不可能完全離開鄉土而生存，鄉村社會的留存與發展，直接關聯著鄉土小說的生命力和生存意義。只有在鄉土自然和鄉村人文中呈現出獨特的審美特徵，呈現出與大自然的親近，與質樸人性和簡樸生活方式的關聯，使之具有了比城市生活更多樣化的思想內涵，鄉土小說才能始終葆有其不可替代的美學價值和文化價值，才能擁有自己的獨特存在價值。

論新文學中的農民土地意識書寫

一、

　　雖然早在 1920 年，魯迅就創作了中國新文學第一篇反映鄉村生活的小說《故鄉》，之後又有「20 年代鄉土作家群」的崛起，但是，這些創作大多側重表現農民的思想和文化意識，很少細緻地描繪農民的瑣細日常生活，因此，雖然這些作品在客觀上也涉及農民與土地的關係問題，如魯迅的《阿Ｑ正傳》、《故鄉》和許傑的《賭徒吉順》雖都描寫了匱乏或喪失土地的農民的痛苦生活和艱難精神處境，但作家們顯然沒有對此作自覺而深入的關注。

　　真正深刻地表現農民土地意識的作品，還是出現在 20 世紀 30 年代文學中。以葉紫的《豐收》、茅盾的「農村三部曲」、葉聖陶的《多收了三五斗》、王統照的《山雨》等爲代表的作品，細緻描繪了農民的日常生活，在關注農民們於變化不定的社會中飄搖命運的同時，更深切地揭示了他們與土地之間的複雜關係。農民與土地之間的關係和意義，第一次清晰地進入中國新文學中。

　　值得注意的是，30 年代作家對這一關係的最突出播寫，並不是農民對土地的依戀和熱愛，而恰恰相反，是農民對土地的失望，是農民與土地關係的疏離。在作家們的筆下，土地，不再是農民的依靠和寄託，他們更強烈的願望，不是戀土，而是背離土地，走出土地。

　　「豐收成災」這一主題成爲 30 年代鄉土文學的中心，就顯著地體現了這一點。在這一主題作品中，土地，已經不能帶給農民幸福，甚至成爲農民沉重的負擔。那些熱愛土地的人、那些將希望寄託在土地上的人，所收穫的往往是失望和痛苦。許多作品，像茅盾的《春蠶》、葉紫的《豐收》、葉聖陶的

《多收了三五斗》等，都運用欲抑先揚的藝術手法，先極力渲染農民對土地豐收的期盼以及付出的巨大努力，並且，在經歷種種波折之後也確實獲得了豐收，但最終，這些努力與豐收帶來的不是歡樂而是毀滅性的災難。強烈的戲劇化對比中，農民和土地間傳統的密切依附關係受到了強烈的離間和解構。

即使不是「豐收成災」類型的作品，也表達了同樣的意識。如王統照的《山雨》，就完整地敘寫了一個農民如何由戀土變為離土的全過程。奚大有本來是一個頗為傳統的青年農民，他熱愛農村生活，對土地充滿依賴之情，並看不起那些放棄土地另謀生路的人。然而，現實的種種壓力，使他失去了自己的土地，也徹底改變了他的觀念——他在被迫放棄土地來到城市謀生的同時，也喪失了對土地的依戀情感。

當然，這些農民的離土、厭土，並不是表示他們真正與土地沒有感情或者從內心中拒絕土地，而是因為這些土地已經不再能養活他們，不能提供給他們幸福的生活，所以他們對土地感到失望。而在更多的情況下，這種情形的造成，主要是緣於這些農民並不是土地的真正擁有者。他們之所以不能依靠土地生活，是因為他們不能得到他們從土地上收穫的所有成果，而是要承受土地所有者蠻橫的剝削。所以，另有一些作家描述了那些匱乏土地農民的艱難和悲哀，以及他們為土地而進行的反抗和鬥爭。如夏徵農的《禾場上》，佃農的土地獲得了大豐收，但他只能眼睜睜看著勞動果實的大部分被地主掠奪，他所收穫的依然是痛苦和憤怒。再如馬子華的《他的子民們》、蔣光慈的《咆哮了的土地》、陽翰笙的《地泉》、林娜的《土地》，這些作品中的農民都一致地走上了反抗的道路，重要的原因就是他們沒有土地，遭受著沒有窮盡的剝削。所以，在深層意義上，在 30 年代文學中，與其說是農民拋棄了土地，不如說是土地拋棄了農民，是土地的匱乏和不公正迫使農民產生這樣的情緒。

作為對上一種現象的補充，30 年代作家們還表現了農民對土地的懷念意識。一些作家將筆觸轉向那些離開土地的鄉村漂泊者，記敘了他們生存的艱難以及未曾泯滅的戀土之情。在為數不少的描述離土者作品中，只有極個別（如葉紫的《豐收》）寫他們離土後通過革命的方式尋找到了新生活，更多的作品寫的是他們漂泊到城市裏去謀生，他們離開了土地，卻依然是生存艱難、是痛苦掙扎。比如吳組緗的《梔子花》、葉紫的《楊七公公過年》，就都敘述了這些離土農民的辛酸和痛苦。在這種背景下，一些農民又自然地將回鄉作為希望，又自然地萌發了戀土意識。像《山雨》中的奚大有，儘管他懷著對

土地的仇恨離開了農村，但在城市的漂泊和流落中，他又經常陷身於思鄉的痛苦之中。

在這個意義上說，30 年代文學中的離土和求土其實是一件事情的兩面，反映的是 30 年代土地分配嚴重不均的社會現實，是農民們無奈的生存悖論。同時，它也折射出飄搖不定、矛盾尖銳的 30 年代大變革的鄉村格局，表現出作家們對這一變革的支持和參與態度。

二、

農民土地意識的第二次高峰是在 40 年代後期和 50 年代文學中。40 年代抗戰文學中土地意識的勃興，作家們將土地意識和民族意識結合起來，重點揭示土地中所寓含的民族精神內涵。例如，蕭紅的《呼蘭河傳》、端木蕻良的《大地的海》、田濤的《沃土》、關永吉的《苗是怎樣長成的》，都敘述了日本侵略者對農民生活的巨大傷害，被掠奪的土地，成為了佔領和蹂躪的象徵。另一些作家則將土地意識昇華，將土地的取捨與抗戰精神結合起來。如《差半車麥稭》就寫到了主人公對土地的依戀，在戰爭的間歇，他依然關注著腳下的土地：「這地是一腳踩出油的好地」，表現出農民與土地不可割捨的關係；至於王西彥的《眷戀土地的人》，更描寫了農民楊老二為了保家衛國，毅然拋棄自己的土地參加抗戰，但因為戀土情緒太深，不願離開家鄉，「那曾經把自己的命運和戰爭聯結成一體的信念，又被強烈的溺愛土地的感情所淹沒」，終於獨自回鄉，遭遇敵人而死。農民熱愛土地的感情與戰爭的殘酷形成了尖銳的對立，也激發了土地中所蘊含的民族感情。上述這些創作展示的土地意識雖還由農民承載，但其內涵已更深遠，超出了本文所論範圍。

農民土地意識的真正興盛是在 40 年代後期。這期間，中國鄉村（首先是在解放區）進行了大規模的土地改革運動，土地主人的易手，涉及的是整個社會政權的關係，影響到整個鄉村的政治、文化面貌，也觸及了農民的深層心理世界。土地的政治和階級內涵，在這一運動中得到了充分的彰顯，作家們的創作也有意識地給予強化，將土地的歸屬與政治鬥爭、政治選擇緊密地結合在一起。

最直接的表現，是農民們為了土地的歸屬權而進行的殘酷鬥爭。土地，是新舊社會變遷、是壓迫和翻身最直接的表徵。在土地的得與失之間，寓含著農村社會激烈的階級衝突，是中國現代農村階級矛盾的真實縮影。比如孫

謙的《村東十畝地》和趙樹理的《李家莊的變遷》，都展現了地主和農民對土地殘酷爭奪的歷史，在這當中，凝聚著農民的血淚，更有農民獻出的生命。周立波的《暴風驟雨》、柳青的《土地的兒子》、李束為的《紅契》、馬加的《雙龍河》等，也表達了類似的鬥爭。荒草的《土地和槍》表達得更為明確，它以醒目的標題形式，也是作品中一個農民的話語，將「土地」與「槍」之間密切聯繫起來，道出了兩者之間不可分割的政治關係。

還有一些作品具體展示了土地被重新分配的過程，其中有獲得土地者的喜悅，也有失去土地者的怨恨，蘊含著強烈的階級感情。如周立波的《暴風驟雨》、丁玲的《太陽照在桑乾河上》、趙樹理的《李有才板話》、馬加的《江山村十日》等作品，都細緻地展現了土改過程的曲折和艱難，其中有地主對運動的阻撓和對抗、有農民從蒙昧到覺醒的艱難，也有新生農民表現出的新風尚。像《太陽照在桑乾河上》農民侯忠全白天分到地契，晚上就偷偷送回給地主的細節；以及錢文貴、閻恒元等地主在土地分配中的種種詭計。尤其是《太陽照在桑乾河上》「果樹園鬧騰起來了」一節，寫被分走土地的地主李子俊老婆的怨毒情緒，非常貼切真實。

土改運動剛剛結束，另一個土地運動——農業合作化運動又很快興起。雖然這兩個運動所蘊含的基本土地關係並不相衝突，但至少在形式上，它們是存在著一定對立的，尤其是在現實中的農民們看來，土改運動將土地分給了他們，而合作化運動則是使土地重新脫離自己。這一矛盾的存在，尤其是因為運動進行的過於快速和主觀，使合作化運動在執行過程中遇到了農民的許多阻力，留下的後果也很嚴重。

這也影響了作家們對這一運動中農民土地意識的反映質量。與土改運動相比，作家們對農業合作化持著基本相同的書寫態度，都以政治為主導，只不過前者寫的是農民在獲得土地過程中的鬥爭和艱難，而後者表現的是農民將土地從自己手中獻給集體和國家的複雜過程。但是，前者確實抵達了土地中某些深刻的關係，後者則沒有充分地表現出在運動背後土地意識轉換的複雜和艱巨。在很多情況下，作家們都將這場運動解釋為「寫社會主義思想如何戰勝資本主義自發思想，集體所有制如何戰勝個體所有制、農民的小私有制」〔註 1〕。將那些對將土地歸為集體持不同態度的行為理解為「新與舊，

〔註 1〕柳青：《在陝西省出版局各開的業餘作者創作座談會上的講話》，孟廣來、牛玉青編《柳青專集》，福建人民出版社 1982 年版，第 34 頁。

集體主義和私有制度的深刻尖銳、但不流血的矛盾」〔註2〕，事實上是對當時政策的一種略嫌簡單的演繹。而作家們在書寫土地集體化過程中所遇到的挑戰，寫到對那些反對集體化的個人主義者的爭取和改造時，都顯得較爲簡單，過程也比較迅速，理由不完全令人信服。這一題材的代表作品如趙樹理的《三里灣》，柳青的《創業史》，周立波的《山鄉巨變》，以及劉澍德的《春天的故事》等，都不同程度地存有這樣的缺陷。

值得認可的是這些作品中被作爲改造和否定對象的「落後分子」，則較爲眞實而深刻地體現了農民的深層土地意識。這些人（大多是老農民）保持有對土地深刻的依戀，於是，在集體化浪潮中，他們普遍表現得不夠積極，而是矛盾、遊移，甚至是阻撓、反對。在這一過程中，農民與土地之間深厚而複雜的關係得到了深入的表現。像《不能走那條路》中宋老定的困惑，《山鄉巨變》中「菊咬筋」、陳先晉等人在入社前的艱難矛盾，以及《創業史》中梁三老漢的痛苦反思，都塑造得相當典型眞實。這是劉紹棠在《運河的槳聲》中，寫老農民富貴老頭面臨土地交到集體時的痛苦場景：「他一屁股坐在那還沒被砍去的地界———一簇柳叢下，雙手緊緊攥著土疙瘩，攥得粉碎，他的心，撕裂了似的疼痛，鼻竅緊扇著，他幾乎要嚎出來。土地，他的命啊！」雖然作者是以嘲諷和調侃的口吻來描寫這一場景，但卻是眞實地展現了農民對土地的深厚感情。依靠著對老農民在交出土地過程中複雜和艱難過程的細緻描繪，這些作品也因此具有了一種超越政治理念的文學和社會學價值。

土改和合作化運動，是20世紀中國鄉村土地關係變化最劇烈的兩場政治運動，作家們也在書寫中充分揭示了土地所寓含的政治屬性。事實上，此後相當長一段時間內，土地一直承擔著明確的政治角色，在不同時期對鄉村的政治書寫中起著重要的作用。一個典型的例子是，像「十七年」和「文革」時期的《豔陽天》和《金光大道》等作品，經常敘述有揭露地主們收藏「變天賬」的情節，而這些所謂的「變天賬」，往往就是已經失去了實際意義的破舊地契。此外，部分革命歷史題材小說也涉及農民的土地問題，如《紅旗譜》，儘管主題不是土地問題，但也寫到了農民和地主對土地的爭奪。朱老忠回家後與馮蘭池的第一場衝突就是關於土地的衝突；嚴志和爲了救兒子不得不出賣土地，在此之前，他走到地裏，抓了一把土塞到自己嘴裏，吞到肚

〔註2〕周立波：《關於〈山鄉巨變〉答讀者問》，《人民文學》1958年7月號。

子裏去。這是一個對土地深懷感情的農民的舉動，也是農民與土地密切關係的真實折射。這一切，使作品的革命主題與土地意識有了直接的聯繫。

三、

20 世紀的八九十年代，中國鄉村社會發生了大的變化，文學世界裏的農民土地意識又有新的發展。

作家們最初表現這神新農民土地意識是在 80 年代初期。承包責任制的鄉村改革，使農民如同幾十年前的土改運動一樣重新獲得了土地（當然，在實質上是有差別的，但形式上大體相同），勞動積極性、生產效率也有大幅度的提升。許多作家渲染了農民得到土地以及豐收後的喜悅，還有作家將筆觸向前延伸，對以前的農村政策進行控訴和批評。前者最有代表性的是何士光的《種包穀的老人》，作品以一個老農民為契機，深刻地表現了農民獲得土地自主權後的喜悅。後者則以尤鳳偉的《山地》為典型，它通過記敘在極左政策時期，一個老人不耐貧窮的壓力自墾土地，付出了許多勞動心血，滿懷著希望卻最後收穫失敗的故事，在歷史批判的同時，寫出了農民對土地的渴望。

然而，像上述作品一樣具體表現農民與土地關係的作品並不多，持續時間也並不長，而且，幾乎就在這些土地讚歌問世的同時，一些作家開始表現另一種意識——農民走出土地的願望。路遙創作於 1982 年的《人生》是其中最有影響的作品，青年農民高加林離開土地尋求新生活的願望和道路選擇在當年引起了廣泛的討論，也激發了人們對這一問題的進一步思索。稍後，於1986 年問世的錦雲的《狗兒爺涅槃》將歷史和現實結合起來，更進一步深化了對土地問題的思考。主人公陳賀祥的人生命運和心理世界與土地的得失緊密相連，或者說，是否擁有自己的土地，決定了這個老農民的基本生存狀況。這既折射出 20 世紀中國社會的複雜土地歷史，同時也對中國農民深層文化心理進行了詰問，從而超出了對農民土地關係的簡單現實書寫，進入到農民文化的歷史批判之中。

此後，何士光的《又是桃李花時》、鄭義的《老井》、莫言的《歡樂》、劉震雲的《塔鋪》、賈平凹的《浮躁》、閻連科的「瑤溝系列」等作品，繼續深化了這一主題。這當中，部分作品表現的是對鄉村文明的批判，對現代文明的嚮往，如《老井》中的孫旺泉和小英。但是更多的作品，寫的是鄉村現實的苦難，傳達著鄉村人想逃離故鄉、逃離土地的願望。像《又是桃李花開時》

揭示了鄉村土地緊張的現實，對走出鄉村的青年人表示了理解和支持；田中禾的《五月》，也以一個回城大學生的眼光寫農民土地勞作的艱辛，對於那位在土地上艱難謀生活的農村妹妹想離開鄉村的願望，敘述者顯然是完全理解和支持的；閻連科的「瑤溝系列」和劉震雲的《塔鋪》等作品，則將鄉村苦難和走出鄉村的願望作了極力的渲染——對於這些作品中的人來說，土地，已經不是希望和幸福，而是壓力和痛苦的源泉。走出土地，成了他們最大的夢想。

這中間當然也寓含著一些複雜的情緒——如賈平凹的《浮躁》就充分地表達了這一點，主人公金狗在小水和英英兩個女性之間的兩難，寓含的是他在城市與鄉村土地之間選擇的困惑，但農民離土意識成為這時期作家們表現的一個重點是沒有疑問的。事實上，許多作品表現的就是作家們真實的生活和心理歷史。莫言就曾經這樣寫道：「十五年前，當我作為一個地地道道的農民在高密東北鄉貧瘠的土地上辛勤勞作時，我對那塊土地充滿了仇恨。它耗幹了祖先的血汗，也正在消耗著我的生命。當時我曾幻想：假如有一天我能離開這塊土地，我決不會再回來。所以，當我坐上運兵的卡車，當那些與我一起入伍的小夥子們流著眼淚與送行者告別時，我連頭也沒回。我有鳥飛出籠子的感覺。我覺得那兒已沒有什麼東西值得我留戀了。」〔註3〕這段話，所體現的遠遠不只是一位作家的心理記憶。

90 年代後，鄉村社會的變化更大，一方面鄉村人的行動更自由，但他們並沒有收穫到比 80 年代更多的富裕〔註4〕，而且，商業文化對鄉村文化進行了更為嚴厲的衝擊，鄉村社會的文化也有了大的變異。這一切影響到農民與土地的關係，也使 80 年代文學中出現的土地意識分化局面更為突出。

一方面，一些作家繼續著對農民離土情形的描寫。但也許是對於這時期的農民來說，土地的外在束縛已經不再存在，他們更多的艱難是在走出土地之後，因此，作家們的關注點也多轉到了他們走出土地以後的生活，描寫他們在走出土地過程中的艱難和坎坷。如路遙的《平凡的世界》，表現的就是青年農民走出土地和到城市生存發展的願望與艱辛；尤鳳偉的《泥鰍》、孫惠芬的《民工》，以及鬼子的《被雨淋濕的河》等大量「打工題材」作品，表現的也都是走出土地後的農民在城市中求生存的過程。

〔註3〕莫言：《我的故鄉與我的小說》，《當代作家評論》1993 年第 2 期。
〔註4〕根據有關資料，90 年代農民的財富增長率遠低於 80 年代，城鄉差別也進一步擴大，直到上世紀末和新世紀初這一情況才有較大改觀。

　　值得關注的是這些作品中農民對土地的態度。雖然他們也許並沒有完全離土，他們的生活與土地還保持著一定的聯繫，實質也有對土地的牽繫，但他們的思想主題無疑已經在城市，離土，已經成爲他們生活最主導的意識，城市，已經成爲他們的主要生活目的。這一點，也許尤鳳偉《泥鰍》中的主人公國瑞具有代表性。他在城市裏備受坎坷，但他的決心是：寧可在城市裏流浪漂泊也堅決拒絕回到土地去。與之相關的是，其它一些文學作品裏也傳達了這種對土地持漠然態度的情緒，如青年作家劉玉棟的《我們分到了土地》，雖然作品敘述的是 80 年代初承包土地的故事，但它表達的已不是對土地的景仰和懷念，而是頗具反諷色彩的揶揄，而且，土地帶給主人公一家的也不是幸福，而是痛苦。

　　與上述創作形成對比的，是 90 年代仍然有更多的作家在表現農民對土地的熱愛和關注。像張煒的「葡萄園」、賈平凹的「高老莊」、遲子建的「北極村」，土地都是被作家們反覆書寫的代表性意象，這些作品中表現的農民都是深切的戀土者、愛土者。土地的溫情，人與土地之間的依戀，在他們的筆下有充分的表現。此外，白連春的《拯救父親》，也抒情性地書寫了對土地的感情，主人公雖然離開了故鄉，在外漂流，但他始終懷念著土地，充滿著幻想的深情；閻連科的《年月日》也以寓言式的故事，細緻描繪了農民與土地的依存之情。

　　這當中，部分作家對鄉村現實中的土地問題進行了關注，對各種掠奪和侵吞土地的行爲表示了譴責，並思考了土地與農民生存環境的關係等問題。張煒的「葡萄園」系列作品，就執著地關注這類問題；賈平凹的《土門》，關仁山的《太極地》、《九月還鄉》，以及韋俊海的《守望土地》，劉寶池的《倒下的青紗帳》等作品，都描寫了村民對土地的衛護故事，他們拼命抵禦城市和其它勢力對鄉村土地的吞併，卻都以失敗告終。其中有爲土地獻出生命者，有爲土地而被捕者。閻連科的《黃金洞》也敘述了一個農民爲開掘黃金放棄土地，最終釀成悲劇的故事，譴責了農民的棄土行爲。關仁山的《天壤》、《天高地厚》，趙德發的《繾綣與決絕》，李一清的《農民》等作品，則是對幾十年鄉村土地歷史的回顧，表現出對中國農村土地流失的深層憂患意識。

　　趙德發的《繾綣與決絕》值得特別提出。這部作品反映了從民國十五年（1926）到 90 年代一個村莊半個多世紀的生活，特別反映了不同時期、不同階層農民與土地的關係，表達了對土地問題的深切關注，也對幾十年歷史中

農民和土地關係的變異，尤其是現實中的土地問題發出追問。主人公封大腳幾次發出「如今的這地，到底是誰家的？是國家的，是個人的，還是村幹部的呢」的追問，很有現實意味。

值得指出的是，雖然戀土和離土代表對土地不同的情感和關注態度，但在作家創作中，它們並不是呈現截然分離的局面，相反，它們往往複雜地交織在同一個作家的創作之中。比如賈平凹，他的《浮躁》曾表現出較明確的離土願望，但在《高老莊》、《土門》、《秦腔》等作品中又表示出對土地的深沉依戀；同樣，閻連科的「瑤溝系列」展示了離開土地的強烈願望，但《年月日》等又表現出對土地的深情讚美。其背後，顯然潛藏著時代變異對作家心理產生的深刻影響。戀土和離土意識的交織，是八九十年代文學土地意識的主旋律，這是現實鄉村變化的寫照，也是多元文化意識體現。

四、

土地是鄉村的靈魂，土地意識是農民生活和鄉村文化的縮影。當然，作為一種文學表現，土地意識不但是鄉村的客觀反映，也融注了作家們的思想和意識形態。透視新文學中的農民土地意識，我們能夠從農民和作家兩方面得到啓示。

第一，我們可以深切地感受到土地在 20 世紀中國生活和文化中的特殊位置。這最集中地體現在農民身上。就像我們在前面分析的，新文學中農民的土地意識表現得並不單純，它不只是懷戀，而是伴隨著逃離甚至厭棄的複雜感情。然而，不管在什麼時候，農民對土地的主導情感始終是戀土。即使是在 30 年代，「豐收成災」迫使農民逃離鄉土，他們的內心深處也未曾泯滅對土地的深厚情感。在 90 年代，離土成為農民生活一個客觀的現實〔註5〕，但戀土意識依然深藏在許多農民的心中。另一方面，在新文學對鄉村的種種書寫中，給讀者留下印象最深刻的，也是作家們傳達得最傳神的部分，無疑就是農民的戀土感情。這深刻地反映出中國農民與土地的息息相關。正如費孝通在《鄉土中國》所說的：「(在) 鄉下，『土』是他們的命根」〔註6〕，土地是農民賴以生存的基礎，一旦失去，就只能流離失所，無所依靠。而且，土

〔註 5〕根據統計，到 20 世紀末，已經有 1 億多農民走出鄉村，進入城市生活和工作。21 世紀後人數更呈增長趨勢。
〔註 6〕費孝通：《鄉土中國 生育制度》，北京大學出版社 1998 年版，第 7 頁。

地還滲透到農民的靈魂中，成為農民文化精神重要的一部分。在這個意義上，劉西渭的話無疑是非常貼切的：「對於中國人，土地是他們的保姆，看護和送終的道姑。」〔註7〕

同時，這也在一定程度上折射了中國作家們複雜的鄉村意識，它傳達了一些作家深刻的文化依戀。也就是說，作家們之所以對懷鄉戀土情緒那麼熱衷，或者可以說他們之所以寫得最精彩的內容就是懷鄉，與他們主體思想中隱含的懷鄉戀土情緒有著必然的聯繫。無論是在中國，還是在西方，土地作為一種與農業文明最直接而深刻的意象，很自然地被賦予著更深刻的文化內涵，被文學家和哲學家作為自然文明的代表。20 世紀中國文學自然也不例外。

這裡需要特別分析 90 年代以後文學的土地懷戀意識。正如我們在前面分析的，90 年代以來的鄉村現實和文化變異，已經極大程度上影響了農民的戀土意識。離土，已經是一種現實中不可否認的行為，但在文學世界中，戀土意識始終很強烈。我們當然不能說這種意識完全屬於作家的想像，但說其中蘊含著作家一定的文化態度和精神想像則是毫無疑問的。作為一種文學創作，作家的意識本身就是其不可缺少的一部分，並且，作家的思想與農民文化也並不一定要分離，甚至可以說，在這些作家身上，也許更代表了農民文化的深層精神，作家承擔的是獨特時代下農民文化代言人的角色。在張煒對「大地」的思考，賈平凹對「自然」的思考中，就深刻地體現出了相當程度的農民文化精神。

第二，我們可以清晰地看到 20 世紀中國農村土地關係的巨大變異，以及它對農村面貌和農民精神產生的深刻影響。新文學土地意識書寫經歷過幾次高峰，都聯繫著時代農村的政治變異，而其中的曲折反覆，更充分地顯示出農村土地的政治環境的複雜變異。其中有直接的土地政策變異，有外在的政治格局變遷，也有與政治密切聯繫的文化環境的改變。這些變異，給農民的生活帶來了顯著影響，也直接促成了農民思想和精神的改變。20 世紀 30 年代是土地意識書寫的第一個高峰，它伴隨的是西方商業資本第一次大規模進入中國，中國傳統的農業文明生產方式受到第一次大的衝擊，同時，以土地為中心的革命風暴正影響著整個農村地區。同樣，40 年代的土改、50 年代的合作化，都是在根本上改變土地所有權與土地所有制的運動，是階級和所有制的改變。80 年代是對 50 年代的一次反覆和糾偏，90 年代的市場經濟，則是

〔註 7〕 李健吾：《葉紫的小說》，載《咀華集‧咀華二集》，復旦大學出版社 2005 年版，第 125 頁。

商業文明對農業文明的根本性衝擊，導致了致命性的顛覆。

這種政治化的運動，對中國農村社會產生的影響是直接而深刻的，或者說，我們的文學所承擔的主要只是這些政治運動過程和結果闡釋者和描述者的任務。但我以為，其中的許多問題依然有非常值得思考的地方。比如到底如何評價土改運動和農業合作化運動，如何看待「人民公社」制度的得與失，它們是否完全一無可取，只是對中國農村發展的阻礙？同樣，80 年代進行的農村改革政策與之前的幾十年構成了尖銳的衝突，那麼，它們是否就是完全不可融合的兩種方式？是否就像人們所說的「辛辛苦苦幾十年，一下回到解放前」？問題顯然並不如此簡單，而是包含著更複雜的背景〔註8〕。

當然，作為文學考察，更值得我們關注的，是這些變遷所帶來的社會和文化影響，以及文學對這些影響所進行的藝術表現。比如 20 世紀末，可以說是作家們土地意識表現最強烈的時期，也是情緒最激烈的時期。許多作家表現的農民對土地的衛護和失去土地的痛苦，可能比其它時期更能讓我們激動——因為它畢竟是我們的現實，其中的問題牽繫著我們的現實生活，也影響著我們未來的發展——而其中的缺陷也同樣值得我們關注。

一個現實的例子是，通過對 20 世紀 90 年代文學中農民強烈離土情緒以及土地憂患意識的考察，我們可以清晰地瞭解到當前農村的蕭條和農民在變化紛壇時代的艱難生活，其中包括底層農村政策中的問題，如大量徵用土地導致耕地減少，導致人與地矛盾的尖銳，以及賦稅苛嚴等，這應該引起我們某種程度的政治關注。30 年代，馬子華在他的《他的子民們》中描寫農民談到為什麼不種田時說：「橫豎種了也沒有飯吃」，90 年代，劉醒龍的《黃昏放牛》也有這麼一個細節：老農民胡長生回鄉，希望能夠靠種田致富，但現實使他的願望遭到失敗，這時候他才明白：「如今，最沒用的人才去種田」。中間雖然相隔了大半個世紀，但情景卻有著驚人的相似，顯然，這中間有值得我們反思的地方。

第三，對新文學中的土地意識進行藝術考察，我們發現，新文學對中國

〔註 8〕 如鄉村的合作制度，就遠遠不能簡單地否定，它對 20 世紀中期中國鄉村的負面影響是與整個國家的經濟政策密切聯繫在一起的，不能單純對這一制度進行否定。事實上，在鄉村改革進行了 20 多年之後，許多人已經意識到完全排斥合作的個體制度並不能適應農村的快速發展。即使在發達資本主義國家的農村，合作制度也採用得很普遍。可參見申端鋒《農民合作的想像與現實》，《讀書》2007 年第 9 期。

農村土地政策的發展變更進行了清晰的勾勒，對各時期農民與土地的關係中所包含的複雜心態作了一定的表現，對於 20 世紀中國鄉村的歷史，尤其是農民的心態變化歷史，有一定委婉和深切處，具有值得我們思索和回味的價值，但它所存在的缺失同樣很突出。

這最直接的表現就是深度的缺乏和完備性的不夠。20 世紀中國的多次農村土地運動對農村社會的衝擊力是巨大的，其中更隱藏著許多曲折隱晦。文學的重要功能就是拂去蒙在歷史之上的塵埃，還原歷史的真實面目，尤其是還原人們內心的衷曲。但新文學對這一點的表現卻很有限。像對 40 年代土改運動，作家們基本上從革命者單一角度來開始和書寫，很少有其它視角的，甚至像《太陽照在桑乾河上》以比較客觀態度細緻描述李子俊老婆心態的場景都是鳳毛麟角，這自然遮蔽了運動中的很多問題。同樣，50 年代農業合作化題材小說的簡單化也比較突出，這一點我們在前面已有所分析。甚至到了 90 年代文學，相比此前，它的內容無疑要更為豐富和全面，但仍然缺少真正深切反映農民複雜心理嬗變的作品。如果說之前是政治觀念遮蔽了作家們的視野，那麼，現在，更多是作家們的思想掩蓋或代替了農民的心理，農民的土地意識沒有在主體意義上得到呈現。

第四，藝術上的概念化書寫不同程度地存在於這些創作中。不同時期作品中反覆出現的「父子衝突」為例。這一模式在新文學的土地意識表現中非常普遍。30 年代，作家們賦予父子兩代農民不同價值選擇，年老農民一般都戀土，是「豐收」的努力追求者，年輕農民則對他們父親的選擇不以為然，並最終選擇了放棄土地，尋找新的出路。作家們通過對前者的揶揄和否定，對後者的認可和支持，體現他們的價值立場。同樣，50 年代作家也通過老年和年輕農民的代際衝突，表現出作家們的愛憎和價值取向。年輕一代同樣佔據了絕對的真理位置，他們的父輩保守、落後，受到批評和否定，年輕一代最終取得勝利。同樣描寫的還有 90 年代作家，只不過作家們的價值傾向與 30 年代和 50 年代有了鮮明的顛倒，作家們的價值偏向在老年人一方，而不是年輕人。如賈平凹的《土門》，年輕農民贊成城市化，老村長等人堅決反對，作者的價值天平是明確向著後者的。同樣，正如張煒在小說《柏慧》中的感慨：「奇怪的是現在遇不到有羞愧感的人了，偶而遇到一個也往往是老人，很老很老的人。中年人不會有羞愧感，青年人根本就不能指望。」他的幾乎所有 90 年代小說都蘊含著「回歸」的情緒，老

年心態非常突出。

不能說這一模式完全違背了生活眞實，因爲確實，由於性格和閱歷等方面的原因，年老者較爲傾向於保守，年輕人都較傾向於激進，父子之間易於發生觀念上的衝突，但是，生活遠比簡單的衝突要更爲複雜，而且，即使是生活中的父子衝突，也有更複雜的性格內涵，不會如此的表面化和簡單化。作家們如此集體性的表現，並且形成如此明顯的時代性創作偏向，顯然不能說是完全生活化，其背後隱藏著過強的意識形態色彩。

這些藝術問題的背後，一方面有時代政治的影響。因爲土地問題在農村社會中有著特殊的重要地位，它往往承載著重大的政治內涵，屬於鄉土文學中的「重大題材」，這樣，政治在它身上打下的烙印也較深，作家們也自然會受到政治的某些束縛，難以表現出獨立深刻的思考。尤其像在土改和農業合作化這樣的政治運動中更是如此，至於 30 年代，雖然沒有多少外在的政治壓力，但作家們基本上都身在左翼陣營，有自覺追隨革命、表現革命的強烈願望，受到政治的影響就不足爲奇了。

另一方面則有作家文化心態的影響。這最典型地體現在 90 年代文學中。正如我們在前面所說，在商業文化的衝擊下，農業文化面臨崩潰，在這種情況下，一些作家迸發出強烈的文化懷鄉情緒，是非常自然，也代表了鄉村文化的部分立場。但這種心態，也有可能會導致對生活的某種遮蔽，影響作家客觀全面地表現鄉村，出現文化遮蔽生活的情況。事實上，在很多作品中，確實出現了類似情形，比如對鄉村的土地問題，作家們表現得較多的是文化問題，而更尖銳複雜的現實問題較少涉及，更缺少必要的現實批判。

著名社會學家費孝通曾經談過農民與土地之間的關係：「如果說人們的土地就是他們人格整體的一部分，並不是什麼誇張。」〔註9〕確實，土地，在農村，在農民的生活中，其實遠不是外在的東西，而是與他們的生命，他們的性格整個連在一起的。對於一個書寫農村和農民的作家來說，寫好了土地，也就寫好了農民，寫好了農村。反之也是一樣。就目前而言，我以爲，新文學表現農民土地意識的作品，基本上沒有眞正優秀、達到經典高度的。這無疑是新文學鄉土文學創作的一大遺憾。

〔註9〕費孝通：《江村經濟》，商務印書館 2002 年版，第 161 頁。

20 世紀鄉土小說的創作形態及其新變

20 世紀中國社會經歷的是由傳統農業文明向現代工業文明的嬗變與更新，在這一過程中，中國鄉村和中國農民都承受了現實和文化命運的巨大變遷，以之為書寫對象的鄉土小說自然也受到其波瀾的衝擊。由於作家們文化身份及與鄉村關係的差別，他們創作時所呈現的立場和心態也紛繁多樣。正是這一點，形成了 20 世紀鄉土小說創作形態的多元化和複雜化。

一、

大體而言，20 世紀中國鄉土小說包括以下四種創作形態：

（一）文化批判形態

文化批判形態鄉土小說是五四啓蒙運動的產物。作為知識分子的思想運動，許多五四文化啓蒙者持有這樣的看法：中國農村人口最多，文化水平最低，積澱的傳統封建文化也最深，它自然應該成為啓蒙運動的最主要對象。這一類型的鄉土小說，就是以五四啓蒙的文化立場，以現代文明代表者的身份對鄉村進行審視和批判。

魯迅是這一形態的開創者和精神領袖。正如他自言因「聽將令」而開始創作，他的許多鄉土小說作品都明確承擔著啓蒙的使命。如著名的《阿Q正傳》，其意圖就在於「畫出這樣沉默的國民的魂靈來」[註1]，作者在主人公阿Q和他生活的未莊身上寄託的，是對於鄉村文化以及整個民族「國民性」的思考，作者對阿Q及未莊民眾的批判，是明確的知識分子啓蒙立場。

〔註 1〕 魯迅：《俄文譯本〈阿Q正傳〉序》，《魯迅全集》第 7 卷，人民文學出版社 1981
年版，第 82 頁。

張天翼曾經說過：「現代中國的作品裏有許多都是在重寫著《阿Q正傳》。」〔註2〕確實，正如五四思想傳統對整個20世紀中國社會都影響深遠，文化批判形態鄉土小說也有不絕的遺響。20年代中後期，王任叔、許欽文、王魯彥、彭家煌等是魯迅的直接繼承者，他們的《疲憊者》、《鼻涕阿二》等作品，無論思想內涵還是人物形象特質都與《阿Q正傳》有密切的淵源。30年代以後，蕭紅在《生死場》、《呼蘭河傳》，師陀在《果園城記》，路翎在《羅大斗的一生》、《蝸牛在荊棘上》等作品中，繼續著對這一形態的延承。

80年代初，文化批判形態創作出現了新的繁榮，高曉聲、韓少功、鄭義等作家是其中的代表，《陳奐生上城》、《爸爸爸》、《老井》等作品中的陳奐生、丙崽和老井村，與半個多世紀前的阿Q和未莊接上了密切的精神親緣。之後，又有劉恒、楊爭光、尤鳳偉、喬典運、周大新，以及更年輕的東西、譚文峰等作家，創作出《伏羲伏羲》、《老旦是一棵樹》、《泱泱水》、《問天》、《向上的臺階》、《沒有語言的生活》、《走過鄉村》等作品，給這一形態注入了新的生命力。

（二）政治功利形態

政治功利形態與文化批判形態有些類似，都以鄉村來承擔一定的意識形態任務，只是它的創作宗旨由文化變為了政治，目的在於配合鄉村社會中的種種政治思潮和政治運動，以文學方式呼應與鼓動鄉村社會的政治風暴。因此，這一形態的鄉土小說創作，更為關注鄉村的政治關係，凸顯鄉村人的階級身份及政治要求，它們往往蘊涵著作者們明確的政治傾向性，帶有強烈的政治功利色彩。

寬泛一點說，在20年代就已經出現了政治功利形態的鄉土小說作品。高世華的《沉自己的船》等，就蘊涵有比較強烈的政治意識，但這種意識基本上是處於自為狀態，政治功利目標尚不明確。政治功利形態的真正形成，是在30年代初。陽翰笙的《地泉》、蔣光慈的《咆哮了的土地》等作品，以鮮明的政治觸角，揭示了鄉村社會的階級苦難，大力張揚了鄉村的政治反抗，政治功利目標已非常具體。幾乎同時，葉紫的《豐收》、茅盾的「農村三部曲」、吳組緗的《一千八百擔》等，將這一創作推向了高峰。

茅盾是這一形態的中堅，他不但奉獻了具有典範意義的《春蠶》等創作實績，而且為這一形態奠定了堅實的理論基礎。他所對鄉土小說作出的概括，

〔註2〕張天翼：《我怎樣寫〈清明時節〉的》，《文學》1936年第1期第6卷。

深刻地影響了這一形態的創作者們：「特殊的風土人情的描寫，只不過像看一幅異域的圖畫，雖然引起我們的驚異，然而給我們的只是好奇心的饜足。因此，在特殊的風土人情而外，應當還有普遍性的與我們共同的對於命運的掙扎。」〔註3〕可以說，茅盾之後的這一形態的創作者，無不體現出對這一原則的繼承。

40年代，政治功利形態有了進一步的加強。蕭軍、端木蕻良等東北作家的創作，以濃鬱的愛國主義意識表現出對這一形態內涵的拓展。解放區，歐陽山、康濯、孫犁，以及丁玲、周立波等作家，普遍以小說創作呼應現實的農村工作政策，激勵農民參與政治運動，將鄉村描繪與政治宣傳作了充分的結合。50年代至「文革」，政治功利形態創作發展到其頂峰，從周立波、柳青、梁斌，到李準、王汶石，幾乎所有的鄉土小說作家都被囊括進這一創作中。浩然的《豔陽天》和《金光大道》，是這時期最具典型意義的創作。

80年代以後，這一形態依然保持著生命力。劉紹棠的《蒲柳人家》、何士光的《鄉場上》、張賢亮的《龍種》、張一弓的《黑娃照相》、《犯人李銅鐘的故事》等大量的農村現實改革和歷史反思小說，以積極的方式呼應和深化著現實的政治思潮，展示著作家們高昂的政治激情和政治願望。90年代，由劉醒龍、何申、關仁山、張繼等作家創作的「現實主義衝擊波」小說，以及王小波的「黃金三部曲」等作品，對這一形態作了新的推進。

（三）文明懷舊形態

顧名思義，這一形態是將鄉村作為審美而非現實的對象，從虛幻的遠距離來看待和書寫鄉村的。它與中國古典文學中的田園山水詩有著直接的淵源。沈從文的話可以作為這一形態書寫鄉村的基本宗旨：「不管是故事還是人生，一切都應當美一些，醜的東西雖不全是罪惡，總不能使人愉快，也無從令人由痛苦見出生命的莊嚴，產生那個高尚情操。」〔註4〕其中即使有貧窮和苦難，也都被蒙上了一層溫情和美的面紗。在這一創作形態裏，鄉村代表著一種文明，一種與其田園風景相一致的脈脈溫情。

文明懷舊形態的最早代表作家是廢名，他的《竹林的故事》、《浣衣母》等作品，在質樸自然的敘述中傳達著對恬淡生活的響往，也遞送出工業文明

〔註3〕茅盾：《關於鄉土文學》，《文學》1936年第2期第6卷。
〔註4〕沈從文：《〈看虹摘星錄〉後記》，《沈從文文集》第11卷，花城出版社1984年版，第48～49頁。

衝擊下無奈的感傷情緒。30 年代，沈從文又有進一步的發揚，他的《邊城》、《雨後》等湘西系列小說，典型地表現了這一形態的浪漫精神特徵，也取得了這一形態的最高成就。40 年代的汪曾祺師法沈從文，以《雞鴨名家》等作品嶄露頭角，維繫著這一形態並不強盛的命脈，此外，田濤的《沃土》等作品也清晰地傳達出戰亂時代流亡者的精神懷鄉之情。

80 年代後，隨著汪曾祺《受戒》和《大淖記事》的問世，文明懷舊形態煥發出新的生命力。何立偉的《白色鳥》、鐵凝的《哦，香雪》等作品，表露出對這一形態的明確的繼承趨向。90 年代，更有遲子建、劉慶邦、張宇、田中禾、張煒、賈平凹等作家加盟這一創作形態，使之達到了歷史上的最鼎盛時期。

（四）鄉村代言形態

前面三種形態儘管各有差別，但卻有著鮮明的共同點，那就是作家們都是站在鄉村之外的立場來打量和審視鄉村的。鄉村代言形態作家們則不一樣，他們選擇的是鄉村自身的立場，代表著鄉村人或鄉村文化的利益，從內部來觀看和書寫鄉村世界。在中國鄉土小說的四個形態中，鄉村代言形態是最薄弱，也是最不純粹的。雖然早在 30 年代初，就有批評家認為沙汀「是一個真正的農民詩人」〔註5〕，沈從文和師陀等人更多次宣稱自己是「農民」〔註6〕，但其實，這些作家雖然懷有對鄉村的情感，也表現出對鄉村一定的文化認同，但其精神姿態遠不是鄉村的，他們始終是站在鄉村之外來回望和記念鄉村的。

真正以鄉村代言立場進行寫作的，是從 40 年代的趙樹理開始。趙樹理以做「文攤文學家」的志願，以「問題小說」為切入點，表現了解放區農民真實的想望，並以當地農民最熟悉的語言和形式，講述了最通俗直白的故事，博得了農民們的真正認同。由於抗戰時代的特殊政治形勢，也因為趙樹理所代表的農民立場與現實政治要求有深刻的契合，趙樹理的創作在解放區中得到了特別的推崇。但實際上趙樹理被肯定的只是他與政治合拍的部分，因此，趙樹理名義上的繼承者雖然眾多，但他的獨特精神並未得到真正的繼承，五六十年代後，當政治形勢發生變化，趙樹理的創作陷入低迷，這一形態也基本中斷。

〔註 5〕楊晦：《沙汀創作的起點與方向》，《青年文藝》（第 1 卷），1945 年第 6 期。
〔註 6〕沈從文：《水雲》，《沈從文文集》第 10 卷，花城出版社 1984 年版；蘆焚（師陀）：《黃花苔》序，上海良友圖書印刷公司 1937 年版。

　　一直到 80 年代後，鄉村代言形態才有新的發展。如果說路遙的《人生》和《平凡的世界》尚是在政治功利和鄉村代言之間徘徊的話，那麼，稍後的莫言、劉震雲、陳忠實、張承志等作家的創作，已經明確代表著鄉村的姿態，從現實、文化等不同方面代表著鄉村發言，展示出鄉村的自我形象，將這一形態推向了一個新的階段。

二、

　　四種鄉土小說形態形成的基礎是作家們不同的文化立場和精神姿態，由於這些立場和姿態也直接影響到作家們的藝術表現方法，因此，四種鄉土小說形態也形成了各自不同的藝術傾向和創作特點。

　　文化批判形態的最大藝術特點是象徵。這是由它對中國傳統文化進行整體批判的創作原則決定的。在作家們的眼中，鄉村是整個中國社會和傳統文化的縮影，具體的鄉村人和鄉村場景自然被指代著更廣泛的社會和文化世界，呈現出寓言化的特徵。所以，在這一形態中，師陀的自白具有代表性意義：「我有意把這小城寫成中國一切小城的代表，它在心目中有生命，有性格，有思想，有見解，有情感，有壽命，像一個活人。」〔註7〕無論是《阿Q正傳》中的未莊和阿Q，《故鄉》中結尾處的「路」，《祝福》中的「祝福」場景，還是許欽文《鼻涕阿二》的「松村文化」，魯彥筆下的「陳四橋文化」，以及蕭紅筆下的呼蘭河，高曉聲筆下的陳家村和陳奐生，韓少功筆下的雞頭寨和丙崽，都被寄予了深刻的象徵內涵，其意義遠遠超出了具體的地域和人文範疇。

　　與之相應，文化批判形態的美學風格主要是沉鬱和悲劇性。因為作家們在創作中承擔的是文化批判的歷史使命，寄寓著五四知識分子強烈的民族憂患意識和歷史責任感，自然，在這一形態的作品中，很少出現輕快娛樂的場面，它所展現出的鄉村畫面主要是冷色調，作家們寄寓的是沉重的歎息和無情的解剖，「哀其不幸，怒其不爭」，形象地概括了這一形態的感情特徵。

　　政治功利形態與文化批判形態有明顯的不同。因為它意圖表現的是農民的政治覺悟，啟發他們參與現實政治，因此，「農村三部曲」那樣冷靜客觀的社會剖析和典型真切的細節描寫成為了它的主要藝術特點，在敘述方法上，

〔註7〕蘆焚（師陀）：《果園城記》「序言」，上海出版公司 1946 年版。

它一般追求寫實式的客觀再現，在人物塑造上，則注意對其階級身份進行凸顯，人物形象多具備類型化的特點，人物之間的關係則體現出比較明確的二元對立特徵。

在藝術風格上，政治功利形態也與文化批判形態形成鮮明的對照。文化批判形態多挖掘鄉村的陰暗面予以批判，而政治功利形態則張揚鄉村的政治激情，多揭示鄉村中的革命正義和陽剛之氣。因此，它筆下的鄉村世界也可能充滿苦痛，但這種苦痛多集中在物質層面，並且，它一般都要努力表現出希望和明朗的色彩，表示出政治意識形態的現實功利特徵，有時候，它更呈現出熱烈豪邁的特點。壯美是這一形態創作的基本美學風格。

文明懷舊形態在藝術上最有追求、也最有個性。首先，由於作家們以美和浪漫的眼光去觀照鄉村，這使他們很自然地側重對鄉村自然美的描摹，也注意對神秘浪漫氛圍的營造，因此，這一形態作品多具有精緻細膩的風景描寫和強烈的傳奇色彩，像 30 年代沈從文的苗族故事就最為典型。其次，因為作家們不以再現鄉村為目的，自然要淡化與鄉村現實之間的關係，所以，他們往往迴避生活場景的具體明確，也不追求複雜曲折的故事和明確具體的個性，情緒是他們小說的中心，散文化的結構和詩化的意境則是他們小說的基本形式。

另外，也許是因為 20 世紀中國社會的發展方向是由傳統向現代，鄉村文化的總體命運趨勢是萎縮和衰退，文明懷舊形態還普遍呈現出比較強烈的感傷色彩，作家們的抒情往往都不熱烈而是帶著淡淡的無奈，其極端者，更表現出遺世獨立的精神趨向。所有這一切，造就了文明懷舊形態以優美和感傷為中心的美學風格。

鄉村代言形態成熟得最遲，藝術特點也最為蕪雜。趙樹理的藝術特點最為明顯，其完全本色的農村口語和說書體的故事結構，在 20 世紀鄉土小說作家中獨樹一幟。但是，這一藝術特點並沒有被後來者充分地繼承。直到 90 年代，這一創作形態才逐漸形成了自己新穎而獨特的藝術特徵。

當然，需要指出的是，我們上述對鄉土小說創作進行的分類，只是在相對意義上的，因為雖然各種鄉土小說形態都具有自己明確的內涵和創作特點，但這種明確更多只是體現在理論概括上，落實到具體的作家和作品，則要複雜、含混得多。或者換句話說，儘管每一個作家都有相對固定的文化立場，體現著不同形態的特點，但是嚴格說來，真正以單一形態立場進行創作的作家並不多，更常見的情形是，一個作家的基本精神是屬於某種形態立場，

但其具體創作中往往還會混雜進其它形態的價值觀念，它們以不同地位共存於其創作中，呈現出複雜而多樣的特點。

而且，鄉土小說各形態內部也不是一成不變，而是以發展的、不斷更新的狀態存在的，在不同形態之間，更存在著相互矛盾而又交融的複雜關係，它們各自的特點在不同程度上為其它形態所借鑒和採用，相互之間也經常出現相互攻訐和排擠的局面。

在20世紀鄉土小說的發展歷史中，上述四種形態的發展不是均衡、平等的，它們呈現的是此起彼伏的嚴重不平衡狀態。這主要是因為它們所依恃的文化形態有強勢和弱勢、主流與非主流之分。20年代是五四新文化的建設和高峰時期，也是文化批判形態的絕對興盛時期。1927年後，社會政治環境有了急劇的改變，政黨之間矛盾惡化，知識分子也分化為不同的政治文化陣營〔註8〕。在這種情況下，政治功利形態一旦興起，就迅速成為了鄉土小說創作的中心。40年代至「文革」結束，中國的政治文化環境始終保持高度的嚴峻，也導致了政治功利形態長期佔據中心舞臺，並最終形成了惟我獨尊的局面。相對於上兩種形態在不同時期的各領風騷，文明懷舊形態和鄉村代言形態顯得與時代文化不夠合拍，也長期處於夾縫和邊緣狀態（後者在40年代戰爭環境中曾有過短暫的繁榮）。一直到20世紀的最後十幾年，這一情形才有大的改觀。

三、

大體而言，20世紀80年代以前，中國鄉土小說各形態的發展歷史是比較平靜的，其內涵也比較穩定，但80年代鄉村改革後，尤其是90年代實施市場經濟後，鄉村社會的面貌發生了巨大變化，鄉土小說的創作形態也出現了新的變異。可以說，各鄉土小說的基本形態仍在，但其內容面貌和創作格局都有了不同程度的改變。

首先，各創作形態的內涵發生變異，作家的歸屬更趨混雜。

就內涵變異而論，最具代表性的是農民代言形態。以往的這一形態創作，以趙樹理為代表，主要停留在自發的階段，作家們也多從現實角度代表鄉村發言。但80年代中期以後，這一形態作家的自覺姿態明顯增強，內涵也從現實向文化方向轉移。劉震雲和莫言的創作最有代表性。劉震雲的「故鄉」系列和《溫故一九四二》等作品以農民立場對中國歷史進行了全方位的演繹，

〔註8〕 朱曉進：《政治化思維與三十年代文學論爭》，《中國社會科學》2002年第6期。

展示出絕望而充滿戲謔的農民文化姿態；莫言的《天堂蒜薹之歌》和「紅高粱」系列作品，或為現實農民利益吶喊，或借助於狂歡的故事形式，宣泄了農民的長期精神壓抑，誇張性地張揚了農民的文化精神。比較趙樹理拘謹本分的農民故事，這些作品的文化自覺和精神自信有了明顯的發展。

陳忠實的《白鹿原》、張承志的《心靈史》和趙德發的《繾綣與決絕》等進一步拓展和轉變著農民代言形態的精神內涵。在這些作品中，作者都不再持守單一的農民立場，而是融合了其它文化內容。像陳忠實、趙德發糅雜的是中國主流知識分子傳統文化，張承志則結合了少數民族的宗教文化——這些文化與農民文化本來就有深遠的聯繫，但由於中國現代文化建立的五四時代對它們進行了徹底的否定，因此，長期以來，它們被鄉土小說作家們所忽視和拒絕——並以這種糅雜了新內涵的文化姿態對中國現代歷史進行著闡釋與書寫。

政治功利形態內涵也出現了新的特點。在過去，以這一形態進行創作的作家多擁有很明確的政治傾向，他們對鄉村的俯視和拯救姿態也很明顯。但90年代後，這些特點都有所轉變。「現實主義衝擊波」作家群體最有代表意義。就參與現實、維護現實政治的特點而言，他們與這一形態的傳統創作並無二致，但在所表現的政治意圖上，這些創作要隱晦含蓄了許多，而且，其中的許多作品，像劉醒龍的《挑擔茶葉上北京》、張繼的《殺羊》等，所傳達的已不僅是純粹的政治意識形態立場，而是融合了很明確的農民自我意識，夾雜有農民代言形態的一些特點，在敘述方法上也普遍放棄了傳統的俯視姿態，呈現出明顯的平視特點〔註9〕。尤其是王小波的「黃金三部曲」，所傳達的政治思想已超越了傳統的服務功利性，而是表現出獨立的思考和批判特點。

相比之下，文化批判形態和文明懷舊形態的內涵變化最小，但也有所發展。前者中，東西《沒有語言的生活》、周大新《向上的臺階》、李佩甫《無邊無際的早晨》等作品，對文化批判的深度進行了拓展。這些作品也著力於對鄉村文化的愚昧和保守的批判，但作家們的批判立場已經不僅是五四的啟蒙文化，而是力圖向更抽象的人性思考掘進。《沒有語言的生活》中表現的村民們對有殘疾的主人公一家人的傷害，已不僅是「國民性」可以概括，而是體現著人性惡的特徵；《向上的臺階》中對鄉村文化中「官本位」的批判，也上升到更抽象的層面；《無邊無際的早晨》對鄉村道德/物質發展、現代文明/傳統文化兩難處境的揭示，也具有很深的啟迪意義。而文明懷舊形態的作家

〔註9〕賀仲明：《平民立場的現實審察》，《當代作家評論》1997年第4期。

們則比較多地向現實方面轉化，無論是遲子建的「北極村童話」，還是劉慶邦、張宇對鄉村田園美和道德美的謳歌，作家們都不再像廢名、沈從文一樣去探求鄉村文化的哲理和文化生命力，他們更關注的是鄉村文化的現實命運，進行的是對正在消逝的傳統美德的追懷和感慨。

形態的變異進一步促進了作家姿態的含混。像前面提到過的賈平凹、張煒等，就很難說清應該歸屬於鄉村代言還是文明懷舊形態，劉醒龍等「現實主義衝擊波」作家，也具有不同形態的遊移特徵。這與以前作家相對穩定的創作姿態形成了顯著區別，也客觀上對原有的鄉土小說形態限定構成了衝擊。

其次，不同創作形態的格局發生變化，文明懷舊和鄉村代言形態成為主流。

在80年代以前，佔據鄉土小說創作中心的絕對是政治功利和文化批判形態，但是，90年代之後，情況有了明顯的改變。文化批判、尤其是政治功利形態出現嚴重的衰退，文明懷舊形態和鄉村代言形態則得到了前所未有的發展，不但創作隊伍擴大，而且更多的鄉土小說作品中自覺不自覺地滲透進這兩種形態的某些特徵。在八九十年代的鄉土小說創作軌跡中，我們可以清晰地看到許多作家從其它形態向鄉村代言和文明懷舊形態傾斜和變異的過程。

像劉震雲，在80年代創作《塔鋪》、《新兵連》等作品時，雖然也寓含有為鄉村代言的意思，但其中還是滲透了許多文化批判的內涵，但在經歷過「新寫實」浪潮之後，劉震雲的農民文化立場表現得更為明確與自覺，他的《溫故一九四二》和「故鄉系列」長篇小說，展示的已完全是長期身居社會底層的農民階級對社會和歷史的觀望，農民的戲擬與絕望姿態非常明顯。此外，像陳忠實、張承志等人的創作中，也同樣可以清晰地見出這種轉變的痕跡。

向文明懷舊方向轉變的作家同樣突出。在這方面，張煒和賈平凹最具典型性。80年代初，他們的創作都是以政治功利為主的，《秋天的憤怒》、《臘月·正月》等作品，都表示出對鄉村現實困窘的深切關注和對現實政治的支持。但當鄉村改革對鄉村文化構成了根本性的衝擊，鄉村文化崩潰命運不可逆轉的情況下，他們的創作就轉移到了對鄉村文化的衛護，在對現實的強烈詛咒裏表達出對鄉村文化沒落和頹圮的深切感傷，從而實現了與文明懷舊傳統在精神上的強烈遇合。像賈平凹的《土門》、《懷念狼》、張煒的《家族》、《外省書》等作品，都是兼備鄉村文明代言和文明懷舊的雙重姿態。只是在藝術上，他們未能達到文明懷舊傳統的抒情和精緻，只能算是兩種傳統尚未成熟的結合物。

　　相比之下，閻連科的轉變不那麼劇烈，但卻更具有代表性。閻連科曾是鄉村苦難的明確控訴者，他的「瑤溝系列」作品，站在明確的鄉村立場，訴說著一個個沉重得令人心酸的故事，描畫著苦澀而荒涼的鄉村世界，可以說，這時候的閻連科與文明懷舊形態毫無共同之處。但是，90 年代中期以後，閻連科的創作風格有了明顯的轉換，他的「耙耬系列」（如《年月日》等）作品，雖然持守的依然是鄉村代言立場，但他不再傾訴鄉村的苦難，而轉為謳歌鄉村的文化精神，表現出向文明懷舊相傾斜的精神特徵。他的鄉村世界不再像從前那樣沉重，而是開始洋溢出詩情。可以想像，隨著鄉村文化變革的加劇，閻連科的轉變會更為明顯，像他這樣轉變的作家也會有更多。

　　偶而涉足文明懷舊形態的作家則更多。像張宇、李佩甫、田中禾、劉慶邦等作家，雖然主體創作姿態各異，但在《鄉村情感》、《黑蜻蜓》、《姐姐的村莊》、《鞋》等作品中，都曾對鄉村進行著精神懷舊和浪漫傳奇式的謳歌，蕩漾著作家們對鄉村夢想的文化懷戀。在這一創作形態中，東北女作家遲子建也許是姿態最為明確、也最具持久性的。她的《親親土豆》、《秧歌》等作品，多採用童年的視角，對東北鄉村的自然美景和平靜生活進行了純淨而真切的再現，她所集中塑造的「北極村」意象，充分體現著溫情和平靜沖淡的特點，其寬容、憂鬱，以及與現實的距離感，都與沈從文的「邊城」系列有著精神上的明確繼承。

　　20 世紀鄉土小說是一個複雜的存在。正如黑格爾所說：「一切存在都是合理的」，鄉土小說的每一形態背後都寓含著一定的社會和文化背景，也都有自己存在的價值和意義。對任何一種形態及其創作作簡單的臧否都是輕率的，本文也不試圖完成這一任務。然而，我們又不得不說，由於多種因素的影響，四種鄉土小說形態的創作都有自己的缺陷，都未能達到各自的最深遠處，其中值得總結的經驗和教訓都甚多。在已經到來的 21 世紀，中國社會的工業化程度會越來越高，鄉村社會的變異會越來越大。新世紀的鄉土小說作家們，對現有的鄉土小說創作形態肯定會有所繼承，又會有新的突破。我們相信，那將是一片更燦爛的風景〔註10〕。

〔註10〕可以作為印證的是，在新世紀的第一年，莫言出版了長篇小說《檀香刑》。這部作品繼續著 20 世紀的鄉村代言創作傳統，以明確的鄉村立場和豐富的民間藝術手法，表達出了真正屬於中國鄉村的聲音，達到了這一形態創作迄今為止的最高成就。

重啓中國文學的「尋根」旗幟

一、「文學尋根」的昨天與今天

　　1980 年代中期，中國文學界曾經掀起過很輝煌的「文學尋根」運動。然而，短短兩三年間，它就如曇花一現，迅速從文壇消弭，之後更爲人們完全否定和基本淡忘。在談論這場運動時，同時代和後來的許多人幾乎一致認爲其失敗是必然的，理由在於其主張背離了時代潮流，犯了方向性錯誤。也就是說，他們認爲，當時（甚至包括之後）中國文學迫切需要的，是向西方學習而不是向傳統回歸（尋找）——事實上，取「文學尋根」而代之的正是以追慕西方文學爲指向的「先鋒文學」潮流。迄今 30 餘年，中國的文學潮流雖略有起伏，但基本方向卻從未移易：西方，是中國文學發展的根本主導和最終目標。

　　然而，我以爲，「尋根運動」的失敗原因值得重新反思，更不能因其失敗而對方向性價值予以完全否定。換言之，「尋根運動」的失敗也許並非在於其方向本身，只是由於時代（社會）和個人等一些主客觀原因，導致了「尋根運動」未能充分而健全地孕育和成長，從而迅速走上夭折之路。

　　從時代方面說，社會尚未形成「尋根」的大趨勢，致使其缺乏充分而堅實的背景。當時正處「文革」結束、打開國門不久，整個社會都在感歎西方物質的強大和文明的進步，慨歎中國社會的落後和愚昧，無條件向西方學習幾乎成爲全民共識——除了個別因爲意識形態障礙而反對者之外。文學界也一樣。作家們面對琳琅滿目的西方文學世界，再對比剛剛走出單一和狹隘、處於艱難恢復期的中國文學，自然滋生強烈的落後感和危機意識。追趕西方

文學、得到西方文學的承認，不只是個別作家的夢想，更是整個文學界的集體意願。另外，當時的社會文化主導是「回歸『五四』」，將傳統文化視作封建思想的觀念依然是時代主流，一般人很難背離時代潮流來進行思考——直到幾年後，由「亞洲四小龍」的經濟繁榮而改變了政治文化導向，「新儒家」思想領了時代風潮，林毓生的《中國意識的危機》開始在知識界形成劇烈衝擊，對傳統文化徹底否定的觀念才有所改變。

從個人方面說，那些主要由「知青」群體構成的中青年作家，雖然在鄉村的人生經驗和多元文化撞擊的影響下，萌生出對「五四」傳統進行反思、對傳統文化進行重審的強烈意願，但是，他們當時的文化積累尚難以真正承擔起「尋根」的重任，也缺乏真正立足於傳統「尋根」的深層自覺，特別是他們長期接受的是以「五四」新文化為主導的思想文化教育，在根本上決定了他們在短期內難以越過「五四」文化的雷池，在完全悖逆於現實文化潮流的道路上走得更遠。

所以，在根本上說，「尋根運動」一開始就不是在完全自然和自發的背景下孕育出來，而是其它因素催生的結果，或者說，它並非獨立的自覺產物，而主要是在其它外在因素刺激下產生的，其背後有濃烈的西方文學（文化）焦慮和困惑因素——無論是在當時還是在今天，我們都承認，「尋根運動」最初和最基本的觸發點就是1982年哥倫比亞作家馬爾克斯獲得諾貝爾文學獎。這一事件讓一些作家意識到，要追趕上西方文學，除了學習，還可以另闢蹊徑，通過「民族個性」取勝，而且，比起一味的向西方學習，這種方式更能讓作家們獲得心理上的平衡，保持至少是表面上的自尊。

在這個意義上說，「尋根運動」可以說存在著嚴重的「先天不足」。所以，無論是從運動的一開始，還是在短暫的發展過程中，都可以見到其內在和根本性的缺憾。

其一是倉促草率的準備。「尋根」不是一項簡單的任務，至少它需要真正紮實去「尋找」，需要對「根」做出客觀全面的檢視、甄別和分析，即使是文化功底再好的人，要做好這一工作，也不可缺少較長時間的認真準備。但是，「尋根運動」的興起卻相當匆促。作家們都急切地以各種方式表現自己的姿態，張揚自己的宣言，卻缺少具體、細緻的「尋找」過程，也難以看到深入沉潛的思索。

　　以「尋根文學」的主將韓少功爲例。《文學的「根」》的呼籲發出不足半年《爸爸爸》就問世了，再半年《女女女》也問世了。要知道，韓少功並不是一個以創作量見長的作家，在「尋根」作家群中，他的創作還是屬於比較謹慎的，但如此之短促的時間要眞正深入地完成理論思考的深入，顯然是很困難的（作爲個人，韓少功倒並沒有眞正放棄其「尋根」之舉，他 1996 年問世的《馬橋詞典》可以說是一部晚到的「尋根」力作，也達到了他個人創作的高峰。於是，從 1984 年「尋根文學」口號提出一年多間，「尋根文學」的代表作品幾乎全部問世——當然，我並不否認作家的創作是長期孕育的結果，也不否認韓少功等作家在發出「尋根」宣言之前早有思考，其「尋根」具有一定的厚積薄發因素。但是，從一個集體行動來說，特別是對於那些跟隨者來說，如此之快的創作速度，我們很難想像他們的作品是依靠紮實的「尋找」功底才獲得，並且這些作品中又眞正蘊含有深刻的文化之「根」。事實上，其興也勃其亡也忽，短暫的創作衝動過去之後，作家們再無後續之作，根本無法以作品來支撐起「尋根」的大旗。

　　其二是淺白簡陋的內涵。「尋根文學」作品並不算很少，但是，讀完這些作品，究竟什麼是他們尋找到的「文化的根」，卻難以讓人言說。正如鄭萬隆所說：「我小說中的世界，只是我的理想和經驗世界的投影」〔註 1〕，除了阿城的《棋王》能夠被人解讀出有某些道家思想的印記（其實也有牽強和淺白之處），其它的「尋根」作品很難尋找到眞正有內蘊的傳統文化內涵，它們更多只是作家自我和某種觀念的表現而已。以這樣淺陋的內涵來作爲「尋根」的成果，自然會讓那些試圖在其中感受和體會文化之「根」內涵的讀者們失望，也難以讓「尋根文學」名符其實，產生好的文學效果和社會影響。除了思想內涵外，藝術表現上也是如此。「尋根文學」作品中很少能夠看到對「根」（文化內涵及其體現者）的細緻書寫和深層表現，而是大都採用大而化之的方式，從虛幻處著手。比如其中的「丙崽」「小鮑莊」「葛川江」「棋王」等「根」的意象，都少有對文化深刻的體悟、細緻的描摹和眞切的展示，更多只有抽象的象徵和空洞的抒情。如果我們將之對比一下同時期的以鄧友梅、馮驥才等爲代表的「民俗文化小說」創作，感受更爲明顯。這些以表現地域民俗文化爲特色的作品，雖然在大的文化指向上並不宏闊，但在文化細節展示的細緻具體上卻很大程度上超過了「尋根文學」。

〔註 1〕鄭萬隆：《我的根》，《上海文學》1985 年第 5 期。

其三是矛盾自戕的態度。「尋根」作家們雖然表達了「尋根」的呼聲，但其實，他們完全沒有足夠的底氣，沒有足夠的力量對抗現實中以「五四」文化為主導的文化方向。一個顯著的表現，就是他們的宣言含含糊糊，根本不敢將他們要尋的「根」與民族文化主流聯繫起來，只能將它限定在「非主流文化」上。而如果說在宣言中，一些作家（突出如韓少功、鄭義、阿城的態度還算旗幟鮮明、慷慨激昂的話，那麼，一旦進入到創作世界，他們的困惑和迷茫就一顯無疑，完全被困擾在究竟如何看待傳統的困境中。也正因此，「尋根文學」中許多作品的價值指向都模糊含混，難以明確。典型的如《爸爸爸》，作品中丙崽的主題意旨究竟是批判還是讚頌一度被人們反覆猜測，最終還是以「1980 年代的阿Q」成為大家的共識。同樣《小鮑莊》《女女女》，乃至《棋王》等作品，究竟是褒是貶，意旨究竟何在，都引人爭議。究其原因，根源正在於這些作品的主旨並不能與作者的「尋根」宣言完全一致，甚至是嚴重的自相衝突，而其根源正是在於作家們自身精神上的巨大困惑。

如此幾方面的缺陷，決定了「尋根運動」雖以「尋根」為宣言，實質上卻並沒有走出「五四」文化「審根」的窠臼，而它充滿自戕色彩的過程和方式，也決定它不可能走得更遠。

反思昨天的目的在於啟迪今天。我們今天來重新審視這場運動，絕不是為了鄙薄前人，而是相反，我們雖然質疑其倉促和簡單化，卻敬佩其思想的敏感和行為的果決，敬佩其在時代中的先鋒意義。換言之，我以為，1980 年代的「尋根運動」雖然有諸多不足，卻有意無意地切中了時代文學的某些要害，雖未能深入，卻具有超越時代的啟示價值。特別是審視「尋根運動」之後近 30 年中國文學的發展道路，可以看到，對「尋根運動」及其方向的徹底否定，在與「尋根」相反的道路上片面地前行，既嚴重制約了中國文學的成就，更留下了難以彌補的巨大隱患。

當前文學最突出的缺憾，我以為主要有兩點：其一是文學思想高度的匱乏。客觀說，經過作家們幾十年間對西方文學的學習和創造，當前文學在技術上已經與西方文學沒有大的差距，它最嚴重的匱乏是思想的高度和深度。當前中國和整個世界正經歷前所未有的巨大變化，但面對如此豐饒的生活，文學沒有表現出其在生活之上的整體把握和思想引導力量，無論是在對歷史和傳統的認知，還是在對現實世界的把握和對未來的思索上，中國文學還未能表現出真正獨特而深刻的思想；其二是缺乏與社會、與大眾的密切聯繫。

文學自己的個人創造物，同時也是社會文化的重要部分，眞正優秀的文學（特別是一個時代文學的整體，應該能夠深入到民族大眾中，在社會文化中產生廣泛而深入的影響，並最終成爲民族文化傳統的一部分。但是，當前文學與社會大眾卻是嚴重隔膜，影響力越來越低，甚至已經基本上淪爲自說自話，喪失了在社會文化中應有的發言權。

上述缺憾的原因固然不只一個，甚至與非文學的其它因素也有深刻關聯，但我以爲，造成這兩個缺憾的最根本原因，深刻關聯著文學的「根」。也就是說，今天文學的這些症候，與 1980 年代以來對文學之「根」嚴重漠視的發展方向有著內在而根本的關係。對中國文學現狀及原因的認識，既促使我們重新認識 1980 年代的「尋根運動」，更是我們主張重倡「尋根」的重要前提。

二、爲什麼「尋根」與什麼是「根」？

倡導「尋根」，首先要明確的就是爲什麼要「尋根」以及究竟什麼是「尋根」？這些問題，1980 年代「尋根運動」中，韓少功等作家進行過闡述，但一則，文學家的筆法偏於感性，理性討論不是太多；二則，當時的某些認識相對簡單，在時過境遷之後，我們對這一問題的認識有所變化和發展。因此，有必要做出新的闡釋。

文學爲什麼要「尋根」，這首先需要從一般文學理論的角度來闡釋。也就是說，應該立足於文學本土性角度來思考。所謂文學本土性，我曾經概括爲三方面的內容。其一是立足於本土的文學內容。也就是說，文學創作應該反映本民族生活，展示其日常生活狀貌，再現其生活流程和人物事件，揭示其社會倫理情態。同時，更應該反映生活自身的呼籲和要求，提出針對本土現實的問題。其二是來源於本土的精神和思想。它包括本土文化傳統和與本土生活的情感和文化聯繫兩方面內容。即從民族文化傳統中汲取精神養料，繼承和光大其審美傳統，同時還能夠對生活有深切的關注，潛心於對生活的深入觀察和思考。這樣的文學作品才能感染其民族大眾。其三是融入本土生活。眞正成熟的文學應該是融入本土生活，能夠被社會大眾所接受，並產生以精神陶冶爲基本方式的社會影響，成爲民族優秀文化傳統之一方面〔註2〕。我以爲，無論從文學個體還是文學整體來說，文學本土性都是一個很重要的評價標準，特別是對一時代文學整體來說，是否具備了本土性的素質，是判斷其

〔註 2〕 參見賀仲明《新文學本土化理論引論》，《南京師範大學學報》2013 年第 1 期。

是否成熟的重要標誌。而文學「尋根」，其內涵與本土性有著直接而內在的關聯，是實現文學本土化的重要基礎（詳見以下關於「尋根」內涵的論述）。

其次，「尋根」還需要結合中國新文學的獨特發展歷史來說。中國新文學在近現代的社會轉型中誕生，由於特別的現實和文化環境，它是以西方文學為藍本，在對傳統的反叛和否定中誕生出來的。這種誕生環境有充分的時代合理性和必然性，但它對新文學此後的發展道路卻提出了「本土化」的特殊要求──也就是說，發源於西方文學的新文學，需要經過本土化的洗禮，需要將西方文學的因素融彙到本土生活中，需要對曾經簡單否定的傳統進行更客觀細緻的重新認定，將西方因素與本土生活，將文化傳統與現代社會，切實地融為一個整體，使之真正的中國化和現代化，才能是真正成熟。這中間，不可缺少的一個過程就是「尋根」，就是對中國的文化和文學傳統進行重新梳理和辨析，讓它們與現代生活和文化結合起來。這既是為今天的新文學尋到精神源頭，從而具有更深遠發展的基礎，也是讓傳統獲得新生的重要過程。

由於多種原因的影響，新文學的本土化工做到今天依然沒有真正完成，無論是與傳統文學還是與大眾的關係，新文學依然還處於嚴重的疏離狀態。前述當前中國文學存在的兩大缺憾，正是其典型表現。

從文學層面上說，文學思想的深邃獨特，需要建立在在深遠的民族文化之上，民族個性化的精神、文化和思維方式，是文學思想最深厚的資源，也是其獨特性之根本所在。也就是說，中國傳統文化有獨特審視世界的方式，中國文學也有獨特的審美傳統，當前中國文學需要與這些傳統勾連起來，才能實現其獨特而深刻的文化和審美品格，才能真正深入地揭示現實、特別是現實中的人，也才能以獨立的思想和文學審美卓立於世界文學中。正如詩人臧棣所說：「中國當下的詩歌創作是多樣化的，但缺少一個統一的評價標準，從而容易產生不同的評價。在日本、美國等國家，一個詩人無論寫得多麼反叛、怪異，但他的作品總是能夠和本國的詩歌傳統發生關聯，從而找到自己的位置和意義。在中國詩壇，我們缺少一個『主心骨』對於什麼是偉大的中國詩歌沒有形成基本的共識，所以我們沒有辦法把詩人們的作品放在共同的平臺上進行比較，對這些作品的意義也無法作出價值的判斷。」〔註3〕缺乏對民族個性傳統的深刻體認和體現，是當前文學未能呈現出獨立、深邃文學思想的根本原因，也嚴重局限了當前文學的總體質量。

〔註3〕黃尚恩：《做一個有方向感的詩人》，《文藝報》2014年7月11日。

　　從社會接受層面看也是如此。當前文學過於偏重西方文學的接受和認可，相當多的作家完全以西方文學趣味和接受標準為寫作方向，嚴重與現實本土生活相疏離。換句話說，他們寫的也許是中國的生活，寫作方式卻不是遵循真正的中國現實，而是遵照西方式的觀念和趣味——1990 年代人們曾經批評過的「後殖民主義」現象在今天並未消失，相反卻是愈演愈烈，方式更豐富也更隱蔽。同時，正如作家寧肯所說：「中國當下寫作的根源似乎都在西方，我們順口就能說出卡夫卡、卡爾維諾、博爾赫斯，卻獨獨對中國自己的文學傳統處於失語狀態。」〔註4〕在審美趣味上，作家們也完全忽視與大眾接受有深遠關聯的傳統審美方式，拼命追求西方化的文學特徵。以詩歌而論，當前詩歌藝術的理性化、知性化特徵完全與中國傳統審美方式相悖，充斥詩歌之中的是晦澀抽象的西方理念，精神和情感都與傳統審美嚴重疏離。而且，在詩歌作品中基本上看不到普通大眾的生活，甚至連詩歌意象都是西方式的，如太陽都是「阿波羅」，月亮都是「阿爾忒彌斯」。文學不關心大眾，不以大眾需要、關切為念，甚至根本就不去寫大眾，自然是得不到大眾的認可和歡迎，也肯定產生不了應有的社會影響。

　　在明確「尋根」意義之後，再來談「根」的內涵。我以為，在這方面，我們既需要吸收 1980 年代「尋根運動」的某些倡導，接受他們的啓迪，但更應該進行全新的辨析和必要的糾偏。

　　其一，應該在更豐富的內涵上來理解「根」。中國傳統文化的多個方面，包括儒道釋，包括民間文化，其中也包括已經有了近一百年歷史的「五四」新文化傳統，都應該成為「尋根」的內容。這當中，需要特別談到主流傳統文化問題。1980 年代的「尋根運動」明確將「根」集中於非主流文化，對主流文化予以排斥。這一看法帶有當時政治文化的影響痕跡，片面性是很明顯的。任何文化傳統都由主流與非主流組成。一般情況下，特別是在中國這樣文明傳統比較悠久、文化傳統比較深厚的國度，主流文化絕對是佔據中心，成就和厚度也更為突出。尋根，離開傳統主流文化顯然是難以完成的。

　　其二，需要更充分地關注民間文化和民間文學傳統。正如鄭振鐸對民間文學的評價：「他們表現著另一個社會，另一種人生，另一方面的中國，和正統文學，貴族文學，為帝王所養活著的許多文人學士們所寫作的東西里所表現的不同。只有在這裡，才能看出真正的中國人民的發展、生活和情緒。」

〔註4〕傅小平：《中國為何缺少「作家中的作家」？》，《文學報》2014 年 9 月 4 日。

〔註 5〕民間文學和文化以邊緣的立場表現了對社會獨特的審視，其藝術也充分切近著農業文明狀態下的質樸生活，具有獨特的藝術韻味和魅力。特別是在當下，因爲城市化和市場經濟的影響，民間文化和文學的生存正遇到嚴峻挑戰，甚至瀕臨絕境，汲取其精神和藝術，是豐富文學內涵、拓展其生命力的重要方式。

其三，需要正確和全面認識「五四」新文化傳統。很多人認爲「尋根」與「五四」文化是完全對立的。其實並不盡然。「五四」文化對傳統的鄙薄固然有其局限。但客觀上「五四」一代人在很大程度上依靠傳統、借鑒傳統，也部分地發展了傳統。遺憾的是後人只看到他們當時的反傳統態度（事實上，這種態度更多是出於現實需要的考慮，而不完全代表他們眞實完備的思想），卻忽略了他們與傳統的深刻關聯。典型如廢名等人創立的「詩化小說」。它是將中國古典詩歌藝術與現代小說藝術相溝通，將詩的藝術特徵融入到小說形式之中，從而形成了獨特的美學特徵。雖然非常遺憾，由於缺乏與現實和大眾日常生活的深度關聯，因此喪失了生活本身的鮮活生命力，從而局限了其讀者和社會影響力，但他們對傳統的許多探索和創新都有很多值得傳承和發展之處，值得今天的「尋根」者汲取〔註6〕。

三、今天文學如何「尋根」？

相對於 1980 年代，今天的文學環境有了很大的改變。對於重倡「文學尋根」來說，其中既有有利之處，也有艱難的一面。

從有利方面講，現在的政治、文化環境更爲寬鬆，社會的文化意識也更開放和多元。經歷了三十多年的改革開放，人們對許多問題的認識更深刻和全面，簡單化的思維正爲絕大多數人所拋棄。特別是在對待傳統文化方面，各個領域學者們對它的梳理辨析更爲深入，社會認知更爲客觀科學，這是今天「文學尋根」很好的社會文化基礎。而且，幾十年間，雖然受大的潮流局限，眞正有「尋根」意識的作家不多，特別是在理論上推進不很充分，但依然有一些作家在創作上進行艱難而自覺的探尋，並取得了不俗的成就。這對今天的「尋根」活動具有很好的啓迪意義。

〔註 5〕鄭振鐸：《中國俗文學史》，團結出版社 2006 年版，第 13 頁。
〔註 6〕參見賀仲明《中國傳統文學的換形變體——論「詩化小說」的興起與傳承》，《江蘇第二師範學院學報》2014 年第 6 期。

　　從不利方面講，其一，時代文化的西方主導色彩更見突出。隨著社會進入互聯網時代，人類社會「全球村」的特點更加明顯，西方文化隨著商業文化進入中國，並佔據了完全主導的位置。可以說，在包括國家行為到一般大眾思維，幾乎一致地認同西方文化，民族傳統被視為落伍的代表。文學的發展與這種潮流基本一致，當年「尋根運動」夭折後，失敗的陰影籠罩著整個文學界，作家們避之唯恐不及，基本上迴避談「傳統」「民族化」「本土化」這樣的話題，思想和創作重心完全放在世界化、全球化方面。雖然在這當中，並非沒有反思和理性的呼聲，但相比於大的潮流，聲音非常微弱，幾乎被淹沒於無聲。其二，文學與傳統的關係更顯複雜。這主要是因為在當下社會的政治、文化等領域，主張回歸傳統的呼聲也很強烈，雖然其內涵不直接關涉文學，但卻有著難以廓清的複雜聯繫。比如在思想文化界，存在著強烈復古傳統文化的新儒家觀點；在政治文化界，也有以傳統文化對西方民主觀念進行排斥的聲音。這些思想的存在，客觀上會攪亂人們的視線，也會讓許多人誤以為文學的「尋根」等同於政治上的保守和文化上的復古，從而對之產生反感和猶豫。

　　上述情況，在客觀上導致了「文學尋根」的思想只能是寂寞的，是逆時代大潮而行，甚至可能為人所誤解和排斥。同時，它也要求「文學尋根」者需要更嚴謹地限制自己的行為和方式，在內涵和外延上做出更清晰的辨析，明確「文學尋根」不是對傳統文化的簡單依附，也不是以文化為旨歸，而是主要局限於文學層面。只有這樣，它才能不被混同於政治和文化思潮，更清晰地界定自己的目標，不至於走向歧途和逆向。所以，在今天重新提出「文學尋根」，既需要吸取 1980 年代失敗的教訓，也需要考慮新的時代變化，在思維、方法上等方面做出改革和調整。具體說，主要在以下幾個方面。

　　一是平等自信的主體性姿態和創造性的現代立場。正如前所述，1980 年代「尋根運動」的重要匱乏之一是西方文化主導的心態。在今天，只有平等自信的心態，才有可能有主體性的立場，真正客觀面對傳統。事實上，面對西方文化和西方文學，我們完全擁有平等對話的基礎。這不是說我們的文化一定比西方文化優秀，更不認為中國文化將取代西方文化成為時代主導潮流，而是需要承認，從根本上說，中國文化是有獨特智慧、是具有豐富內涵和生命力的，在當今社會發展中，它當然需要蛻變、發展和更新，但卻絕對沒有失去存在的意義。相反，它在面對人類的現實處境時能夠也應該發出自

己的聲音,為人類解決困境和向未來發展貢獻自己的思想和智慧。文學方面也是一樣。就長篇小說、戲劇等文體,西方文學的傳統比中國文學悠久,成就也更大,但傳統中國文學也擁有自己的顯著個性,同樣抵達了文學的頂峰,是優秀人類文學中不可忽略的重要一部分。在這個意義上,我們完全有自信的基礎。

但是,平等絕不意味著封閉,自信更不是蠻幹。在這裡,需要特別強調思想的現代創造問題。「尋根」絕對不是單一的、狹隘的,不是對古代的一味膜拜,不是簡單的尋古和無原則的吸納──這既不可能,也不現實。「尋根」不可缺少的精神之一就是批判,它是對傳統的創造性再造,是一種現代的選擇和批判性吸收。「尋根」絕對不應該成為文化保守主義,不能成為文化守舊、作傳統文化的守靈人。在這方面,1980 年代部分作家的創作有著前車之鑑。當時《三寸金蓮》《陰陽八卦》等作品,對傳統文化(包括一些背離現代文明的內容)一律持懷念和讚賞的態度,結果陷入到文化保守主義的窠臼。所以,對於今天意圖「尋根」的作家最需要的,也許不是簡單地做某種立場的宣示者和維護者,而是應該立足於客觀而深入的展示,以內容的豐富性和深刻性獲得自己的價值。

二是與現實生活的關聯。如前所述,1980 年代「尋根運動」作家普遍認為「根」存在於歷史當中,因此,他們普遍到古代歷史或即將消失的生活方式中去尋根,所寫的多是古代的邊野文化或民間傳說。比如韓少功《爸爸爸》追溯遠古歷史,李杭育「葛川江系列」寫即將消失的葛川江漁民。即使是那些涉及到現實題材的作品,也基本上不是對現實的寫實,而是選擇抽象和象徵的方式。韓少功《女女女》、王安憶《小鮑莊》、阿城《一代風流》,等等,都是如此。

但其實,文學的基本表現對象都永遠是現實,文化最鮮活、最有生命力的所在也是現實。在任何民族文化中,傳統並不是僵死的,不是僅存於典籍的。按照物競天擇的基本原則,只要是能夠以健全狀態生存的民族,真正有生命力的傳統都會存活於民族生活中,而那些不能留存於現實中的傳統必然有其與時代發展不適應處。而且,如果傳統需要借助歷史的外殼才能呈現價值,那就很難說有生命力了。換言之,傳統中最有價值、最有生命力的內涵是蘊含在現實的日常生活中,作為文學的尋根,最首要、也是最有價值的方式是在現實生活中。這樣,既能賦予傳統以鮮活氣息,也能促進傳統的現實

關聯。所以，「文學尋根」的首要方式應該是在現實中（或者在與現實密切的勾連中），通過揭示和探尋現實生活（人）的傳統文化因素，讓現實與傳統得到最直接的關聯——尋找的目的不是僵化，不是拉到博物館去展示，而是賦予它新鮮的生命和活力，讓它進入現實生活當中。否則，即使找到了傳統，也是僵硬的、缺乏生命力的。

在這方面，新文學歷史上除了「尋根文學」的教訓之外，也有成功的創作可以作為借鑒。比如莫言，雖然沒有廣泛地宣言「尋根」，但正如他認為自己「是在尋根過程中紮根」〔註7〕，他應該是當代文學中最成功的「尋根」作家之一。他的創作始終立足於鄉土大地，深深紮根於《聊齋誌異》為代表的齊魯地方文學和文化傳統中，營造出「高密東北鄉」的文學世界，從而完整地再現了一部中國近現代鄉村歷史，是對文學之「根」的多層次多方位挖掘和表現。再如現代京劇藝術（京劇雖屬藝術類型，但現代京劇非常重視語言創作，其文本完全具備文學效應）。雖然現代京劇是在特殊政治和文化背景下興起並贏得巨大影響力的，但客觀來說，以《紅燈記》《沙家浜》為代表的現代京劇達到了很高的文學水準，特別是在方法意義上，給中國傳統藝術形式賦予了新的現實內容，讓其獲得了新生。

三是處理好思想與形式之間的關係。尋根，究竟是尋思想，還是尋形式（藝術）？究竟是尋一種抽象的精神，還是具體的內容？對此，一直存在不同的看法。我以為，這二者當然不能截然割裂，在中國傳統的文學形式中也包含有適合民族審美特徵的因素，關聯著與中國文化一致的思想和精神，特別是在小說的故事化和詩化的融合方面，中國古典文學形成了自己的獨特傳統，它們對今天文學形成自己的獨特個性、特別是被大眾接受，具有一定的啓迪意義，所以，適度的文學形式、特別是方法借鑒是有必要的。但是，就根本來說，尋根的重點不在器物，不在外形，而在精神和靈魂。不在簡單的藝術形式繼承，而在對世界的觀照方式。內在的思想是「尋根」活動中最根本的精髓。

單純的形式繼承是難以獲得成功的。因為具體的文學形式和方法帶有很強的時代印記，隨著社會生活從傳統到現代的過渡，那些具體的傳統文學形式和藝術技巧大多已經很難適應時代的要求，要將它們與現代生活聯繫起來，重新灌注其生命力，是非常困難的事情。這一點，在文學史上已經有教

〔註7〕莫言：《十年一覺高粱夢》，《中篇小說選刊》1986年第3期。

訓可尋。比如 1980 年代曾經流行過「新筆記小說」，它完全借用傳統的筆記
體小說形式，試圖以現代內容使其再生。汪曾祺、林斤瀾、何立偉、聶鑫森
等作家都付出了不少努力。但客觀地說，這一形式取得的成就有限。一個最
重要的原因是作家們太過於倚重傳統小說形式，創新和發展上有所不夠。再
如近年來賈平凹借用明清小說語言來反映當代生活，反響很大，但同樣成績
不佳。這些語言在敘述傳統的、節奏緩慢的生活書寫時也許顯不出特色，但
在敘述快節奏現代生活時則明顯讓人覺得生硬和滯澀。

　　在今天重倡「文學尋根」，不是一件時髦的事情，也肯定有非常大的難度，
甚至會遭遇各種困厄與困境。但對於中國新文學的發展來說，它也許是無可
迴避的選擇，至少，它可以以更自主的方式驗證一條道路，探索一種文學與
民族、與本土關係的深層可能性。

現象部分

論中國現代鄉土小說中的宗教缺席現象

一、

　　按照西方文化的概念，中國似乎沒有嚴格意義上的宗教﹝註1﹞，鄉村社會更是如此。其實，中國的鄉村信仰可能不像西方宗教那麼嚴格，但它有自己的特點，那就是宗教的日常生活化。正如有學者所說：「漢人社會的宗教信仰原本就與其生活密切相關，凡衣食住行、生老病死、年頭年尾，民眾生活中處處都可以觀察到宗教信仰的點點滴滴，時時都可以體察到宗教信仰者的心思和活動。」﹝註2﹞在中國社會，尤其是在鄉村社會中，宗教是日常生活中不可分割的一部分，並在鄉村文化中佔據著重要位置，對農民的精神世界、鄉村社會的穩定發展起著很大的影響：「韋伯認為，宗教倫理可以使人們躲避父權統治的願望成為可能。只有建立在『超現世的上帝創造的倫理秩序』基礎上的宗教，才能與『現世的各種不合理現象相對峙』，抵禦所謂『合理的倫理指令』，從而對抗現世」。﹝註3﹞

﹝註1﹞　本文的「宗教」內涵與普通鄉村民俗有關係，但兩者間存在有是否涉及精神信仰的根本區別。此外，本文討論的主要是作家對鄉村宗教的客觀表現，不涉及作家主體的宗教意識。比如廢名的《莫須有先生坐飛機以後》等作品，蘊涵著很濃的禪和佛的思想，但這種宗教思想主要發自於作家主體世界，鄉村只是這種心態的表現物而已。因此，這類作品不在本文研究範圍之內。

﹝註2﹞　林美容：《信仰、儀式與社會·導言》，臺灣中央研究院民族學研究所2003年版；轉引自周星：《「民俗宗教」與國家的宗教政策》，《開放時代》，2006年第4期。

﹝註3﹞　（美）歐偉達：《中國民眾思想史論》，董曉萍譯，中央民族大學出版社1995年版，第15頁。

現代中國是戰亂頻仍的年代，這使普通百姓很容易尋找宗教作為精神的寄託，在建國前的中國鄉村社會中，宗教是存在得非常普遍的文化現象。由多名社會學家參與的《民國時期社會調查叢編・鄉村社會卷》刊載的調查報告，幾乎所有篇章都關注到了鄉村宗教問題，認為鄉村宗教是民國時期鄉村文化中重要的社會現象〔註4〕。此外，像費孝通的《鄉土中國》、李景漢的《定縣社會概況調查》等諸多著名社會學著作在考察鄉村社會時，也都關注、記錄了鄉村社會中的宗教生活。

然而，鄉村宗教的這種豐富性和在鄉村文化中的重要位置，卻遠沒有在中國鄉土小說中得到表現。遍覽中國現代鄉土小說，它與鄉村宗教的關聯大體以如下三種形式出現：

一是站在現代文化啟蒙的立場上，將鄉村宗教作為「封建迷信」，作簡單化的批判處理。這是中國現代文學的主流，也是作家們對待鄉村宗教的主要態度。鄉土小說的開拓者魯迅是這一姿態的最早表現者。他的《祝福》、《明天》等作品都涉及到鄉村宗教問題，宗教在其中所扮演的角色，是「封建神權」的代表，是蒙昧落後的體現，也是導致祥林嫂、單四嫂等人物悲劇的重要原因。在魯迅影響下，20世紀20年代的鄉土作家群的創作，如臺靜農的《紅燈》，王魯彥的《菊英的出嫁》等作品，也繼續著同樣的主題。一直到三四十年代茅盾的《春蠶》、《殘冬》，蔣牧良的《旱》，以及蕭紅的《生死場》、《呼蘭河傳》等作品，都基本上沒有例外。在解放區文學中，這一態度體現得更為明確。趙樹理的《小二黑結婚》，在對二諸葛、三仙姑的行為作政治上的否定之餘，情感上還保持著難得的善意，而在像周立波的《暴風驟雨》等作品中，民間宗教基本上只是扮演著一個反動政治的「陪綁」角色，它由道士、僧人等人士為代表，往往與政治上的落後和反動力量聯繫在一起，承擔著助紂為虐的角色，得到的也往往是政治上覆滅的命運。

二是站在人性或其它立場上，對鄉村宗教作比較客觀或肯定的描寫。這一書寫在沈從文的作品中表現得最為明確。在《邊城》、《鳳子》等作品中，沈從文比較詳細地展示了苗族的鄉村宗教場景，並表現出維護和肯定的態度。但這類創作在中國現代文學中為數很少，沈從文直接展現宗教生活的作品也不多。除他之外，只有田濤的《沃土》、艾蕪的《端午節》等少數幾篇

〔註4〕李文海：《民國時期社會調查叢編・鄉村社會卷》，福建教育出版社2005年版。

作品以比較客觀和冷靜的態度來書寫，前者將鄉村的衰敗、農民的苦難和鄉村宗教氛圍融合在一起，取得了很好的藝術效果；後者則側重展示鄉村宗教生活的民俗化，袪除了其中的負面形象特徵。

在中國現代鄉土小說中，更普遍的現象是迴避。作家們可能會寫到各種鄉風民俗，但基本上不涉及宗教領域，如 20 世紀 30 年代葉紫、蔣光慈等人的作品，40 年代絕大多數的解放區文學作品。這當中特別應提到 40 年代的淪陷區文學，應該說，處於異族鐵蹄蹂躪下的淪陷區農民，是很容易在鄉村宗教中尋找精神支柱，在民族文化血脈裏找到生存信心的，但是，淪陷區的鄉土文學作品也和其它地區的文學作品一樣，除了對鄉村宗教作簡單的批判書寫，基本上迴避了這一生活〔註5〕。

因此，中國現代鄉土小說的創作雖然很繁榮，但鄉村宗教的圖景卻是非常模糊，甚至可以說幾近於無。在一定意義上，我們用「缺席」來形容中國鄉土小說中的鄉村宗教是完全合適的。

二、

這種與鄉村現實相悖逆的情況的出現，顯然有值得思考的原因。首要的自然是現實的制約。中國現代的大多數時期，政府的有關思想和政策基本上都對傳統的民間宗教持否定和改造態度。國民黨時代，就曾經成立了廣州市風俗改革委員會等機構，專門整理和改造民間宗教。在解放區，馬克思的關於「宗教是人民的鴉片」的思想也是社會文化的基本指針，並且，嚴酷的戰爭環境也沒有給予人們關注鄉村宗教生活的適度空間。

在這些現實的制約背後，包含的是現代化思想的主流文化態度。中國現代上半葉的文化是以啓蒙爲中心的文化，它所倡導的科學民主精神從本質上是對宗教文化持反對和批判意見的。比如蔡元培就曾經指出：「將來的人類，當然沒有拘牽儀式，倚賴鬼神的宗教，替代它的，當爲哲學上各種主義的信仰」〔註6〕，並進而提出以「美育」來替代宗教。陳獨秀、魯迅、周作人等五四新文化的代表也基本上持相同意見，主張以科學精神來代替宗教信仰，將宗教與封建迷信相聯繫。

〔註 5〕 張永：《二十世紀四十年代淪陷區鄉土小說主題與民俗意義》，《文藝研究》2006 年第 4 期。

〔註 6〕 蔡元培：《關於宗教問題的談話》，《蔡元培全集：第 4 卷》，浙江教育出版社 1997 年版，第 70 頁。

　　這一點，「正如孔邁隆最近所指出的，在一個新政權成立以後，它便需要對文化進行重建。一方面，它自然需要建設與以前不同的文化來證實其國家的合法和合理性；另一方面，爲了達到這一目標，它必須構造一個與新社會相形之下無比落後的社會形象。從而，農民所習慣的舊生活方式、社會形態和文化被當成『落後』的表現，家族和社區的宗教儀式（如祭祀祖先的習俗）成爲舊的事物的典型代表。」〔註7〕中國現代新文化運動是一場以新代舊的文化批判運動，它的現代性因素必然與傳統宗教構成尖銳的衝突。

　　在這種文化環境面前，現代作家們對鄉村宗教持負面批評的態度或迴避的態度是可以想像的事情。即使是在政治相對比較平和的環境中，作家們可以自如地表達自己的宗教態度和對宗教進行書寫，也會感受到文化上的壓力。在 20 世紀三四十年代，沈從文等堅持以平等態度看待鄉村宗教的作家是明確處於文學界的邊緣，受到排斥的。正是在這種有形與無形的壓力下，沈從文在表現鄉村宗教的小說中，也得借人物之口反覆申明自己推崇的民間信仰與封建迷信間的差別：「神的意義在我們這裡只是『自然』，一切生成的現象，不是人爲的……科學只能同迷信相衝突，或被迷信所阻礙，或消滅迷信。我這裡的神並無迷信，他不拒絕知識，他同科學無關。」〔註8〕「這並不是迷信，以爲神能夠左右人，且接受人的賄賂和諂諛，因之向神祈請不可能的福祐，與不可免的災患，這只是都市中人愚夫愚婦才有的事。神在我們完全是另一種觀念……我們並不向神有何苛求，不過把已得到的——非人力而得到的，當它作神的賜予，對這賜予作一種感謝或崇拜表示。」〔註9〕實際上，這並不是對鄉村宗教的眞實反映，而是包含著曲解和美化的因素。沈從文類似主題的創作在 40 年代後迅速陷入低谷，與這種外在文化的壓力顯然有直接聯繫。

　　但是，現實和文化的理由還不能概括全部的現代文學現象。因爲，在鄉土文學的宗教描寫處於艱難和困厄之時，其它題材文學中的宗教表現卻有明顯的不一樣，而這與社會上宗教生活的普遍和體面是相一致的。比如，國民政府的領袖蔣介石夫婦都是公開的基督教徒，在高級官員中信奉佛教的也很

〔註7〕王銘銘：《社區的歷程》，天津人民出版社 1996 年版，第 172 頁。

〔註8〕沈從文：《鳳子》，《沈從文文集：第 4 卷》，花城出版社 1982 年版，第 346～347，387 頁。

〔註9〕沈從文：《鳳子》，《沈從文文集》第 4 卷，花城出版社 1982 年版，第 346～347，387 頁。

普遍。在二三十年代文學界，當鄉村宗教在鄉土小說中受到大肆撻伐的時候，許地山、冰心和廢名等人的小說卻在明確地宣揚著基督教的「愛」的哲學或禪學主題，而且還受到很多的肯定。顯然，在文學表現的衰榮背後，隱含的是文化和階層的差異，或者換句話說，它所體現的是啓蒙文化與被啓蒙文化之間的精神反差。

這首先自然是因爲宗教地位的差異。與基督教和佛教等宗教相比，鄉村宗教所處的是最底層的地位。鄉村宗教的信奉者是身處社會底層的農民，無論是社會還是文化身份，它都無法和其它宗教相比。這一點，很自然地造成了鄉村宗教在文學中始終被忽視和受批判的地位。正如韋伯的分析：「任何時代的知識分子階層，當面對歷史上已存在的粗野的民間信仰時，都會陷入一種尷尬的境地。」〔註 10〕作家們雖然在態度上拒絕和批判傳統主流文化，但在另一個層面上，他們所持的也是精英文化姿態，與傳統文化有著一定的關聯。他們在對待鄉村和鄉村文化態度上，有著內在的一致性。

其次，這中間還包含著中西文化接受上的不同心態。正如有學者對現代中國知識分子階層的批評：「繼承了西方文化的『落後』、『傳統』、『現代』概念，用它們來描述和批判民間的『封建傳統』，使農村社會的地方傳統成爲『現代化的敵人』」〔註 11〕；而民間的信仰、儀式和象徵作爲世俗生活文化的重要組成部分，「在歷史過程中的蔓延與再生，它表現出傳統性，積澱爲人們『歷史意識』和『社會意識』的主要組成部分，並在現代社會與意識形態變遷中體現出多樣化的適應與『反文化』精神。」〔註 12〕現代知識分子在面對西方文化時持完全的膜拜心理，對傳統文化持簡單的否定，也是導致鄉村宗教被鄉土小說疏離局面的重要原因。比如五四新文化運動的領袖陳獨秀對傳統宗教持明確的批評態度，卻對基督教網開一面，予以積極的肯定。1917 年，他在致《新青年》讀者的信中說：「吾之社會，倘必需宗教，余雖非耶教徒，由良心判斷之，敢曰推行耶教勝於崇奉孔子多矣。以其利益社會之量，視孔教爲廣也」〔註 13〕。1920 年，他又寫作《基督教與中國人》一文，闡明基督教是愛的宗教，是促成歐洲文明的主力，要求國人「要有甚深的覺悟，要把耶

〔註 10〕 （德）馬克斯·韋伯：《儒教與道教》，洪天富譯，江蘇人民出版社 1997 年版，第 201 頁。
〔註 11〕 王銘銘：《社會人類學與中國研究》，北京三聯書店 1987 年版，第 296、179 頁。
〔註 12〕 王銘銘：《社會人類學與中國研究》，北京三聯書店 1987 年版，第 296、179 頁。
〔註 13〕 陳獨秀：《獨秀文存》，安徽人民出版社 1987 年版，第 693、280 頁。

穌崇高的，偉大的人格，和熱烈的，深厚的情感，培養在我們的血裏，將我們從墮落在冷酷，黑暗，污濁坑中救起。」〔註14〕在對西方宗教不遺餘力的推崇中，寓含的是民族虛無主義思想。

正是在這種文化語境下，鄉村宗教被作家們完全陰暗化，成爲了簡單的封建迷信代名詞，而在知識分子領域中，宗教卻可以以「信仰」的方式得以存在。許地山可以出版《扶乩》和《道教史》等學術著作，作家們可以明確宣稱以宗教爲自己的精神追求（如廢名）或精神寄託（如許地山）或思想建構（如無名氏），農民和鄉村宗教卻不可能享受到這一權利。鄉村宗教的最好待遇是被學者們賦予「民俗」的身份而得以生存和受到保護，但在現實生活中卻只能遭受嚴厲的批判和打擊，它的社會身份和文化地位始終是負面和低等的。

三、

我們不能簡單地否定中國現代思想的現代化方向，也不可否認在不同宗教之間確實存在有差別（至於這種差別多大，是否實質性的，暫且不說），但是，中國現代鄉土小說對鄉村宗教的簡單化書寫，卻直接影響到鄉土文學的價值成就，其中存在的某些問題值得我們作認眞的思考。

宗教的缺席，從最直接的方面來說，導致了鄉土小說對鄉村表現的不完整，並影響到這種表現的眞實性。因爲正如有學者所說的：「民間信仰……一方面使之具有複雜多樣的表現形式和文化意義；另一方面，作爲一種表達方式，民間的信仰和儀式常常相當穩定地保存著在其演變過程中所積澱的社會文化內容，更深刻地反映鄉村社會的內在秩序。」〔註15〕鄉村宗教社會的豐富性不但是瞭解鄉村的重要依據，而且從美學角度來說，缺乏對鄉村宗教的細緻描寫，也必然影響其豐富的民俗表現，影響對鄉村生活表現的全面性和客觀性。正如前面所述，在鄉村，本來就沒有純粹的宗教儀式，它與農民的日常生活密切地聯繫在一起，是農民精神世界的重要一部分，失去了這部分的內容，它所反映的農民日常生活和精神世界就不可能是完整和全面的，也必定會嚴重影響到對鄉村生活表現的眞實性。而從作家層面來說，這種缺席現象也折射了他們在情感和文化上與鄉村的距離。正如我曾經談到過的，在

〔註14〕陳獨秀：《獨秀文存》，安徽人民出版社 1987 年版，第 693、280 頁。
〔註15〕鄭振滿，陳春聲：《民間宗教與社會空間·導言》，福建人民出版社 2003 年版。

巨大的現代文化壓力下，許多鄉土作家都陷入了情感和理性的困境不能自拔，在他們對鄉村普遍的居高臨下的俯視背後，隱藏著與鄉村的巨大隔膜和精神困境〔註16〕，鄉村宗教表現是一面鮮明的鏡子，照出了作家們的精神缺陷，也決定了現代鄉土小說所能達到的高度。

其次，它也影響了鄉土小說的思想深度。因為宗教世界與鄉村關係密切，深刻地折射了農民的深層心理和文化世界，失去了這一世界或對之做簡單處理，無形中就失去了一個透視農民精神世界的最佳方式，也影響到文學所能達到的精神高度。夏志清在《中國現代小說史》中曾經有過分析：「現代中國文學之膚淺，歸根究底說來，實由於對原罪之說或者闡釋罪惡的其它宗教論說不感興趣，無意認識。」〔註17〕雖然他所談的主要是作家主體的思想，但對鄉村宗教的客觀表現同樣有參考意義，因為正如當代作家閻連科對當前文學的批評：「完全放棄對他人的關懷，對現實世界發生的一切都視而不見，只沉醉在個人的歡愛、內心中。我們缺乏一種博大的愛和對世界深深的憐憫。」〔註18〕對鄉村宗教的漠視，事實上也隱含著對鄉村主體精神的漠視，對處於社會底層的農民生存的漠視。這一創作缺陷背後隱藏著整個文學的境界問題。

談到這裡，自然要涉及到對鄉村宗教的價值評判及與其它宗教的差別問題。著名學者顧頡剛曾經談過鄉村宗教形成的歷史緣由和現實價值：「任何民間信仰都有它產生的社會環境，存在的時間、過程和緣由。……農民的迷信，只有在民族整體文化素質提高后，才能被逐漸消滅，而在現實社會的條件下，它依然是民眾心靈的慰藉。尤其是生活在社會底層的婦女，被剝奪了各種正常的政治、文化和家庭權利，迷信便成了她們唯一能自由選擇的精神寄託。……迷信對傳統社會的婦女階層來講，起著精神和物質利益的朦朧的保護者作用，所以，它的積極意義還大於消極影響。」〔註19〕更有現代學者主張客觀看待鄉村宗教：「正如我們不能站在某一個宗教的立場去判斷另一

〔註16〕 以在充滿著宗教氣氛的家庭中長大的趙樹理為例，儘管他很難得地表現出了對鄉村宗教的部分善意，但他也沒有真正表現出他所非常熟悉和深受影響的鄉村宗教生活。

〔註17〕 （美）夏志清：《中國現代小說史》，復旦大學出版社 2005 年，第 322 頁。

〔註18〕 閻連科：《「不是巧克力，而是黃連」》，南方周末 2006 年 3 月 23 日。

〔註19〕 顧頡剛：《北京東嶽廟和蘇州東嶽廟的司官的比較》，《京報副刊》1926 年 1 月 29 日。轉引自洪長泰：《到民間去——1918～1937 年的中國知識分子與民間文學運動》，董曉萍譯，上海文藝出版社 1993 年，第 277～278 頁。

宗教，否則，就可能形成宗教偏見一樣，我們當然也不應該用所謂『世界宗教』去判斷和貶低民間信仰，因爲在民間信仰中不僅包含著廣大民眾的道德價值觀（如『善有善報』、『行好』）、解釋體系（看香與香譜、扶乩、風水判斷、神判、解籤等）、生活邏輯（生活節奏、與超自然存在建立擬制的親屬關係、饋贈與互惠、許願和還願、廟會輪值與地域社會的構成等），還深深地蘊含著他們對人生幸福的追求、對社會秩序的期待以及可以使他們感到安心的鄉土的宇宙觀（如『陰陽』、『和合』、『天人合一』、平安是福等）」〔註20〕。確實，宗教以信仰爲基礎，不同宗教之間的價值高下、眞理與否，不是簡單就能區分的，作爲自主的信仰，鄉村宗教也有它充分的存在前提。而在我們深刻地瞭解長期處於社會底層的中國農民的痛苦和災難，具有對鄉村和農民文化足夠的尊重和平等意識後，我們必然會更深入地理解鄉村宗教的存在意義。

最後，與鄉村宗教在鄉土小說中缺席同時伴生的，是一個值得關注的「亞宗教現象」。正如馬克思所說：「宗教裏的苦難既是現實的苦難的表現，又是對這種現實的苦難的抗議。宗教是被壓迫生靈的歎息，是無情世界的感情。正像它是沒有精神的制度的精神一樣。宗教是人民的鴉片。」〔註21〕在現階段，尤其是在中國現代時期的中國鄉村，宗教有其存在的必然性和合理性（即使是在 21 世紀初，鄉村裏的宗教也依然發展得非常繁盛），作家們遮蓋了鄉村宗教世界，卻在另外的領域尋找著新的替代品，讓它起到傳統宗教的作用。

在不同作家的筆下，它以道德權威或政治權威的面貌出現，它所承擔的同樣是宗教的本質，只是缺少了鄉村宗教本身的質樸和單純，卻多了更多的岸然和權威。比如有學者分析，許多鄉土小說中存在著將政治儀式（如入黨宣誓等）神聖化的描寫，具有濃鬱的宗教象徵意味〔註22〕。而在丁玲《水》、周立波《暴風驟雨》等作品中，出現了大量農民暴動中群眾盲目的現象，以及土改運動中的群眾運動現象，都帶有強烈的狂熱、偏執和崇拜色彩，寓含著深層的宗教本質。這固然在某種程度上是現實生活的反映，但也可看出：鄉土小說作家們在棄置鄉村宗教之後，並沒有眞正從宗教轉向科學，而是進

〔註20〕 周星：《「民俗宗教」與國家的宗教政策》，《開放時代》2006 年第 4 期。

〔註21〕 （德）馬克思：《黑格爾法哲學批判》導言，《馬克思恩格斯選集》第 1 卷，人民出版社 1995 年版，第 2 期。

〔註22〕 方維保：《紅色意義的生成——20 世紀中國左翼文學研究》，安徽教育出版社2004 年版，第 195～196 頁。

行了位置的轉移。對這一點，學者張光芒的論述是很恰當的：「封建道德主義在中國早已實現了它宗教化的功能，至今仍然充滿著強大的力量，它是中國的民族宗教……」〔註23〕

　　當然，需要指出的是，我們認為鄉土小說忽視對鄉村宗教的書寫是一種缺陷，並不意味著我們是認同迷信，相反，對於中國現代文學中出現的一些盲目尊崇民間思想的現象，我們是持批評意見的。我們也認為，從宗教走向科學，是社會發展的必然之路。但是，這一過程是漫長的，而在這一過程當中，以平等的、尊重的文化心態，認真地、客觀地看待鄉村宗教，描寫鄉村宗教，是作家們應該具有的思想前提，也是他們創造出優秀鄉土小說的重要條件。

〔註23〕 張光芒：《道德形而上主義與百年中國文學》，《當代作家評論》2002 年第 4
　　　　 期。

責任與偏向──論 20 世紀 30 年代
農村災難題材文學

一、

在 20 世紀中國農村歷史上，30 年代是一個很不穩定、充滿著災難和動盪的時代。首先，在這十年間，自然災害頻仍，「隨意瀏覽一些民國時期的中文報刊，都會發現大量有關各地災害情況的報導、寫實、通訊、評論、日記和照片，觸目驚心，令人不忍卒讀。據統計，從民國建立至 1937 年 7 月，中國就發生了大大小小的自然災害 77 次，威脅很大的水災 24 次、旱災 14 次、蝗災 9 次；據竺可楨統計，中國各地的災害呈明顯的增加之勢。」「三四十年代華北區域的災害發生更加頻繁，1931 年水災、1933 年旱災、1934 年水、旱災、1935 年水災、1938 年水災、1939 年水災⋯⋯」﹝註1﹞這些災難嚴重地影響了農民的正常生活，迫使不少農民破產、逃亡甚至失去生命；其次，國際經濟形勢也對中國農村社會產生了不利影響。20 年代末的世界性通貨膨脹是這種影響的最直接來源。資本主義國家為了轉嫁危機，以低價向中國傾銷產品，這對在總體上尚處於傳統農業生產方式的中國鄉村來說，打擊是毀滅性和全局性的，其結果是那些沒有遭遇到自然災害的農民也同樣陷入到生存困境之中，只不過前者遭遇的是天災，後者遭遇的是人禍而已。此外，30 年代的中國戰亂頻繁，從內戰到民族抗戰，烽火連綿，也對農民的日常生活產生了嚴

﹝註1﹞ 江沛：《二十世紀三四十年代華北區域的災害與農村社會變動》，《中國社會歷史評論》第 3 卷，中華書局 2001 年版。

重影響，並促使鄉村社會的階級矛盾進一步加劇，社會愈加動蕩。

　　鄉村社會經歷了大的災難和變化，與鄉村社會有著千絲萬縷聯繫的新文學作家們自然不會置身事外，於是，30 年代成爲農村題材文學的豐收期：「中國現代小說的進展清楚地顯示了從二十年代早期以城市爲背景的自傳體裁轉變到三十年代以後描寫農村範圍的鄉土文學」〔註2〕。而在這些農村題材創作中，正如當時的《現代》雜誌在「告讀者」中所寫的：「近來以農村經濟破產爲題材的創作，自從茅盾先生的《春蠶》發表以來，屢見不鮮，以去年豐收成災爲描寫重心的更特別的多，在許多文藝刊物上常見發表。本刊近來所收到的這一方面的高見，雖未曾經過精密的統計，但至少也有二三十篇」〔註3〕，「豐收成災」小說成爲一時之熱點。除此之外，還有大量作品直接以農村災難爲背景，反映了 30 年代農村社會破敗的現實，揭示了鄉村所遭遇到的生存困境。鄉村災難題材作品是 30 年代文學中一個很突出、也很值得關注的題材創作。

　　作家們對鄉村災難的書寫與現實生活中農民所遭遇的災難情況基本上一致，由兩部分內容組成：一是敘述鄉村自然災害的作品，如丁玲的《水》，匡盧的《水災》，歐陽山的《崩決》，荒煤《災難的人群》，魯彥的《岔路》，田濤的《荒》，蔣牧良的《旱》、《荒》，洪深的《五奎橋》、《青龍潭》，田漢的《洪水》、《旱災》；二是對受外在經濟環境影響而至的特殊破產現象──「豐收成災」故事的敘述。代表作品有茅盾的《春蠶》、葉聖陶的《多收了三五斗》、葉紫的《豐收》、洪深的《香稻米》、羅洪的《豐災》、白薇的《豐災》，荒煤的《秋》。〔註4〕此外，還有更多的作品，雖然不是以直接描摹災難場景爲中心，但也直接涉及到鄉村災難，書寫的是災難對鄉村社會的影響和衝擊。代

〔註2〕 李歐梵：《論中國現代小說》，《中國現代文學研究叢刊》1985 年第 3 期。

〔註3〕 轉引自朱曉進《三十年代「鄉土小說」的文化意蘊》，《中國現代文學現象研究》，百花文藝出版社 1994 年版，第 58～59 頁。

〔註4〕 值得特別提出來的是，30 年代「東北作家群」的創作，如蕭軍的《八月的鄉村》、蕭紅的《生死場》等，也是描述在異族侵略下農民們的艱難生活，從廣義來講，也應該屬於「農村災難文學」。但由於這些作品的重心不在鄉村本身，而在民族矛盾、民族鬥爭，因此，一般都把它們當作「抗戰文學」來研究。更重要的是，學術界對這些創作的研究已經比較充分。所以，本書就不報導這些創作。事實上，這類創作與整個 30 年代的「鄉村災難文學」也有非常明顯的共性，也體現著類似的政治倫理色彩，只是它們更側重於民族矛盾和民族覺悟而已。

表者如「意在寫出北方農村崩潰的集中原因與現象，及農民的自覺」〔註5〕的
王統照的長篇小說《山雨》，茅盾的《水藻行》，吳組緗的《樊家鋪》，王魯彥
的《李媽》等。

二、

　　30 年代鄉村災難題材創作雖然數量很多，創作時間有一定跨度，體裁上
也有差異，但它們具有非常突出的群體特點，或者說，雖然這些創作是由不
同的作家寫成，但個人的創作特色卻並不顯著，個性的差異往往被更為突出
的共性所掩蓋。

　　最顯著的共性是它們都表現出對鄉村現實命運的關懷，寄寓著關注和同
情的情感。30 年代鄉村災難題材創作中雖然沒有出現對社會進行全局觀照的
作品，作家們多是從局部和個體角度取材，但在這些局部和個體中都寓含著
對鄉村全局的影射，都包含著以小見大、折射整個鄉村社會的意圖。吳組緗
就這樣表達過他的創作思想：「從經濟上潮流上的變動說明這些人物的變動和
整個社會的變動。」〔註6〕丁玲的《水》，也得到當時評論家這樣的理解：「《水》
所以引起讀者的贊成，無疑義的是在：第一，作者採用了重大的巨大的現實
的題材。……第二，在現在的分析上，顯示作者對於階級鬥爭的正確的堅決
的理解。第三，作者有了新的描寫方法，在《水》裏面，不是一個或二個的
主人公，而是一大群的大眾，不是個人的心理的分析，而且是集體的行動的
開展。（這二點，當然和題材有關係的。）它的人物不是孤立的，固定的，而
是全體中互相影響的，發展的。」〔註7〕顯然，以文學來參與和關注鄉村社會
現實，是作家們的重要創作目的。

　　這使他們的作品中往往帶有較強的關懷意識，也透露出較強的感情色
彩。洪深在談到自己的《農村三部曲》時，曾這樣表示：「在題材方面，我堅
決地要描寫貧民生活情形，雖不免有空想和過分誇張的地方，而精神卻是寫
實的」〔註8〕，作品明確蘊涵著以不同方式來解決鄉村災難問題的探索企圖。

〔註5〕王統照：《山雨·跋》，上海開明書店 1933 年版。
〔註6〕茅盾：《〈西柳集〉》，原載《文學》第三卷第五期，1934 年 11 月 1 日，收入《茅
　　　盾論創作》，上海文藝出版社 1980 年版，第 306 頁。
〔註7〕馮雪峰：《關於新的小說的誕生》，《北斗》第 2 卷第 1 期。
〔註8〕洪深：《戲劇的人生》，收入《洪深文集》（一），中國戲劇出版社 1957 年版，
　　　第 477 頁。

在《香稻米》中，他更借人物之口表示：「再不想出一個法子來，鄉下人眞要不得了！」表達出「城鄉聯合，各有分工，相互支持」的理想。顯然，鄉村現實問題是作者創作的基本動因。這種關懷是所有這類創作的共像，而且，它們還通過對農民悲劇命運的敘述傳達出無奈和憤激的情緒。30 年代農村災難題材文學的人物主要有兩種命運（道路）安排，其一是反抗，其二是逃亡，而其最終結局基本上都是悲劇性的（除了如葉紫的《豐收》等部分作品以鬥爭爲收束，最後的結果尚不明朗）。農民們面對自己的不幸遭遇往往是無可奈何，只能低頭認命，破產或流亡是他們最終的結局。但也有一些農民不甘於他們的悲慘結局，選擇了直面和對抗的方式。這也使這些作品在低沉無奈的情感之外更傳達了憤激和批判的情緒。

這種反抗和衝突，直接關聯著鄉村災難題材作品的第二個特點，那就是較明確的階級性和社會學視角。因爲上述作品中的農民之所以選擇反抗，是因爲他們覺得導致他們悲劇命運的不只是自然，更是其它階級的人（雖然他們還不明白「階級」這一概念的內涵），於是，他們選擇了階級反抗的方式。30 年代鄉村災難題材作品幾乎都包含階級衝突的內容，社會矛盾是它們共同關注的中心。即使是那些寫天災的作品，也同樣凸顯其中的階級矛盾。比如丁玲的《水》，所寫的與其說是自然災難，不如說是人爲的災難，其結尾也明確預示一場大的鬥爭將要來臨；再如吳組緗的《一千八百擔》，雖然沒有直接書寫鄉村災難場景，但卻清晰地再現了農村社會階級分化的過程。同樣是一個宗族祠堂的子孫，但在待遇和處境上卻存在著巨大的差別。地主們盤算的是私利，是無聊，普通農民們則是爲生存所迫，是反抗。作品結尾處寫災民們醞釀暴動，尖銳地表示了階級的對立。至於那些「豐收成災」類型作品，則毫無例外都是以階級矛盾爲主題——雖然這其中也存在著明顯與含蓄、直接與間接的區別，像《豐收》、《秋收》就是明確突出階級問題，而《多收了三五斗》等則處於潛在狀態。

第三個特點是作家們明確政治偏向下的現實批判姿態。這一點在作品的主題表現上有清晰的體現。30 年代鄉村災難題材文學雖然存在著「豐收成災」和自然災害題材上的差異，但在主題上卻表現出同樣的批判特徵。這一點，學者們已有過論述：「三十年代農村題材的文學創作，是在極爲集中的題材與主題範圍內，以集束化的形式、甚至不無重複性質的鋪張淩厲的描寫傾向於

目的的一致的。」〔註9〕比如夏徵農寫過《禾場上》和《結算》兩篇作品，前者的故事背景是豐年，後者是災年，但不管什麼背景，農民的遭遇都是一樣的處境維艱。顯然，正如有學者所說的：「作家們寫農民的苦難，又以寫天災人禍給農民帶來的物質上的苦痛爲主；寫天災人禍，又以寫人禍爲主，寫天災常常服務於更好地寫人禍。」〔註10〕作家們所要揭示的核心，並不在於年成本身的好壞與農民生活的關係，而是在於背後的階級關係對鄉村社會的影響，在於對鄉村現實政治狀況的不滿和揭露。寫天災和寫人禍，中心都是在政治，側重點都是在控訴現實和否定現實，不同的只是角度上和程度上的差異。

作家們的現實批判態度還體現在作品中的人物語言和行動上。除了個別作品，這些作品都有人物表達對現實的詛咒和反抗的言行。許多言論都頗爲類似，如「拼死了這條性命，也不過是替人家當個奴隸！」「現在的世界也變了，作田的人眞是一輩子也別想抬起頭來。」「天呀！現在是沒有窮人活的命了。」「整年的勞苦，完全是好了別人了。」這些言論出現在《香稻米》、《豐收》、《禾場上》等不同作品中，意思卻是完全一樣，都是對階級壓迫的批判和反抗，而對這些批判者和反抗者，作家們的態度都相當明確，就是持認可和支持的態度（只有洪深的《青龍潭》結尾對反抗者的行爲表示了質疑）。

在一些作品中，這種態度還不只是體現在人物語言上，更通過作品敘述語言明確地表達出來。或者說，人物的現實否定語言與敘述者的生活批判語言有高度的一致。以至於當時的批評家李健吾對茅盾《農村三部曲》曾這樣評論說：「暗示還嫌不夠，劍拔弩張的指示隨篇可見。」〔註11〕事實上，這遠不只是茅盾一人的語言特點，而是這一時期農村災難題材作品中常見的現象。

三、

30 年代鄉村災難題材創作之所以出現這麼強烈的群體色彩，背後潛藏著這一時代社會和文學的某些格局和文化背景。

首先是作家思想明確的左傾傾向。30 年代是左翼文學的時代，作家們普

〔註9〕 許志英、鄒恬主編：《中國現代文學主潮》上卷，福建教育出版社 2001 年版，第 297 頁。
〔註10〕 王愛松：《政治書寫與歷史敘事》，中國廣播電視出版社 2007 年版，第 66 頁。
〔註11〕 李健吾：《葉紫的小說》，《咀華集・咀華二集》，復旦大學出版社 2005 年版，第 128 頁。

遍向「左」傾斜，其批判和否定現實的政治傾向性非常明確，「30 年代一些最
具創造力的作家——茅盾、老舍、吳組緗、張天翼、巴金、曹禺和聞一多都
是左傾的。但他們左的取向，主要是日益受到社會政治環境影響的個人良知
與藝術敏感的一種表達。」〔註 12〕戲劇家洪深也這樣表達過自己創作《農村
三部曲》時的政治態度：「我已閱讀社會科學的書；而因參加左翼作家聯盟，友
人們不斷與以教導，我個人的思想，對政治的認識，開始有若干改變〔註 13〕。
30 年代農村災難題材文學是這一思想傾向的直接體現。正如有學者對自髮式
農民運動的描述：「農民絕不會攻擊現行秩序，儘管他們自己是現行秩序的主
要受害者，他們會發動武裝起義，只是爲了重建現行秩序，爲了糾正某些錯誤，
或者爲了恢復先前的規範——他們很容易將其理想化。」〔註 14〕處於饑荒和災
難中的農民反抗要由自發發展成爲有明確的政治導向，成爲中國政治革命中
的一部分，需要革命者和知識分子的指導。30 年代災難題材文學在一定程度
上扮演了革命宣傳者和指導者的角色（至少是在文學範圍內）。

其次是作家們在鄉村感情驅使下的強烈社會責任感。正如有學者對 30 年
代農村問題下這樣的斷論：「除了東北問題，再沒有比農村的崩潰與救濟更爲
嚴重了。」〔註 15〕30 年代鄉村社會的崩潰引人關注，而新文學作家絕大多數
來自鄉村，與鄉村有著深刻的情感和文化聯繫，他們對於鄉村災難的關注自
然會比常人更爲敏感，也會更爲強烈。張天翼就明確表達過：「做個作家就尤
其需要認識農村，作家是要描寫多數人的生活的，替大多數人申訴，而中國
的絕大多數就是農民大眾，離開了農民，那就什麼都成了空的，也可以說不
成其爲一個中國作家了。」〔註 16〕劇作家洪深的表現更爲突出，他原本是志
在較純粹的戲劇藝術追求，但在 30 年代環境下，他毅然進入現實領域，以《五
奎橋》、《香稻米》、《青龍潭》等作品，對處於災難和動蕩中的鄉村未來進行
了種種思考和探索，體現了很強的憂患和社會關懷意識。

「左」的傾向與責任感有一定的關聯，或者說它們從根本上都與 30 年代

〔註 12〕 （美）費正清主編：《劍橋中華民國史》下卷，中國社會科學出版社 1993 年
版，第 506 頁。

〔註 13〕 洪深：《洪深選集·自序》，開明書店 1951 年版。收入《洪深文集》（一），中
國戲劇出版社 1957 年版，第 493 頁。

〔註 14〕 （美）費正清主編：《劍橋中華民國史》下卷，中國社會科學出版社 1993 年
版，第 346 頁。

〔註 15〕 王文昌：《20 世紀 30 年代前期農民離村問題》，《歷史研究》1993 年第 2 期。

〔註 16〕 蔣牧良：《記張天翼》，《文藝生活》海外版第 7 期。

中國社會現實的惡劣環境有關，但它們中間也存在一定的距離，也就是說如何使責任感停留在事實的層面上而不是走向過強的政治傾向性，存在著一個度的問題。考察 30 年代農村災難題材創作後可以清晰地看到，真正成功地處理好這二者關係的只是一小部分作家，在絕大多數的作家創作中都表現出向政治傾向性的偏移，換句話說就是，過強的政治傾向性影響了作家們對真實的反映和藝術的表現。

首先，在真實與遮蔽問題上。當時的批評家張庚曾經這樣分析洪深的《農村三部曲》：「最近數年來，他更花了精力，盡他的可能，在我們面前呈現了他所理解的江南農村的疾苦，農村中的思想動搖和激變。在他的世界觀中，個人的，小有產者的苦悶是不被重視的。每一個題材，每一個題材中所表現的主題，在他，都有一種必要的價值的衡量：那便是當作一個社會問題、道德問題而提出來；而且在可能範圍之內給予解決或者解答。」〔註 17〕這一分析無疑是準確的，而且，事實上，張庚的分析針對同題材的其它創作者完全一樣有效，甚至可以說更有針對性，因為比較而言，洪深的作品客觀性還算比較強的，在其它更多的作品上，政治傾向性嚴重遮蔽了生活的真實再現，作家的政治態度也掩蓋了災難的真實情形（比如丁玲的《水》也是以一場真實的水災事件為背景，但作品很少有對水災的客觀再現，更多的是偏向性的描寫和政治性的煽動）。

其次，在表現生活的深度和廣度上。30 年代鄉村的社會變化是全面的，據同時期的社會學家所研究，「自帝國主義侵入中國以後，商品侵入農村更急劇地促使廣大的農民破產，農民破產的結果脫離土地，農村生產更趨衰落，於是乎使舊時靠著農民為生的封建的、半封建的領主、貴族、官僚也因此站腳不住了。所以，不但一般因受商品經濟侵掠而結果之貧困的農民，要出賣自己的田地，即舊式的貴族宗室也要將自己的土地整批出賣的。」〔註18〕尤其是資本主義經濟的衝擊，更是對農村社會全方位地產生影響：「現在中國農村中，不獨火柴，煤油，縫衣針等，完全由資本主義的生產去供給。……人類消費，為衣食住三大項，農人的衣著一項，可說已完全受資本主義的支配。食物自然是農人的來源，然有時也要由市場供給；住室雖常由農人同工匠建造，然也常需要用由機器生產的洋釘。然則資本主義的生產，對於農人的衣食住都侵入了，

〔註17〕 張庚：《洪深與〈農村三部曲〉》，《光明》第 1 卷第 5 期，1936 年 8 月。
〔註18〕 嚴靈峰：《中國經濟問題研究》，新生命書局 1931 年版，第 105～106 頁。

可謂在農村經濟中，無孔不入了。」〔註 19〕也就是說，在當時農村受到各種災害影響的，除了普通農民，還應該包括一般的地主和小有產者，在當時鄉村社會的複雜關係中，地主和農民之間的階級矛盾固然是重要的矛盾之一，但並不是唯一的矛盾。作家們受政治視野的遮蔽，基本上是單一地從階級角度來反映當時農村的災變，也基本上局限在反映普通底層農民的生活領域。對於農村的現實來說，這顯然是不夠完整和全面的。而且，假若能夠從地主或其它角度來揭示類似問題，對鄉村社會的反映顯然要更為深刻，意義也更大。

　　同樣，作家們對 30 年代災難鄉村社會文化的影響表現得也有所不夠。災難對鄉村社會的道德倫理傳統會產生深刻的影響：「在實際生活中，被突如其來的災害摧毀於基本物質生活條件的人們，常常在無奈中顯露出其動物性野蠻、殘暴和為求生存不擇手段的一面。長久以來維繫人類社會的基本倫理和社會規範，無法抵擋生存競爭的殘酷。」〔註 20〕30 年代社會也不例外。對此，一直熱衷於建造「人性小廟」的沈從文都表示：「時代的演變，國內混戰的繼續，維持在舊有生產關係下而存在的使人憧憬的世界，皆在為新的日子所消滅。農村所保持的和平靜穆，在天災人禍貧窮變亂中，慢慢地也全毀去了。使文學在一個新的希望上努力，向健康發展，在不可知的完全中，各人創作，皆應成為未來光明的歌頌之一頁，這是新興文學所提出的一點主張。」〔註 21〕但在 30 年代農村災難題材創作中，只有茅盾的《水藻行》和吳組緗的《樊家鋪》，以及王魯彥的部分小說，比較深入地揭示了動盪社會環境下鄉村倫理道德受到衝擊的過程，反映了「工業文明打碎了鄉村經濟時應有的人們的心理狀況。」〔註 22〕總體來說，作家們更熱衷於關注社會學意義和外在的鄉村災難場景，對心靈和精神方面著筆較少。

　　最後，在藝術表現上，雖然不能完全否定作家們對藝術個性的探索和努力，但從整體上看，這些作品的藝術共性限制了更豐富的個性特點。對於藝術創作來說，這顯然是一個比較突出的缺陷。

　　最引人注目的是它們情節上的模式化特徵。比如「豐收成災」類作品，

〔註 19〕　孫倬章：《中國經濟的分析》，《讀書雜誌》編《中國社會史的論戰》第一輯，1931 年 11 月 1 日。
〔註 20〕　江沛：《二十世紀三四十年代華北區域的災害與農村社會變動》，《中國社會歷史評論》第 3 卷，中華書局 2001 年版。
〔註 21〕　沈從文：《論馮文炳》，《沫沫集》，上海大東書局 1934 年版。
〔註 22〕　茅盾：《王魯彥論》，《小說月報》第 19 卷第 1 期，1928 年 1 月。

一開始都是對「豐收」的努力追求，中間幾經波折，最後終於獲得豐收，但與此同時災難降臨……同樣，「自然災難」類作品則都是大場面，充斥著群眾化的場景，卻幾乎看不到個人的生存和掙扎。在這樣的模式下，人物也基本上被類型化和臉譜化，階級性特徵代替了他們的個人化特徵。以至於在整個這類題材文學中，很難找到真正有藝術感染力的作品和有生命力的人物形象。這中間最受人詬病的當然是所謂的「父子衝突」模式——父親往往代表落後者，保守者，兒子代表未來，激進者。他們的衝突不只是代表著對生活態度上的差異，更是不同階級覺悟的體現。

這一情形與作家們觀察生活的膚淺和簡單顯然有直接關係：「作者無從把持他的情感。……他把愛全給了農夫，革命者，他們的輪廓因而粗大，卻並不因而多所真實。這是情人眼裏的西施，然而僅僅是些影子，缺乏深致的心理存在。……一切是力，然而一切是速寫。」〔註 23〕由於生活環境的原因，30 年代作家普遍來說與鄉村都是疏離的，他們也許有對鄉村的感情，但卻對鄉村生活並不熟悉，因此，當他們描繪鄉村大的災難時，只能選擇群像式的描寫，在描繪鄉村的「豐收成災」時，只能選擇模式化的結構。

但更重要的，還是因為作家們過於政治化的創作理念。30 年代文學是政治化社會剖析盛行的時期，書寫農村災難的作家們也同樣受到這種創作模式的影響。比如茅盾就這樣談自己創作《春蠶》的過程：「《春蠶》的構思過程大約是這樣的：先是看到帝國主義的經濟侵略以及國內政治的混亂造成了那時的農村破產，而在這中間的浙江蠶絲業的破產和以育蠶為主要生產的農民的貧困，則又有其特殊原因，……結果是春蠶愈熟，蠶農愈困頓。從這一認識出發，算是《春蠶》的主題已經有了，其次便是處理人物，構結故事。」〔註 24〕基本上是政治化的主題先行，其生活的表面化和模式化就難免了。

對於新文學作家們創作的 30 年代農村題材（包括農村災難題材）文學，西方學者有這樣的評價：「無論他們的動機如何，中國城鄉之間的顯著差距——這個 20 世紀 30 年代的社會經濟危機的根源，被這些與國民黨政府格格不入的文學界的知識分子痛苦地觀察到，並生動地表現出來。這樣，他們的

〔註 23〕 李健吾：《葉紫的小說》，《咀華集·咀華二集》，復旦大學出版社 2005 年版，第 131 頁。

〔註 24〕 茅盾：《我怎樣寫〈春蠶〉》，原載《青年知識》第 1 卷第 3 期，1945 年 10 月，收入《茅盾論創作》，上海文藝出版社 1980 年版，第 68～69 頁。

鄉村文學無論是諷刺的，田園牧歌式的，現實主義的，或鼓動性的，事實上幾乎都成為對那個極少注意改善人民生活的政權，表示抗議和不滿的文學。」〔註25〕這也算是對作家們過強政治傾向的一種補償吧。

〔註25〕 （美）費正清主編：《劍橋中華民國史》下卷，中國社會科學出版社 1993 年版，第 516～517 頁。

從本土化角度看「十七年」鄉村題材小說語言的意義

一、

對於中國新文學的語言成就和發展方向，對於新文學語言於何時成熟以及是否成熟等問題，研究界存在著很大的分歧。我以為，評價新文學語言是否成熟的一個重要標誌是本土化的實現。因為眾所周知，新文學是從傳統古典文學和西方文學脫胎而來，它的語言更是受到文言文和翻譯文體的強烈影響，要走向自立，不可避免地要經過從外在到內在，從傳統到現代的本土化轉換過程。

文學語言的本土化，主要包括三方面的內涵：一是生活化。也就是語言的鮮活自然，是現實生活的直接產物。因為文學的主要反映對象是現實生活，它的語言就應該以現實人們的語言為基礎，通過語言可以折射到現實人們的真實生活。二是民族性。語言是民族文化的典型體現，本土化的語言應該具有民族文化的精神底蘊，透過語言可以體會到民族文化的獨特性。三是美學化。語言本土化不是完全回歸口語，而應該是對生活語言的提高和淨化。它應該立足於生活，又比生活更美、更凝煉、更生動。真正成熟的新文學語言，應該是汲取了傳統文言文的精粹，又借鑒翻譯語的優長，同時又建立在現實大眾口語的基礎上，是本土生活與現代文化的結合。具備了這三點，就可以說實現了文學語言的本土化，也才可以說是實現了文學語言的成熟。

本土化是一個基本要求，具體到語言風格和語言方向則可以是多元和豐富的。也就是說，隨文學體裁和創作題材的變化，語言可以表現出明顯的特

徵差異，更可具有鮮明的個人風格特徵。像知識分子題材，就應該符合知識分子的生活話語，可以書面化一些，文氣一些；鄉村題材就要符合農民的生活，要盡量避免採用單一的知識分子話語，尤其在直接傳達農民口語時更應該如此。此外，詩歌，小說，散文，戲劇，不同文學體裁對語言的要求不一樣，語言的表現內涵也會有所差異。

新文學語言的本土化需要現實生活的滋養，在這當中，有一個繞不過去的路程，那就是對農民語言的吸收和借鑒。因為農民是中國人數最多、歷史最悠久的階層，它與中華民族大地的聯繫也最直接最深切，農民的語言也以其豐富和生動性成為最有創造力的語言。在中國古代文學史上，幾乎每一時期文學體裁的成熟和發展都離不開對農民語言的借鑒，以「人的文學」為宗旨的新文學自然不能例外。

但新文學與農民語言最初的關係卻並不和諧，而是相當的隔膜和衝突。由於農民一直處在社會和文化地位的最底層，五四新文學又是主張以啟蒙的俯視姿態來看待農民階層，因此，儘管新文學作家絕大部分都來自農村，但他們很少有人從農民自身角度來看待和書寫鄉村，在文學語言上，也很少有人運用農民的語言來進行創作（最初有劉半農等人嘗試以地方方言入詩，但成效不佳，也很快偃旗息鼓）。這使新文學對農民語言的吸納一直比較緩慢，甚至說比較陌生。尤其是在鄉村生活題材作品中，作家們往往遭遇到嚴重的尷尬和艱難，影響到其創作成就。

比如新文學鄉村題材創作最有影響的作家魯迅〔註1〕，他的《阿Q正傳》、《故鄉》、《祝福》等作品，表現出了深刻的思想內涵和高超的敘述技巧，但它們的敘述語言和人物語言都基本上是以知識分子敘述為主，影響了鄉村生活表現的自然和真切。以至於魯迅有這樣的感慨：「要畫出這樣沉默的國民的魂靈來，在中國實在算一件難事，因為，已經說過，我們究竟還是未經革新的古國的人民，所以也還是各不相通，並且連自己的手也幾乎不懂自己的足。我雖然竭力想摸索人們的魂靈，但時時總自憾有些隔膜。」〔註2〕同樣，上世紀30年代最優秀的鄉村題材小說作家沈從文的小說語言離農民也很有距離。

〔註1〕雖然一般以「鄉土文學」來指魯迅、沈從文等人的創作，並區別於「鄉村題材文學」，但我以為這種區分併沒有真正的依據，創作題材是一種不可分割的客觀存在。

〔註2〕魯迅：《俄文譯本〈阿Q正傳〉序及著者自敘傳略》，《魯迅全集》第7卷，人民文學出版社1981年版，第82頁。

正如此，他筆下的人物對話遭到同時代批評家蘇雪林的嚴厲批評：「歐化氣味很重，完全不像腦筋簡單的苗人所能説出。」〔註3〕半個多世紀後，學者劉洪濤也指出：「沈從文作品中，敘事語言之於人物語言，採取的是絕對的獨白，根本沒有對話的餘地。敘述人對湘西人語言的交際能力持消極態度，當人物談話有現實針對性，試圖表達個人情感、思想、意願時，他總是不自覺地站出來否定它的正確性和合理性。」〔註4〕並認爲：「想從沈從文小説人物語言中發現性格發展和心理活動，是用錯了力氣。」他的結論是：「沈從文無疑發現了鄉土人物最突出的言語特徵──審美功能的發達和交際功能的退化。」〔註5〕但我以爲，這也許只是一方面的原因，最主要的還是沈從文對底層農民的語言不很熟悉，難以做到準確的復述，只能用審美化的方式來處理，他作品中的農民也只能處於完全失語的狀態。40 年代文學將這一語言缺陷體現得更爲突出。因爲政治形勢的需要，作家們大量地描寫了農民和鄉村生活，但是，作家們又習慣於新文學的知識分子語言風格，二者之間形成了尖鋭的衝突。路翎的《羅大斗的一生》等作品是以知識分子口吻敘述農民的典型，雖然它們對農民文化心理有深入的揭示和批判，卻明顯隔膜於眞實的農民生活。另一些作家則如老舍所批評的：「作者盡量的用『媽的』或更蠢的字，以示接近下層生活。」〔註6〕他們的作品也許勉強地展示了外在鄉村生活，卻遠沒有抵達鄉村內心世界。

在將農民語言運用於新文學創作方面，最早取得成功並產生重大影響的作家是趙樹理，在這方面，將他譽爲「趙樹理方向」並不算拔高。而在這方面取得集體性成功的則是「十七年」鄉村題材小説創作，可以説，正是在這一創作中，對農民語言的運用第一次進入到一個廣泛而自覺的階段，農民語言也正式成爲新文學語言的一個重要組成部分，對新文學的語言形式和語言方向都產生了重大影響，加速了新文學語言的本土化發展。

二、

「十七年」鄉村題材小説對農民語言的吸收和運用主要表現在以下三個方面：

〔註3〕蘇雪林：《沈從文論》，《文學》，1934 年第 3 卷 3 期。
〔註4〕劉洪濤：《湖南鄉土文學與湘楚文化》，湖南教育出版社 1997 年版。
〔註5〕劉洪濤：《湖南鄉土文學與湘楚文化》，湖南教育出版社 1997 年版。
〔註6〕老舍：《談通俗文藝》，《自由中國》1938 年 1 卷 2 號。

（一）農民人物語言的高度口語化和個性化

「十七年」鄉村題材小說語言一個突出的特點就是充分讓農民說自己的話，農民不再像沈從文筆下的農民那樣說不出話，也不像路翎筆下的農民滿口知識分子腔調，而是自信而自豪地說出自己略嫌質樸和土氣的口語。這一情形的直接表現就是地方方言的大量出現，因為文化程度不高的農民只能說各自的地方方言，讓農民說自己的話，就離不開豐富多樣的地方方言。這樣，「十七年」鄉村題材小說第一次大規模地借農民之口將地方方言運用到文學中，周立波、謝璞等人的湖南方言，柳青、王汶石等人的陝西方言，趙樹理、馬烽等人的山西方言，以及浩然、劉紹棠等人的京郊方言，不同程度地進入新文學陣營中，構成了豐富複雜的語言面貌。

口語化是人物語言的重要內容，但是，真正優秀的人物語言還必然是個性化的語言。「十七年」鄉村題材小說雖然尚沒有全面地達到這一高度，但由於它們讓農民說出了自己習慣的口語，自然地體現了個人的身份特點，自如地展現日常的生活話語，許多農民的個性有自然的體現。其中的優秀者更不只在人物的語言中體現了人物的年齡、身份，而且充分顯示了人物的性格，塑造出了有特色有個性的農民形象。

比如《山鄉巨變》塑造陳先晉、「亭麵糊」、「菊咬筋」等幾個性格有明顯差異的老農民形象，就通過人物的語言體現了個性。陳先晉語言的簡潔體現了他性格上的質樸厚道；「亭麵糊」語言的風趣囉嗦體現了他性格的熱情和欠穩重；「菊咬筋」的語言則往往話裏有話，顯示了他的富有心計，胸有城府。同樣，《李雙雙小傳》、《「鍛鍊鍛鍊」》、《三年早知道》等作品，也都是通過鮮活的農民口語顯示人物的個性。李雙雙的潑辣、楊小四的霸道蠻橫、趙滿屯的愛賣弄小聰明，在人物的每一句話裏都可以清晰地看出。

（二）敘述語言的高度生活化

敘述語言與人物語言的分離，是新文學鄉村題材小說的傳統特徵。比如《阿Q正傳》等作品，都是人物一套話語系統，敘述者一套話語系統，敘述者很難進入人物的話語世界中去，而農民們也不企望與知識分子作對話。同樣，五四以來的新文學鄉村題材小說敘述者（或隱含敘述者）的身份都是知識分子，他們的敘述姿態也基本上都採用外在的俯視方式，敘述語言與農民語言存在著巨大的精神差距和文化裂痕。

「十七年」鄉村題材小說在這方面有了新的變化。首先，小說的敘述者（或隱含敘述者）基本上不再以知識分子身份出現，農民的第一人稱或農民口吻的敘述佔了相當大的比例。更重要的是，即使是知識分子敘述者，也基本上採用平視甚至仰視的姿態來寫農民。在這種情況下，小說的敘述語言基本上脫離了知識分子化，變成了農民口語高度一致的簡潔和樸素。具體而言，這些作品中基本上採用口語化的短句敘述，很少有書面化的長句，句子的結構簡單，與口語相差不大。這種敘述語言一個最大的特點就是與鄉村生活表現出高度的一致。因爲中國鄉村的生活簡單質樸，變化少，農民的語言也基本上實指多，虛擬的少。運用農民式的口語敘述，在一定程度上使敘述對象和敘述者達成了一致性，更重要的是，敘述語言在擺脫了歐化的長句後，更爲質樸流暢，富於生活氣息。

比如《山鄉巨變》中對劉雨生和盛佳秀兩人關係的敘述：

> 他們兩個人其實早就很熟識。從解放的前幾年以起，劉雨生一年要到李家做好多零工。他總是黑霧天光就來了，工又散得晚，李盛氏和她的男人都喜歡他，說他勤快、誠實，做事又利落。村裏人稱他老劉，或是雨生子，或是雨鬍子，盛佳秀的男人叫他雨生哥。她也習慣地這樣叫他。

完全是將農民的口語融合在敘述者的語言當中，既通俗易懂，生活氣息濃鬱，符合鄉村人的日常生活習慣。

（三）農民口語與其它語言一定程度的融合

「十七年」鄉村題材小說語言雖然總體上質樸簡單，與鄉村生活形成著對應，但是，作家們的語言並不是對農民語言的簡單模仿，而是充分發揮了知識分子的整合作用，對農民語言進行了很好的加工、錘鍊。其中的優秀作家更是在借鑒農民語言的基礎上，融入現代翻譯文和文言文的因素，實現了多種語言內涵的融合，取得了很好的語言美學效果。

這其中成就最爲突出的是孫犁。他的《鐵木前傳》語言來自生活，又作了很好的錘鍊和提高，實現了詩意和生活很好的融合：

> 建立友情，像培植花樹一樣艱難。花樹可以因爲偶然的疏忽而枯萎。在黎老東和傅老剛這一次合作裏，兩個人心裏都漸漸覺得和過去有些不一樣。過去，兩個人共同給人家做工，那是兄弟般的，手足般的關係。這一次，傅老剛越來越覺得黎老東不是同自己合作，

而是在監督著。趕工趕得過緊，簡直連抽袋煙，黎老東都在一旁表示著不滿意。最使他悶氣的是，自己遠道趕來，黎老東卻再也不說九兒和六兒的事，好像他從前沒提過似的。

同樣，周立波的《山鄉巨變》也在農民口語基礎上吸收了翻譯文體的優點，其對鄉村的描述既有濃烈的生活氣息，又富有文言文的美感，融合了現代語言的氣息：

雨落著。盛家吃過了早飯，但還沒有看見一個人把孩子送來。盛媽坐在堂屋滿邊打鞋底。亭麵糊靠在階砌的一把竹椅上，抽旱煙袋。遠遠望去，裏一片灰濛濛；遠的山被雨霧遮掩，變得朦朧了，只有二三處白霧稀薄的地方，出了些微的青黛。近的山，在大雨裏，顯出青翠欲滴的可愛的清新。家家屋頂上，一縷一縷灰白的炊煙，在風裏飄展，在雨裏閃耀。

雨不停地落著。屋面前的芭蕉葉子上，枇杷書頁上，絲茅上，藤蔓上和野草上，都發出淅淅瀝瀝的雨聲。雨點打在耙平的田裏，水面漾出無數密密麻麻的閃亮的小小的圓渦。籬笆圍著的菜土飽浸著水分，有些發黑了。蔥的圓筒葉子上，排菜的剪紙似的大葉上，冬莧菜的微圓葉子上，以及白菜殘株上，都綴滿了晶瑩閃動的水珠。

……

隆隆的雷聲從遠而近，由隱而大。一派急閃才過去，挨屋炸起一聲落地雷，把亭麵糊震得微微一驚，隨即自言自語似地說：「這一下不曉得打到麼子了。看這雨落得！今天怕都不能出工了。」他吧著煙袋，悠悠地望著外邊。

包括趙樹理，他的小說一直以完全的「農民化」而著稱，似乎可以看作是「土」的代表，但在「十七年」時期的作品中，趙樹理的小說藝術更顯精緻，語言也更為藝術化。有作家曾說過：「《登記》不是『土』小說。它的結構是很『洋』的。小說開頭寫一大篇羅漢錢的由來，然後才從容不迫地進入故事。這種寫法像梅里美。」〔註7〕事實上，不只是結構，《登記》，以及之後的《三里灣》等作品的語言較之以前的《小二黑結婚》、《李有才板話》等也變得更為「洋氣」，融合了更多的現代小說語言因素，既更合現代語言規範，也更為優美。

〔註7〕汪曾祺：《趙樹理同志二三事》，《北京青年報》1993 年 12 月 04 日。

三、

也許有人會覺得，「十七年」鄉村題材小說對農民語言的運用和吸納並不是獨創，在 40 年代，趙樹理的許多作品在這方面就有過大量的嘗試和貢獻。確實如此，「十七年」文學的語言特點不是空穴來風，而是有現代文學時期作家們的探索為前奏，其中最直接影響的自然是 40 年代的解放區文學作家們，像趙樹理、孫犁、周立波、柳青等 50 年代鄉村題材小說的代表作家，都是在 40 年代文學中起步，他們的創作和文學語言與 40 年代解放區對文學本土化、民族化的倡導有著不可分割的關係，「十七年」文學語言的本土化特點也可以看作是 40 年代解放區文學觀念和文學實踐的結果。但是，「十七年」鄉村題材小說對在農民語言方面所取得的成就和影響比 40 年代解放區文學要大得多，它對新文學語言的貢獻也更為突出。

這主要表現在以下幾個方面：

首先，農民語言運用的成熟度，尤其在語言與生活的關係結合度上，「十七年」鄉村題材小說要遠遠超過 40 年代解放區文學。

40 年代解放區作家，在經歷過毛澤東的《在延安文藝座談會上的講話》後，有意識地開始學習農民的語言，嘗試與農民的語言相接近。但正如李潔非對周立波小說《牛》的語言的分析：「他揣著滿腦袋蘇俄小說的詞句來到這裡，遇到的卻是最『本土』的中國西部農民生活；……俄式或歐化的文句，倘用於表現大城市的中國知識分子或現代產業工人，雖亦不甚合體，然終有一二相通處，但用到黃土高原上，則反差太大，風馬牛不相及。」〔註8〕雖然在幾年後，周立波在《暴風驟雨》中運用東北方言取得了一定的成績，但他的缺陷還是可以作為同時代創作的一個縮影，他們筆下的農民語言距離成熟還很遙遠。

相比之下，「十七年」小說的農民語言運用總體上有了明顯的提高。以作家為例。趙樹理是 40 年代最著名的農民作家，但是，他的文學語言也是在 50 年代後才走向真正成熟的。我們一般習慣從整體上來談趙樹理的文學創作，其實，無論是從文學觀念還是從文學特點，40 年代的趙樹理和 50 年代的趙樹理都有所不同。雖然他 40 年代的《小二黑結婚》等作品影響很大，但藝術性還並不很成熟，存在著結構比較散漫，語言的評書色彩太重，含蓄和優美比

〔註 8〕李潔非，楊劼：《直擊語言——〈講話〉前延安小說的語言風貌》，《西南民族大學學報》2006 年第 3 期。

較缺乏等缺陷。到 50 年代後，他的小說才逐步脫離評書體的影響，結構上更靠近現代小說，文學語言的運用也更多樣化。到 60 年代的《張來興》、《賣煙葉》等作品，現代小說的因素更爲突出，話本小說的特點更明顯削弱。雖然由於多種原因的影響，趙樹理的轉變並沒有完全取得成功（尤其是在後期），也包含著外在意識形態對他構成的壓力和影響，但他的總體方向是在走向新的發展。

其它作家也一樣。周立波的《山鄉巨變》、《山那面人家》的農民方言運用比《暴風驟雨》要更爲自然流暢。馬烽、西戎 40 年代的《呂梁英雄傳》語言很幼稚，「人物描寫粗疏」，「未能恰如其分地刻畫了人物的音聲笑貌」〔註9〕，只有到 50 年代後，《三年早知道》、《賴大嫂》等作品，農民的語言才體現了一定的個性化特點。

其次，在對農民語言與新文學語言的整體聯繫上，「十七年」鄉村題材小說的探索更爲深廣，成績也更爲突出。

正如前所述，語言的本土化不是對農民口語的簡單還原，而是要有機地與文言文和翻譯文體相結合，它必須是作家的重新創造，需要作家對生活語言的改造、融化和提純。在這方面，40 年代的「大眾化」討論曾經存在著一定誤區，一些討論者認爲文學「大眾化」就是完全的口語化，要求文學向大眾生活完全的「投降」。這一簡單化的趨向，在解放區文學中有深刻的體現，包括對趙樹理的創作也有所影響。有學者將這一問題歸咎於政治的過度干預：「由政治威權出面，迫令作家放棄其語言趣好，師從另一種語言風尚，姑不論這種做法正確與否，根本上說，所得效果並不眞正有益於文學。」〔註10〕但我以爲，對文學語言認識上的偏差也許是最主要的原因。

「十七年」作家們對此有明顯的超越，尤其是在趙樹理、孫犁、周立波等作家的創作中。對於在 40 年代就自覺運用農民語言進行創作的趙樹理來說，對文學語言體會和和運用有一個不斷提高的過程。趙樹理曾這樣反省過自己「我是寫小說的，過去我只注意讓群眾能聽得懂、看得懂，因此在語言結構、文字組織上只求農村一般識字的一看就懂，不識字的一聽就懂，這就

〔註 9〕 茅盾：《關於〈呂梁英雄傳〉》，《馬烽西戎研究資料》，山西人民出版社 1985 年版，第 121～122 頁。

〔註10〕 李潔非，楊劼：《直擊語言──〈講話〉前延安小說的語言風貌》，《西南民族大學學報》2006 年第 3 期。

行了。」〔註11〕並總結自己:「我過去所寫的小說如《小二黑結婚》、《李有才板話》、《李家莊的變遷》等裏面,不僅沒有單獨的心理描寫,連單獨的一段描寫都沒有。這也是爲了照顧農民讀者。因爲農民讀者不習慣單獨的描寫文字,你要是寫幾頁風景,他們怕你要寫什麼地理書呢!」〔註12〕但建國後,趙樹理的小說明顯地改變了這些習慣,《登記》、《三里灣》等作品中就不同程度地運用了人物心理描寫,語言也更注重文學性。

孫犁的語言風格在建國後也有明顯的轉換。他40年代的《荷花澱》、《囑咐》等作品,語言非常優美,也很成熟,但它們代表的風格和方向主要是現代文學的美文方向,沒有體現出農民口語的特點。到了50年代的《鐵木前傳》,孫犁將語言重心放在了再現農民的生活和語言上,形成了與以前不一樣的藝術特色。應該說,對於孫犁來說,他的轉換是成功的。40年代的孫犁小說反映的生活範圍還比較狹窄,人物也比較單一(婦女形象多而成功,其它則比較薄弱),50年代作品反映生活面就更寬廣,人物形象也更豐富、複雜。有評論家認爲:「《鐵木前傳》中的這幾個人物,寫得比他(她)們的『影子』豐滿得多,完整得多,有分量得多了,特別是他(她)們的內心世界顯得更加豐富了,他(她)們底性格中的社會內容也更加深刻了。……無論在思想性和藝術性上,《鐵木前傳》都突破了作者原來的水平,而邁進了新的一步。」〔註13〕是很有道理的。

第三,在對農民語言的運用實踐上,「十七年」鄉村題材小說的範圍更廣,影響更大。

40年代眞正在農民語言的本土化運用上取得成功的只有趙樹理,其它人的語言都還處在探索期,地域方面,也主要只有山西方言和東北方言出現在作品中。「十七年」的情況則完全不一樣,在文學作品中,幾乎可以看到全國各地的富有特色的地方方言。在趙樹理之外,周立波、柳青、浩然、劉紹棠等優秀作家都以各自的地方方言取勝。「十七年」鄉村題材小說的語言運用之所以能夠在40年代作家之上更進一步,取得更加突出的成績,原因是多方面的:

首先,現實政策的導向,以及作家們受政策影響深入農村、學習農民語言起了重要的作用。這與外在文化環境有關,1942年延安整風運動以後,解

〔註11〕 趙樹理:《趙樹理文集(4)》,工人出版社1980年版,第1764頁。
〔註12〕 趙樹理:《趙樹理文集(4)》,工人出版社1980年版,第1732頁。
〔註13〕 黃秋耘:《關於孫犁作品的片斷感想》,《文藝報》1961年第10期。

放區許多作家走進農村，客觀上為作家們熟悉和學習農民語言提供了便利。
建國後，文學政策進一步向通俗化和大眾化方向發展，農民出身的作家佔據
主體，雖然他們文化水平不高，但他們在農民語言積累上具有先天的優勢，
也影響了其它作家與鄉村生活建立更密切的聯繫。

其次，我們可以清晰地看出時間的影響和作家認識的變化。作家從習慣
的知識分子語言轉變到農民語言，需要一個艱難的過程，短時期內是不可能
取得很大成效的，它需要長期的歷練和轉化。在這方面，「十七年」作家們比
40 年代作家的經驗和時間顯然更多。比如柳青、馬烽等作家在 40 年代進行創
作時，都受到歐化語言風格的影響，只是在 1942 年受毛澤東《講話》的影響，
又進一步接觸農村生活後，才逐漸改變自己的語言風格，向口語化轉變的。
這中間自然要經歷從探索到成熟的過程。從《種穀記》到《銅牆鐵壁》再到
《創業史》，柳青的語言明顯有從生澀到自然，從知識分子腔調到生活化的發
展。

語言的轉變也伴隨著思想意識的變化。例如周立波曾這樣談自己向農民
語言的學習過程：「我喜歡農民的語言。在鄉下工作時，曾經記錄一些農民生
動的語言，在讀書看報時，也很留心別人怎樣運用農民的口語。我以為農民
的語言比知識分子的語言生動得多了。……學會運用勞動人民的語言必能改
革我的文體。」〔註 14〕他創作上的轉換和發展過程，也可以看做是思想變化
和語言變化相同一的過程。同樣，詩人沙鷗也從精神層面談到農民語言對他
創作的影響：「從寫自己的空虛與苦悶，變為用農民的語言寫農民的苦難，對
我寫詩來說，是一個十分重要的轉折。我突破了自己的禁錮。我很快覺察到，
不僅這個新的天地有寫不盡的題材，自己的詩風也變化了。」〔註 15〕這些經
驗是個人的體會，也具有普遍的意義。

四、

「十七年」鄉村題材小說語言的價值，首先體現在它與鄉村生活的一致
性上。鄉村生活是質樸的，農民的性格和語言同樣比較簡單和粗糙，以知識
分子語言去反映鄉村生活，確實會有所隔膜和艱難。只有本色的農民語言，
才能塑造出真正鮮活的農民形象，再現農民的生活世界。在這方面，「十七年」

〔註14〕 周立波：《關於寫作》，《文藝報》1950 年第 7 期。
〔註15〕 止菴：《沙鷗談詩》，首都師範大學出版社 1996 年版，第 92 頁。

鄉村題材小說做出了突出的貢獻。在周立波、趙樹理、柳青等作家筆下所描繪出的各幅鄉村生活圖畫，也許不那麼恬靜雅致，卻與現實生活有更高的一致，這是以往新文學歷史中所沒有見過的，也可以說是新文學歷史上文學語言與鄉村生活的第一次統一。雖然它還存在著諸多不足，但其意義是值得肯定的。而且，語言的本土化，還直接促進了新文學與生活的整體聯繫，促進了新文學整體上的本土化。

其次，它繼承並發展了40年代解放區文學的口語化、通俗化方向，實現了新文學語言更高的本土化。「十七年」鄉村題材小說以農民語言豐富了新文學的語言內涵，並在語言的雅俗結合方面做出了突出貢獻。正是在作家們的大量實踐下，農民語言被自然地納入到新文學的語言陣營中，對於新文學語言的生活化發展產生了深刻的影響。可以說，只是在「十七年」文學之後，農民語言才不再被新文學作家排斥於外，而是自然地成為其中的一個部分，其中的許多詞彙和表達方式也融合成為新文學語言的重要內容。雖然「十七年」鄉村題材小說的語言略顯質樸和簡單，但其在口語化，以及與生活的一致性方面，確實達到了比以往更高的高度，進入了本土化的更高階段。

由於鄉村題材小說是「十七年」文學中最重要的創作之一，它的語言影響也不僅限於題材之內，而是影響和波及到其它題材創作。像軍事題材創作中就一定程度上運用了農民的語言。在這個意義上說，「十七年」鄉村題材小說對新文學語言方向的影響是整體性和全局性的，它是新文學語言運用一個全新的階段，並對後來的文學語言產生了深刻的影響。我們比較「十七年」之前的文學（尤其是鄉村題材小說）和之後的文學，就可以深切地感覺到，在語言與生活的切近，在語言的通俗和流暢化上，「十七年」文學確實具有明顯的階段性和轉折性意義。在這個意義上說，「沒有十七年文學，哪來新時期文學」的說法是有一定道理的。只是以往我們更多只是在觀念上思考，沒有從細緻的文學語言著手，去挖掘「十七年」文學語言的價值。

再次，它在一些語言方法的探索值得充分的肯定。

這突出地體現在對方言的運用上。自新文學誕生之日起，方言問題就成為困擾新文學作家的一個大問題。從胡適開始，到21世紀作家，都為之進行過多次討論和爭論，問題的關鍵在於如何在生活的豐富性和接受的難度上取得和諧。一方面，正如胡適在《〈海上花〉序》中說的：「方言的文學所以可貴，正因為方言最能表現人的神理。通俗的白話固然遠勝於古文，但終不如

方言的能表現說話的人的神情口氣。古文裏的人物是死人；通俗官話裏的人物是做作不自然的活人；方言土話裏的人物是自然流露的活人。」〔註 16〕方言與文學的表現力、與生活的多樣化有著天然的一致，確實應該成爲文學、尤其是鄉村題材文學一個重要的內容。但另一方面，方言的運用又需要一個度的制約，因爲中國的方言確實太多，而且之間的差距又很大，如果眞是用各地方方言寫作，那麼肯定會嚴重影響文學的接受面，對文化的統一也有負面影響。

在這方面，「十七年」鄉村題材作家作出了有意義的探索。比如周立波，在小說中大量運用方言，並指出：「我以爲我們在創作中應該繼續採用各地的方言，繼續使用地方性的土話。要是不採用在人民的口頭上天天反覆使用的生動活潑的、適宜於表現實際生活的地方性的土話，我們的創作就不會精彩，而統一的民族語也將不過是空談，或是只剩下乾巴巴的幾根筋。」但他又不是沒有節制的濫用，而是強調：「在創作上，使用任何地方的方言土語，我們都得有所刪除，有所增益，換句話說：都得要經過洗煉。」〔註 17〕並總結出一些必要的原則和方法：「爲了使讀者能懂，我採用了三種辦法：一是節約使用過於冷僻的字眼；二是必須使用估計讀者不懂的字眼時，就加注解；三是反覆運用，使得讀者一回生，二回熟，見面幾次，就理解了。」〔註 18〕正因爲這樣，他的《山鄉巨變》等作品以豐富的語言美感形成了獨特的語言風格，又能被大眾廣泛接受，受到歡迎。這一經驗不只是周立波的個人經驗，而是「十七年」眾多鄉村題材作家們的共識，他們小說能夠在當時受到農民大眾的普遍歡迎，與這一特點有直接的關係。

1956 年，國務院頒佈了《國務院關於推廣普通話的指示》，明確了文學作品中普通話的推廣意義。這影響了「十七年」鄉村小說作家們在方言運用上更進一步的拓展，之後的文學在這方面也一直走的是下坡路。近年來，又有一些作家意識到方言在文學語言中的獨特意義，大力提倡「漢語文學」。〔註 19〕在這方面，「十七年」鄉村題材作家們的創作經驗有可資借鑒的意義。

〔註 16〕 胡適：《海上花》序，《胡適文集（6）》，人民文學出版社 1998 年版，第 279 頁。

〔註 17〕 周立波：《方言問題》，《文藝報》1951 年第 10 期。

〔註 18〕 周立波：《關於〈山鄉巨變〉答讀者問》，《人民文學》1958 年第 7 期。

〔註 19〕 李銳、李陀等是其中呼籲最力的作家。此外，韓少功、閻連科等作家也表達出類似的聲音。

當然，「十七年」鄉村題材小說的語言不是完美的，而是存在比較明顯的缺陷。首先是單一化，也就是說它基本上隔斷了知識分子語言方向和市民語言方向的發展，只往農民口語化方向發展。這種語言在表現農民生活和鄉村題材時雖然有突出的長處，但它並不適合表現其它別的題材。這種單一化的方向，體現了語言權力的危害，也直接影響了「十七年」文學的整體成就。

其次，在語言的雅致方面有所不夠。儘管「十七年」的文學語言比較解放區時要更為成熟，也多少吸取了古典文學和翻譯語言的優點，在自然、生動方面有突出的發展，尤其是孫犁、周立波等作家的優秀作品，實現了較高層次的語言本土化，但是，從整體上看，它還處在探索過程，存在著一定的缺陷，尤其是在將通俗和雅致結合起來方面，過於注重通俗，忽略了文學美感和現代因素。許多作家的創作中語言存在著過於簡單和粗糙的缺陷，也制約了新文學語言美文傳統的繼承和發展。

第三，政治影響的過分強大，語言與現實的關係被強化，與傳統的關係被忽略。由於此時期政治對文學影響的過於直接和深刻，文學語言也帶上了一定政治色彩。比如政治化語言過多地進入文學中，語言結構和範式表現出一定的「社論」色彩（這一點尤其體現在 60 年代浩然等作家的作品中），影響了文學語言的藝術魅力。同時，作家們比較側重於文學語言完全的寫實化，對其內在的文化意蘊關注不夠，或者說，語言的實在功能被強調，虛化功能則被弱化。這也導致 50 年代文學各種文學體裁發展的不均衡，具體說是以寫實為中心的小說發展得更好，以虛化為特徵的詩歌則比較差。

總體而言，「十七年」鄉村題材小說借 40 年代解放區文學的趨勢，在文學語言上大力強化了與現實生活的聯繫，尤其突出了口語化色彩。雖然它也有自己的缺陷，但卻提供了新文學語言發展的某種方向，實現了新文學語言階段性的本土化提高。在一定程度上可以說，這是農民階層對新文學語言做出的貢獻，也是新文學第一次大規模地向農民語言學習，並取得比較突出的影響和成績。其中的得失，其中蘊涵的文化意味，都很值得今天的我們去思索，去總結。

重論「十七年」鄉村題材小說的理想性問題

一、

　　理想色彩是「十七年」鄉村題材小說的突出特徵之一。這主要體現在兩個方面，一是在總體風貌上。這些作品所呈現生活的總體特徵是積極樂觀，審美風格以優美、歡快和喜劇性為基調。這既表現在其鄉村自然圖畫的富有浪漫美感，鄉村日常生活的充滿喜悅和希望色彩，也表現在所敘述的鄉村故事整體上的順利、和諧與圓滿上——這並非說其中不存在矛盾衝突，但正是這些矛盾幾乎都順利解決，體現了一種圓滿的和諧。其中，稍早問世的反映農業合作化運動的作品，較多展現了運動中的階段性，許多人物的內心世界都經歷了矛盾和猶豫的過程，但作品的最後結局都無一例外是喜劇性的，合作化運動獲得了勝利（至少是階段性的勝利），猶豫者和反對者都最終被納入到時代潮流之中。較晚問世的人民公社題材作品（以及部分回溯農業合作化運動的作品），雖然部分作品營造的鬥爭意味更濃，矛盾更尖銳，但這些矛盾的解決都並不複雜，那些與時代潮流對抗者基本上只承擔受嘲弄的命運。作品中明確洋溢著輕鬆喜悅的氣氛，敘述中更包含毫不掩飾的驕傲姿態，完全可以看作是勝利者的豪情回顧。

　　二是人物形象的塑造。「十七年」鄉村題材小說塑造了許多農村新人形象，典型如梁生寶、陳大春、盛淑君、王金生、王玉生和李雙雙、張臘月、蕭長春等。這些人物的身份都是農村青年，卻表現出很多與傳統農民不一樣

的新特徵。他們眼界開闊，對生活富於熱情，充滿對鄉村的美好理想和改變鄉村現實的勇氣和信心。其中的部分形象，如《創業史》中的梁生寶、《豔陽天》中的蕭長春、《新結識的夥伴》中的張臘月等，呈現出更顯著的時代政治色彩，是農村政治和經濟變革的重要實踐者。無論是內在蘊含的精神實質，還是外在的行爲姿態，這些形象都是以往文學作品中完全沒有的。

　　這種情形與現實生活有密切的聯繫（詳見後面的論述），但它也肯定融入了作家的理想。因爲農業合作化運動是一個規模宏大的全國性運動，尤其是因爲時間倉促、準備得不很充分，人民公社制度的成立又過於迅速，過程中肯定存在比小說作品所反映出來的更多阻力和粗暴作風，甚至不可避免會發生一些悲劇事件。這些豐富的負面因素沒有在作品中充分反映，顯示出作家不是完全照著生活本身作全盤的反映，而是對生活做出了自己的理解、選擇和想像，包含著作家對鄉村未來的理想。

　　對於「十七年」鄉村題材小說的理想色彩及其總體風貌，比較普遍的意見認爲由於農業合作化運動和人民公社制度超越了「社會主義初級階段」的現實環境，不符合鄉村發展的規律和方向，因此這些作品的理想書寫缺乏充分的現實基礎，違背了現實主義文學的原則，是「以現成的政治定義爲依據，虛構出一個教條式的『本質』來」〔註 1〕；對其人物形象塑造的看法也大體相似。如柳青《創業史》中梁生寶的形象的評價。作品問世之初，就有學者提出批評，在將其與眞實生活原型王家斌進行對比的基礎上，指出梁生寶形象的精神特徵超出了現實水平，人物的思想理念不是「當時條件下人物性格的必然表現」〔註 2〕。在上世紀 80 年代的「重寫文學史」潮流，也有學者指出「柳青在對生活原型的藝術改造過程中，也超出了把生活藝術化的一般界限」〔註 3〕。這種觀點一直延續在今天的一些文學史和研究著作中。

　　不能說學者們的觀點完全沒有道理，但我以爲，他們所做的結論還略顯草率和簡單。首先，我們不能以「超越現實發展階段」和「違背發展規律」來否定文學中的理想。因爲既然是理想，肯定不會與現實一致，會對現實有所超越。至於理想是否符合發展規律，也不能以短暫的社會狀況來考量，而

〔註 1〕　參見賀光鑫：《中國當代文學年會 1981 年廬山年會討論綜述》，《文學評論》
　　　　　1981 年第 5 期；「重寫文學史・主持人的話」，《上海文論》1988 年第 4 期。
〔註 2〕　嚴家炎：《關於梁生寶形象》，《文學評論》1963 年第 3 期。
〔註 3〕　宋炳輝：《「柳青現象」的啓示——重評長篇小說〈創業史〉》，《上海文論》1988
　　　　　年第 4 期。

是需要放在更寬廣的社會發展狀態中去看。而且文學作爲作家心靈和精神的投射物，它是作家以心靈、想像和文字營造起來的另一世界。這一世界雖然與現實世界有深刻關係，但也可以看作是作家心靈的烏托邦，理想性是其重要特徵。我們不能簡單以現實與否來對它進行評判；其次，從文學創作上講，作家有選擇創作方法的自由。如果我們不將現實主義當作文學評價的唯一圭臬，以更開放和多元的態度來認識文學的本質，文學表現理想，或者說文學具有一定的理想色彩並不是缺點，關鍵應該看這些理想和對這些理想的表現是否恰當與合理。如果要求文學與現實簡單對照，要求作家放棄自己對生活的選擇和想像的權力，實質上是對文學與現實關係的庸俗化和簡單化〔註4〕；第三，「十七年」鄉村題材小說的理想表現與現實的關係是複雜多元的，農業合作化運動和人民公社制度之間存在著階段性的巨大差異，作家的書寫也帶有很強的個人性。對於這些狀況，需要細緻客觀的辨析。

二、

理想是一個具有哲學內涵的概念，但既然談文學的理想，應該主要遵循文學的道理，換言之，需要從文學創作的獨特性來考察。文學理想所關聯的最基本內容應該在兩個方面：一是作家的精神世界；二是作品所描述的生活世界。在這一前提下，對文學理想的評價自然也不能例外。

以之考察，作家心靈的眞誠是考察文學理想的標準之一。因爲文學是心靈的產物，它的眞誠與否既直接決定文學的某些本質，也會直接影響文學對現實表現的眞實性。如果作家對現實的描述蘊含著對未來眞誠的期待和夢想，其理想就具有一定的眞實意義。但是，單純的眞誠卻不能構成理想的合理性，它不能離開與生活的結合。因爲文學表現生活，卻要受到生活的制約。而且在一般情況下，作家與生活這兩個因素之間是有很大程度一致性的，因爲作家的眞誠往往是反映生活主體特徵和要求的重要基礎。當然，也會存在二者相背離的情況，就是儘管作家滿懷眞誠，但由於種種原因限制（如作家擁有的生活基礎以及對生活的認識程度）並不能眞正反映生活的主體要求，

〔註 4〕隨著文學觀念的解放，近年來，許多作家明確表示不再將現實主義作爲信奉的對象，甚至表達了尖銳的批評和質疑的聲音。但是，頗顯悖謬的是，在當代文學研究界，特別是在評價「十七年」文學時，許多人一直以「現實主義」要求來進行簡單的規範。參見賀仲明《論廣闊的現實主義》，《文藝爭鳴》2006年第 6 期。

其理想是虛幻和與生活相背離的。

　　具體到「十七年」鄉村題材小說，其理想蘊含著作家的眞誠。幾乎無一例外，這些創作者都來自鄉村，或與鄉村有很深的精神和血脈聯繫，又都很熟悉鄉村生活，瞭解鄉村多方面的情況和發展要求（像趙樹理、柳青等作家都針對鄉村社會的經濟發展問題撰寫過專門的文章和意見書，在農業合作化運動和「大躍進運動」中都發表過針對性的意見或批評），對鄉村命運有眞誠的關切，並將自己的文學創作乃至個人生活與鄉村世界都緊密地結合起來，以文學爲關愛鄉村的一種方式。如周立波、柳青爲了文學創作長期安家到農村，趙樹理也始終保持與農村的密切聯繫，爲了寫作《三里灣》，到農村長期蹲點。浩然、李準、王汶石等作家對鄉村也深有瞭解，生活積累很豐富。在這一點上，孫犁對他寫作《鐵木前傳》的表述很有代表性：「我選擇了我最熟悉的生活，選擇了最瞭解的人物，並賦予了全部感情。」〔註5〕

　　這種感情投射在作家的創作上，最顯著之處就是作品的價值立場和關注點。「十七年」鄉村題材小說表現出較鮮明的鄉村本位價值立場，也就是說，作家考慮問題的出發點和價值偏向都是以鄉村爲本位的。城鄉關係是一個較直接的體現。因爲長期以來，農村和農民都處在社會的最底層，「十七年」的城鄉差距雖然不像後來顯著，但也頗引人注目。在這方面，作家普遍表現出對鄉村立場的維護。最典型如周立波的《山鄉巨變》，作品借種種方式揶揄城市生活，對鄉村生活進行理想化處理。這種價值偏向是如此之劇烈，以至於有批評者進行質疑，認爲它是「在一種假想的狀態中徹底否定城鄉之間存在的現實不平等」〔註6〕。同樣，趙樹理的《三里灣》等作品也表示了鮮明的鄉村價值觀。在馬有翼、范靈芝等回鄉知識青年與王玉生、王玉梅等本土農村青年之間，趙樹理對後者的價值偏向非常明顯。在《賣煙葉》等作品中，趙樹理更譴責了那些想離開農村到城市發展的青年農民。

　　這一點更體現在如何對待鄉村青年前途的問題上。在城鄉差別明顯的中國社會，農村青年的出路是一個很現實也容易讓人產生矛盾的問題。從青年的發展出路著想，離開鄉村應該是最好的選擇（在當時城鄉之間人才的流動還比較寬鬆的情況下），但是從鄉村發展著想，留住這些人才又非常有必要。

〔註5〕孫犁：《關於〈鐵木前傳〉的通信》，《鴨綠江》1979 年第 12 期。
〔註6〕參見邱雪松：《農村與城市：關於〈山鄉巨變〉的另類解讀》，《棗莊學院學報》
　　　2008 年第 2 期。

正是在這些有衝突性的選擇中，可以清晰地看出作家以鄉村爲中心的價值立場〔註7〕。這些作品塑造了許多優秀農村青年形象，如《山鄉巨變》中的盛淑君、陳大春，《三里灣》中的范靈芝、馬有翼，《創業史》中的改霞，以及《黑鳳》中的丁黑鳳、李月豔，劉澍德《歸家》中的李菊英等。在人物個人前途和鄉村前景的衝突間，作家也常常會陷入到矛盾中，但絕大多數作品的選擇是讓青年們留下來建設鄉村。對此，有批評者予以指責，但其實是作家對鄉村的熱愛甚至超過了對人物的熱愛，是作家對鄉村美好前景的期盼超越了對個人的命運關注〔註8〕。

作家對鄉村的關注，最突出的當然是現實政治運動。撇開其複雜政治內涵不談，運動中蘊含的一個關鍵點是對鄉村的改變。姑且不論其結果如何，至少它在很大程度上契合了作家期待鄉村發展的主觀願望。或者說，作家之所以那麼積極地投身於對現實鄉村運動的書寫，是因爲他們有通過運動改變鄉村面貌的眞誠期待。正因爲這樣，作家在熱切關注運動本身之外，還醒目地表現了與鄉村發展相關聯事物的熱情。前面所談的鄉村青年是一方面，另一方面是鄉村的科技改革。在「十七年」時期，鄉村科技是改變鄉村面貌、發展經濟的重要前提，作家的創作中也普遍有所關注。如《創業史》中寫到水稻密植，《三里灣》中更是對王玉生從農具到種植方法等多種科學探索進行了詳細描述和大量讚美，《耕耘記》敘述了蕭淑英的科學天氣預報，西戎的《豐產記》和馬烽的《韓梅梅》則分別關注了玉米品種改良和科學養豬的問題。對這種心理更急切也更直接的表現，是一些作家在作品中明確表達了對鄉村未來的憧憬。《不能走那條路》和《創業史》都通過鮮明的新舊對比，以農民們昔日幸福追求的不可實現來映襯現實和未來的美好。《山鄉巨變》則通過陳大春與盛淑君兩個農村青年充滿熱情的幻想，描繪了一幅鄉村未來的美好藍圖。《三里灣》更是直接描畫出「現在的三里灣」、「明年的三里灣」和「社會主義時期的三里灣」不同圖畫，反映了作家略顯急迫、超越現實的心態。

由此可見，「十七年」鄉村題材小說中的鄉村理想與作家的鄉村情感、鄉

〔註7〕 當然，這並非說持相反態度寫作的作家就對鄉村沒有感情，只是因爲他們考慮問題的側重點不一樣。典型如上世紀80年代的路遙，在《人生》、《平凡的世界》等作品中充分站在農村青年的角度，對他們匱乏前途的生活滿含同情，對他們渴望離開農村、發展自己的願望表達了深刻認同和明確支持。這與時代環境有關，也與作家的思想理念有關，很難說誰對誰錯。

〔註8〕 參見藍愛國：《解構十七年》，華東師範大學出版社2003年版，第98～103頁。

村立場是密切地交織在一起的。對鄉村的深厚感情和期待鄉村更美好的真誠願望，既使作家擁有鄉村的價值立場，也使他們很自然地認可現實中的合作化運動，甚至自覺不自覺地對其進行某些美化，忽略掉其中的陰暗面。不排除這中間也可能會摻雜時代政治要求等其它因素的影響，但至少在一定階段和一定程度上，作家的鄉村情感與現實政治運動之間是有較多契合的。

其一，從根本上說，「十七年」農村最初實行的農業合作化政策是否完全不具有現實合理性，值得進一步商榷。因為至少在運動初期，這一政策確實較大幅度地促進了農業生產的效率，幫助了絕大多數農民走出貧困，避免了迅速的分化。我們往往以整個社會發展進程以及經濟制度的合理性來規範對「十七年」及其鄉村生活的認識，其實，對於當時的農民來說，他們最期望的，是走出貧窮、過豐裕的生活，是精神愉悅、家庭幸福，至於到底是私有制還是集體制並不是最主要的。即使是在今天的農村，合作的方式也被很普遍地應用，並且很有可能成為鄉村經濟發展的重要方式——這一點，可以將農業合作化運動與後來的「大躍進運動」作一對比。合作化運動的科學改良、相互幫助促進豐收等理想描畫確實是有可實現的可能性的，也確實代表了當時許多農民的願望。但是，「大躍進運動」中的許多措施卻是完全背離了農民的願望，是政治對鄉村的權力異化。二者在實質上有著雲泥之別；其二，五六十年代農村的氛圍確實是比較積極單純，是較有理想激情色彩的。從整個社會來說，一個新生獨立民族國家的建立，在很大程度上促進了社會文化的積極向上，而且在多年戰爭之後進入穩步發展的和平時期，人們的心情自然是充滿喜悅的——儘管這種喜悅是以單純為前提的——在整個社會洋溢著激情和歡樂（儘管可能有些盲目）的氛圍中，文化水平普遍較低、一直處於社會底層的農民，正幸福地感受著土改以來的巨大生活變遷，他們呈現出更大的生活熱情，擁有對生活的更強烈願望和美好期待，是完全具有現實合理性的；其三，農村「新人」也是有一定現實基礎的。在時代氛圍的感染下，一些農民（特別是青年農民）表現出了與傳統農民不一樣的精神氣質，如熱情、忠誠、無私，以及對集體的絕對信任，甚至具有一定自我犧牲精神，是具有合理性的。因為「十七年」的文化具有某種烏托邦性，也暗合著中國傳統文化中的大同理想。歷史和現實文化的引導，使一些單純質樸的農村青年受其感染，表現出與時代要求相一致的精神面貌和行為特徵。我們可以說這種精神和行為是單純的，但很難說它是不恰當，更不能否定它的真實性——

─所以，對於當時報刊上經常宣揚的農民模範事跡，我們不應該簡單地予以鄙薄，相反，在這種鄙薄背後，也許正折射出我們自身心靈的某些卑微和市儈氣。

在這個意義上，「十七年」鄉村題材小說中的理想一定程度上可以看作是鄉村主體精神某種程度的高度張揚，是作家內心情感和希望與鄉村自我發展的一種結合。作品中的美好環境、善良倫理和喜悅生活場景，以及生長著無數充滿才華和朝氣的優秀農村青年、鄉村科技的迅速發展，既寄託著作家改變現實鄉村的美好願望，也傳達出了鄉村對未來世界的某種憧憬。特別是它們在城鄉關係中所寄託的理想因素，更反映著長期處於卑微狀態的鄉村的自強願望，反映著農民們期待著鄉村物質的豐饒、生活的美好，也期待著精神上的拓展，在城市面前能夠擁有自己的尊嚴。作家這些理想圖畫既具有傳統農民文化的因素，也對此有所更新和發展，它使中國傳統農民對「老婆孩子熱炕頭」的期盼轉變為對鄉村社會公共事務的參與意識，對於中國農村和中國農民來說，這都是一次思想的昇華和變革，是對中國農村和農民品質的有意義提升。

三、

當然，「十七年」鄉村題材小說的理想表現並不是完美的。這主要地表現在與鄉村主體的關繫上。雖然它在整體上反映了農民的主體要求，但一部分作家表現的鄉村理想並不那麼符合鄉村自身的願望要求，甚至存在有一定程度的背離，這些理想所代表的是時代政治的願望，是政治對鄉村的異化要求。這種情況與作品產生的時間有關，一般來說，較早問世的農業合作化題材作品缺陷較輕，較晚問世的人民公社題材作品中問題較嚴重。這與作品所誕生的時代政治環境有密切關係，也造成了「十七年」鄉村題材小說理想複雜性和階段性差異的特徵。

這一問題在「新人」形象上體現得比較明顯。一方面，這些人物形象具有較強的合理性。以最受非議的梁生寶為例。這一形象的個性和品質，如他對父親的孝順、對鄰里的熱忱、對改霞的追求和愛，都是符合鄉村文化傳統的，「梁生寶所追求並體現的新人風範與他浸潤其中的民族文化給他打下的人格底蘊常常是並行不悖、相輔相成的」〔註9〕。這也是這一形象能夠立足的根

〔註 9〕趙修廣：《「社會主義新人」形象塑造與其關涉的傳統文化因素──以〈創業

本原因。但是另一方面，他身上也有一些品質不是來自鄉村而是來自現實政治。在他的身上，有很多方面又表現為政策的執行者和政治思想的附庸。有研究者認為：「梁生寶幾乎天生地具有一種新農民的本質」〔註10〕，我以為這種說法並不恰當。更恰當的概括是他既有傳統農民現代昇華的一面，也有黨在農村政策優秀執行者的一面，農民性和黨性在他身上有複雜的融合。因為真正的理想農民，應該具有農民的基本素質，他的思想和性格可以發展，但它們始終都應該是與中國鄉土文化、鄉村大地相密切關聯的，他不應該是外在文化的代表，也不是外在利益的體現者。梁生寶雖然還未充分體現這些特徵，而相比於梁生寶，稍後問世作品中的張臘月、蕭長春等形象上農民品質更少，政治色彩更強，甚至可以說雖然具有農民的外表，實質上已經是黨和政治的化身。

之所以出現與鄉村主體隔膜甚至是背離的情形，與作家主體情感也有深刻關係。也就是說，「十七年」鄉村題材小說作家的鄉村情感並不單純，其中也摻雜了一些非鄉村的因素，那就是政治的影響。因此在創作中，他們既要表達自我主體精神，也就是對鄉村的自我認同和自我想像，同時也需要表達某種政治要求，傳達某種政治聲音。柳青這樣表白創作意圖：「我要把梁生寶描寫為黨的忠實兒子。我以為這是當代英雄最基本、最有普遍性的性格特徵。……小說的字裏行間徘徊著一個巨大的形象——黨，批評者為什麼始終沒有看見它？」〔註11〕「在我看來，梁生寶這類人物在農民生活中長大並繼續生活在他們中間，但思想意識卻有別於一般農民群眾了」〔註12〕。浩然更完全將自己的創作與政治鬥爭聯繫起來：「我要當一個文藝戰士，拿起文藝這個武器，為革命事業服務，把『一切人民群眾的革命鬥爭必須歌頌之』這句話，作為我的戰鬥任務。」〔註13〕雖然不能完全按照作家的表白來認識作品，也不能說現實政治與鄉村主體就完全是對立的，但它們之間的不和諧處（特別是「大躍進運動」和人民公社制度，它們的發動和存在都主要是政治現實需要，很少考慮到農民自身的利益和要求）〔註14〕，影響到作家創作思想的

史〉與〈豔陽天〉為例〉，《社會科學家》2009 年第 8 期。
〔註10〕 李楊：《抗爭宿命之路》，時代文藝出版社 1993 年版，第 125 頁。
〔註11〕 柳青：《提出幾個問題來討論》，《延河》1963 年 8 月號。
〔註12〕 柳青：《提出幾個問題來討論》，《延河》1963 年 8 月號。
〔註13〕 浩然：《永遠歌頌》，《浩然研究專集》，百花文藝出版社 1994 年版，第 30 頁。
〔註14〕 參見張樂天：《告別理想：人民公社制度研究》，上海人民出版社 2005 年版。

統一性，也造成了「十七年」鄉村題材小說的理想與鄉村自我的衝突。

這種情況所導致的一個必然結果是，作家建構的鄉村理想會受到時代現實政治的較大影響和制約，他們小說中理想的合理性與現實政治密切相關，當時代政治比較符合鄉村主體要求時，作家的理想表現就更為切實，而時代政治對農民願望有較嚴重的背離時，作家的理想表現就存在扭曲之嫌。這與「十七年」時期政治對文學嚴屬的束縛有直接關係，也反映了作家在思想的獨立性和堅定性上存在較明顯的不足。

它的另一個後果，在「十七年」鄉村題材小說的作家創作過程中，體現在作品內部思想和藝術結構的完整性和統一性方面。如柳青的《創業史》，作品出版後進行過多次修改，有政治環境等因素的影響，同時也折射出柳青的內心矛盾，反映他內心的鄉村情感與政治立場之間的衝突，蘊含著他在如何處理鄉村主體與政治要求之間的矛盾和困惑。所以，「農業集體化道路的困境，現實生活的邏輯衝擊著作者的理念邏輯，使他陷入深深的苦悶和自省之中，寫得很慢，寫不下去」〔註15〕。同樣，孫犁的《鐵木前傳》未能最終完成，表面上看是因為作者當時的身體狀況，但更深層的原因應該是作者內心的困惑，他不能自信地完成對鄉村理想的描畫，於是只能讓作品無疾而終〔註16〕。

作品內部的衝突體現在多部作品上。《創業史》、《三里灣》、《山鄉巨變》和《鐵木前傳》是這時期鄉村題材小說中最受好評的作品，而它們在思想情感和藝術結構上都存在有較顯著的不和諧處，特別是在故事發展的後半部和最後結局上。《創業史》在如何處理改霞和梁生寶的關係，以及她是否離開農村上，後半部分多次出現不夠合理乃至相互矛盾的細節。對於柳青這樣一個追求藝術嚴謹的作家來說，這些矛盾絕對不只是藝術表現上的原因，更是由於作家的內心衝突，它蘊含的是作者內心的隱痛〔註17〕。類似的情況還有《三里灣》和《山鄉巨變》。很多人都注意到《三里灣》的結局太倉促了，幾對婚

〔註15〕黃修己主編：《20世紀中國文學史》（下），中山大學出版社1998年版，第83頁。

〔註16〕可以說，這部小說源於作家對鄉村現實倫理變化的苦惱，也受制於這一苦惱的無法解決。

〔註17〕改霞原本是《創業史》初稿中很受作者喜愛的人物形象，但在修改稿中作者賦予了這一形象明顯的負面因素，甚至是對初稿的顛覆。作者態度變化的背後顯然隱藏著作家許多難以言說的複雜感情。參見陳國和：《文學與政治之間——關於〈創業史〉的修改》，《廣西社會科學》2007年第10期。

姻很有些「拉郎配」的意思，也明顯感覺到《山鄉巨變》的正篇和續篇之間藝術水準有明顯的差距。人們大都歸咎於作家的創作能力，其實也許從創作心理上來理解更合適——對於趙樹理和周立波這樣有著較深傳統文學造詣、尤其長於講故事的作家來說，如此令人不滿的敘事結局，其主要原因可能是他們無法在政治要求和農民利益之間尋找到恰當的平衡，對之作出更完善的處理。同樣，《鐵木前傳》的藝術完整性也受到作家情感困惑的嚴重影響：「主觀傾訴和客觀描寫之間存在的矛盾甚至造成了小說結構的裂隙，在作品的後半部，作家為了使生活邏輯服從自己的情感邏輯，便捨棄了故事的完整性，以一節歡愴結束了作品，致使情節發展出現了嚴重的斷裂。」〔註18〕

但我以為，儘管「十七年」鄉村題材小說所表現的理想存在著這樣那樣的缺陷，但其意義不可否定。除了前面所談的它在現實合理性上的價值，更具有文學史上的創造性意義。這與中國現代文學的鄉村書寫歷史有關。因為五四啟蒙文化的影響，中國現代文學中的鄉村形象基本上都是陰暗、沉悶的，魯迅的「未莊」和「阿Q」可以作為中國文學鄉村世界和農民形象的典型代表，充分顯示出農民和鄉村「待拯救」和「待啟蒙」的位置。此後，雖然廢名的《竹林的故事》和《橋》、沈從文的「湘西世界」帶來了一定改變，但由於個人思想和文化背景等原因，他們筆下的鄉村也多是憂鬱感傷，很少有歡快亮色。上世紀 40 年代的解放區文學中，情況有一定改觀，但也許是因為尚處戰爭環境中，現實問題更為急迫，作家的創作基本上是關注現實，尚無餘裕去暢想未來。典型如趙樹理的作品，《小二黑結婚》和《李有才板話》等雖然有大團圓色彩的結局，但故事中的過程卻是相當沉重，自然很少表現對未來的嚮往。

當然不是說理想色彩是文學評價的必備條件，但是，中國鄉土小說那麼顯著地匱乏理想，還是有值得反思之處。其一，它顯示出作家對鄉村瞭解和表現的不夠深入。因為儘管中國現代鄉村社會災難深重，也距離現代文化比較遙遠，存有較多的封建倫理色彩，但這並不意味著它只能是苦難的淵藪，不會有自己的快樂和夢想。事實上，鄉村是一個獨立的世界，它有自己的生活方式，既有歡樂也有自己的夢想。只是表現鄉村的沉重卻缺失其歡樂和夢想，這樣的鄉村世界顯然不完整，也很難說是足夠真實的；其二，它顯示出

〔註18〕 王慶生、王又平主編：《中國當代文學》（上卷），華中師範大學出版社 2011
年版，第 77 頁。

作家缺乏對鄉村世界的必要尊重，缺乏真正獨立的文學精神。作家之所以習慣於表現黑暗的、沒有理想的鄉村，並不完全是他們不瞭解鄉村，而是因為他們受現代啓蒙文化的影響，沒有將鄉村作為一個自在的、獨立的主體來看待。事實上，這種創作方式既是對鄉村的不尊重，也是對文學本質的背離。因為缺乏平等的立場，缺乏對書寫對象的尊重，也就遠離了文學的人道主義精神，遠離了文學的真正品格。

「十七年」鄉村題材小說對這一傳統做了徹底的改變，它的理想書寫渲染了鄉村的夢想，張揚了鄉村的主體願望，是對於鄉土文學一次大的發展和改變。而且它也改變了現代鄉土小說基本上只將鄉村作為批判和啓蒙對象、實質上只承擔現代文化的輔助者和負面形象的歷史，呈現出了更充分的鄉村主體精神。從審美角度來看，理想的介入也賦予了「十七年」鄉村題材小說獨特的藝術個性。它對鄉村生活充滿希望和光明色彩的敘述，對鄉村人物品格積極面的挖掘，對鄉村倫理直接而自如地表現，充分體現了鄉村的主體姿態，它不只是提供了另一種鄉村審美形態，本身也是一種具有振奮人心力量的獨特審美風貌。

當然，我強調「十七年」鄉村題材小說的意義價值，並不是忽略其缺陷，它的缺憾是非常讓人感到惋惜的。我想藉以表達的是：真正優秀的鄉土小說，應該是賦予鄉村以主體身份的作品，是能讓鄉村自如和自信地展現其愛和恨、喜與愁、美與醜，呈現其自我形象的作品。鄉村不是政治、文化或其它任何事物的工具，它是一個獨立的主體。只有這樣，才能真正呈現出鄉村的生活、文化和精神。就像榮格說：「不是歌德創造了《浮士德》，而是《浮士德》創造了歌德」〔註19〕，因為《浮士德》中「利用了在德國人靈魂中迴蕩著的某個東西——一個『原始的意象』」〔註20〕，擁有深厚歷史和文化的中國鄉村也完全能夠創造出《浮士德》式（當然是中國式的《浮士德》）的傑作，關鍵的是它能夠找到歌德這樣的優秀代言者，能夠讓它的自我主體得以充分地呈現出來。

〔註19〕 （瑞士）榮格：《心理學與文學》，馮川、蘇克譯，三聯書店1987年版，第142～143頁。

〔註20〕 （瑞士）榮格：《尋找靈魂的現代人》，王義國譯，光明日報出版社2007年版，第248頁。

鄉村生態與「十七年」農村題材小說

一、

　　「鄉村生態」指鄉村人在一定自然社會環境中的生活狀態。與城市相比較，鄉村一般都處於偏遠封閉的地域，它有自己較原始的自然環境，農業文明的簡樸生活方式，更有其悠久的歷史和具有一定自在意義的「小傳統」文化——這一切，構成了相對完整而獨立的鄉村生態——也就是費孝通等社會學家所談到的「鄉村社區」〔註1〕。

　　中國文學很早就對鄉村生態進行過書寫。《詩經》就是一幅古代農耕文明的圖畫，真實記載了先民們的生存環境和生活故事。但這一傳統在此後的文學中並沒有得到很好的繼承，雖然在陶潛、孟浩然和范成大等人的詩句中偶而可見鄉村生活的圖景，但總體而言，作家們對鄉村生活往往採用虛擬的書寫方式。在眾多的田園詩和憫農詩中，詩人們傳達了對鄉村的追憶、同情、想像和感慨，寄託了他們的文化理想和複雜情感，卻普遍匱乏真實細緻的鄉村生活和鄉村人物書寫，以至於在整個中國古代文學史中，幾乎找不到一個真正的農民形象。

　　中國新文學將文學拉近到普通大眾，描畫了鄉村世界和農民形象，但在鄉村生態世界的再現上依然存在著相當的不足。魯迅所開創的現代鄉村書寫主流傳統，以俯視式的啟蒙爲創作姿態，以抽象和象徵爲主要藝術方法，它挖掘出了鄉村普遍的文化精神，但較少涉及具體的鄉村生活場景，人物形象也欠真切〔註2〕。廢名和沈從文爲代表的現代抒情鄉村小說，是對中國傳統鄉村田園詩歌的繼承，距離鄉村的本真生活面目也同樣很遙遠。只有茅盾的「農

〔註1〕參見費孝通：《江村經濟》，商務印書館2002年版。
〔註2〕參見賀仲明《阿Q爲什麼是農民？》，《讀書》2001年第1期；《阿Q是不是農民？》，《書與人》2000年第6期。

村三部曲」所開創的反映鄉村現實政治變革的創作傳統一定程度上描述了鄉村的現實生活，尤其是 1940 年代的趙樹理、孫犁等部分解放區作家的作品，對鄉村現實生態有較具體的展示。但是，在三四十年代的動盪環境中，鄉村生態缺乏基本的確定性，作家們的思想重心更在於政治鬥爭和現實變異（有著豐富鄉村經驗的趙樹理，其基本關注點就是現實中的「問題」，而不是生活本身），對鄉村人物本身、對日常生活的興趣不大，所以，他們所展現的鄉村生活場景比較狹窄單調，影響也有限。

因此，在中國現代文學中，描寫鄉村的作品雖然不少，但卻沒有展示出具體鮮活的鄉村生態世界。我們從中可以看到等待啓蒙的蒙昧地域，階級革命的鬥爭場所，或者是遙遠的文化懷鄉，卻很難看到農民的眞實生活世界。農民的眞實外表和日常文學視閾之外。

這種情形之出現，除了創作理念與現實情況等個人性的因素，還存在著具普泛性的原因。首先，它與現代作家與農民現實生活的疏離有關。陳平原在論及 1920 年代鄉土作家時曾說過：「『鄉土文學』家對故鄉生活、農民痛苦的瞭解，多半來自間接經驗。而作爲直接經驗的只是兒時生活的回憶和成年偶然回鄉的觀感。這就決定了他們不可能對農民生活作出精確的描繪。」〔註 3〕其實，不只是 1920 年代，整個現代文學時期都存在這種情況。缺乏了具體的生活經驗，自然影響作家們對鄉村生活世界的描畫；更重要的，它與農民的現實和歷史地位，與中國傳統文化同農民之間的隔膜關係和現實文化傾向有關。中國的歷史文化一直是輕視和忽略處於社會底層的鄉村與農民的，現代中國社會所進行的又是由鄉村向城市的轉化，鄉村被作爲改造的對象承受著現代文明的衝擊、壓制和改造，農民也在社會文化觀念中被賦予著愚昧、顢頇的精神特徵，承擔著現代文明阻滯力的角色。這種文化狀況，從思想深處影響到作家們營造鄉村生態世界的動力與能力。

二、

正是在這個意義上，「十七年」農村題材小說顯示了自己的獨特價值。它以集體書寫的姿態，多角度、多層面地展現了中國鄉村，對鄉村生態世界作了多方面的描述。

〔註 3〕陳平原：《論「鄉土文學」》，載《在東西方文化碰撞中》，浙江文藝出版社 1987 年版，第 198 頁。

　　這首先表現在對鄉村自然和生活環境的描繪上。雖然由於種種原因的影響，風景描寫在「十七年」文學中不是太盛行，鄉村世界的豐富和美麗沒有得到充分的展示，但是，在一些作家的筆下，我們還是能看到一些鄉村自然景觀，感受到鄉村世界的自然風貌。如周立波《山鄉巨變》、《山那面人家》，孫犁《鐵木前傳》等，就以「新的田園牧歌」和「詩化小說」的形式為我們展示了秀麗多姿的江南丘陵地帶和河北白洋淀地區的自然風景畫〔註4〕，柳青《創業史》、趙樹理《三里灣》、李準《李雙雙小傳》、王汶石《風雪之夜》等作品，也不同程度地勾勒出了各地有特色的自然風情。

　　作家們對生活景觀的描繪要更為具體細緻。它包括鄉村的日常勞動場景，如各地方的自然耕作過程，從南方的插秧、收割到北方的播種、揚麥，從北方的採摘棉花到南方的果園修剪，還包括農民的家庭生活和一些地方風俗，以及像鄉村夜校、田間休憩、村人乘涼、慶豐收等生活場景，其間穿插了許多的農民口語、鄉間傳聞和民間故事，動人的生活細節中蘊涵著鄉村情趣，也滲透出鄉村人情世態。當中的許多作品，如《山鄉巨變》、《蓋滿爹》、《創業史》、《三里灣》、《登記》、《水滴石穿》等，都可以說是充滿著濃鬱地方特色的生活風情畫。

　　最突出的是在對鄉村社會生活描寫中，對鄉村人物形象的塑造。這是中國新文學歷史上農民形象塑造最豐富的時期，涵蓋不同的鄉村人物類型，在不同的外表和身份背景下，寓含著人物不同的性格特徵和精神世界。當中塑造得最好的，是那些所謂的「中間人物」，如《山鄉巨變》中的「亭麵糊」、陳先晉，《創業史》中的梁三老漢、郭振山，《三里灣》中的范登高、「鐵算盤」等，他們與鄉村文化的深厚關係得到了深入的揭示。但更值得關注的是一些正面農民形象的出現，像《山鄉巨變》中的陳大春、盛淑君，《三里灣》中的王金生、王玉生，《創業史》中的梁生寶、高增萬，《李雙雙》中的李雙雙等，他們不但有體面的外表，而且體現出自信、熱忱、樂觀、智慧和富於犧牲的精神品格，這在以往文學中是很難看到的。

　　同時，作家們還展現了複雜的鄉村精神世界——對鄉村的各種社會關係進行了揭示。鄉村的人際和人情關係，如父子、祖孫關係（如《鐵木前傳》、

〔註4〕參見朱寨《〈山鄉巨變〉的藝術成就》，《社會科學戰線》1981年第2期；董之林《追憶燃情歲月——50年代小說藝術類型論》第四章，河南人民出版社2001年版。

《創業史》、《蓋滿爹》），母女、婆媳關係（如孫犁《正月》、趙樹理《三里灣》、《登記》），夫妻、戀人關係（如《山鄉巨變》、《李雙雙》、《三里灣》），鄰里關係（如《鐵木前傳》、康濯《水滴石穿》），親戚朋友關係（如王汶石《新結識的夥伴》）等，在不少作品中表現得相當眞切〔註 5〕；農民與土地之間的密切情感和文化關係，在《創業史》、《山鄉巨變》、浩然《豔陽天》、劉紹棠《運河的槳聲》等作品中也有準確細緻的渲染；農民與集體制度、與各級官員之間相依存又相矛盾的複雜關係，則或顯或隱地呈現在《「鍛鍊鍛鍊」》、《水滴石穿》、馬烽《賴大嫂》、西戎《宋老大進城》等作品中。

除了表現鄉村現實，「十七年」農村題材小說還表達了對鄉村未來的關切。這首先體現在對鄉村人物前途和命運的關注上。像《創業史》對徐改霞去向選擇問題的困惑，就蘊涵著對鄉村青年出路問題的關切和深慮。此外，劉紹棠、孫犁等作家還塑造了一些鄉村少年形象，展現了他們的成長歷史，寄託著作家們對鄉村未來的關懷和期待。

對鄉村人的關注與對鄉村整體的關注是密切聯繫在一起的，作家們將這一結合點集中在對鄉村知識分子的描述上。知識分子對鄉村有著兩難的意義：鄉村面貌的改變急切需要知識分子的參與，但知識又是鄉村人改變命運的最重要途徑，變成了知識分子的農民往往很快就離開了鄉村。與此相一致，作家們對鄉村知識分子的態度也呈現出明顯的分化：以回鄉或離鄉爲標準，作家們表示出譴責或讚揚的態度。最顯著的是趙樹理，在《賣煙葉》等作品中他嚴厲批評了那些想走出鄉村的知識分子，而在《三里灣》中，對回鄉知識分子范靈芝和馬有翼的態度則明顯寬容，在「創作談」中更予以特別的肯定：「在辦社工作中還有一種新生力量是青年學生。這些人，不一定生在貧農家庭，自己對農業生產也很生疏，然而他們有不產生於農村的普通的科學、文化知識（例如中國、世界、歷史、社會、科學等觀念），有青年人特有的朝氣，很少有，甚至沒有一般農民傳統的缺點。」〔註 6〕此外，李準《耕耘記》也熱情地塑造了自學成才的女青年蕭淑英，馬烽《韓梅梅》也傳達了對「能寫會算」的知識分子回鄉務農的懇切心情。截然不同的態度中，蘊涵的正是作家們改變鄉村的急切心態。

〔註 5〕 參見劉洪濤《周立波：民間文化與主流意識形態》，《文藝理論研究》1997 年第 3 期。

〔註 6〕 趙樹理：《〈三里灣〉寫作前後》，《文藝報》1955 年第 19 期。

還有一些作家對鄉村的具體科技實踐進行了描述。如《創業史》中梁生寶的「水稻密植」，李準《耕耘記》中蕭淑英的「科學天氣預報」，馬烽《韓梅梅》中的「科學養豬」等，尤其是趙樹理的《三里灣》，敘述了從「萬寶全」、「使不得」到王玉生兩代人的科技探索故事，展示了王玉生的科技改革過程，對其科學探索精神進行了讚頌。儘管在今天看來，作家們對鄉村「科學」的描寫未免幼稚，對離鄉知識分子的態度也過於苛嚴，但作家們所體現出的建設鄉村、關注鄉村未來發展的願望，以及背後深藏著的作家對鄉村的感情是真誠而摯切的。也正是這一點，促成了他們筆下鄉村生態世界的完整性——因為一個完整的文學生態世界不僅僅包括現在，還應該包括過去與未來，也不僅僅包括客觀的現實物質世界，也應該包括作家的精神和情感世界，它是歷史、現實與未來，精神與物質的結合體——而且，也使這一生態世界更具有了未來的精神向度，使作家的精神情感世界與現實鄉村世界之間呈現出內在的和諧統一。黃秋耘在評價周立波《山鄉巨變》時曾經感慨過：「它們不僅給予讀者以豐富的美感享受，而且在他們心裏喚起對農村新生活的熱愛和嚮往。」〔註7〕這是作家鄉村情感的結晶，也是源於鄉村生態世界的深層魅力。

從這個角度來看曾經引起巨大爭議的《創業史》中的梁生寶形象，也許會有新的啟示。當年爭議的中心在於梁生寶形象是否符合鄉村的現實。現在看來，嚴家炎的批評是有道理的，梁生寶確實過高於他所生活的社會現實，有不夠真實的一面，但另一方面，在梁生寶的身上，又真實地寄託著柳青對現代鄉村人的理想，是作家對鄉村未來發展願望的一種外化。所以，從文學本身看，梁生寶形象的塑造有不夠成功之處，但他所反映出的作家對鄉村摯切和真誠的感情，則值得我們理解和尊重。

從自然到社會，從現實到未來，「十七年」農村題材小說的鄉村生態既描畫了鄉村的血肉肌理，也抵達了鄉村的靈魂世界。作為時代性和集體性的產物，這一生態世界有著顯著的群體色彩。最突出的特點是積極樂觀，洋溢著激情與歡樂的氣氛，作家們描畫的鄉村現實和自然環境充滿了明亮的色彩，鄉村的生活場景是歡快喜悅的，農民形象所展現的也主要是樂觀、幽默的性格和積極的精神品格，即使是偶而出現的矛盾、苦悶等不和諧音，在最後也往往被賦予大團圓式的結局。這一充溢著光明面的世界，與中國現代文學的主流鄉村書寫形成著鮮明的對比。正如有學者這樣比較過魯迅和趙樹理：「魯

〔註 7〕黃秋耘：《〈山鄉巨變〉瑣談》，《文藝報》1961 年第 2 期。

迅固然是陰鬱的，但老舍、丁玲比他更陰鬱。而趙樹理描繪的農村生活，即使是在令人心酸的抗日戰爭或國內戰爭中，仍然是穩定而明朗的，前途總是放射出明朗的光輝，農民們安居樂業，悠哉優哉。」〔註8〕這裡談的雖然主要是現代文學時期的趙樹理，但以之作爲「十七年」農村題材小說中鄉村生態世界與現代鄉土小說的比較，也許更爲合適。

其次是強烈的現實性。「十七年」農村題材小說所展現的鄉村世界幾乎完全是現實的世界，它們反映的是現實中正在開展的「農業合作化運動」等鄉村變革，描繪的是正經受著運動考驗和進行著變化的各類農民生活。這一鄉村世界與現實的政治有密切的聯繫，也折射著時代政治的複雜變幻。可以說，從 1950 年代初的「互助組」到後來的「人民公社」，以及其間進行的「大躍進運動」、「四清運動」等，都在「十七年」文學的鄉村生態世界中留下了或淺或深的印跡。

三、

「十七年」農村題材小說能夠集中而有特點地展現鄉村生態世界，與作家們的藝術選擇和生活經驗，以及時代的文化和現實環境，有著密切關係。

作家們的藝術方法產生了最直接的影響。受時代封閉政治環境和「現實主義」潮流囿限，作家們普遍採用比較簡單而傳統的寫實方法，文學形式也相當簡樸。一般來說，「十七年」農村題材小說的藝術結構都相當單純，它們基本上都以一個現實故事作爲小說的框架，敘述視角和敘述方法都變化不大，描寫上則主要採用中國傳統小說的白描手法，自然景物和人物心理描寫都相當簡略。尤其突出的是這些作品的敘述語言都相當通俗淺顯，很多作家，如周立波、柳青、趙樹理爲首的「山藥蛋派」作家等，都運用了地方方言進行敘述，泥土氣息相當濃重——從文學史角度來說，「十七年」文學是中國新文學第一次較大規模的方言寫作時期。

應該說，這些文學形式和創作方法都有其局限性。如單一的傳統寫實方法就存在深度意義匱乏的缺陷，因爲缺乏眞正現實主義對現實的深度剖析和對人物精神的深切關注，其著重點就只能局限於事件本身，不可能表現出社會和人物的矛盾複雜。同樣，敘述方法和敘述語言的過於簡單通俗也會影響文學表現

〔註8〕〔日〕洲之内徹：《趙樹理文學的特色》，載黃修己編《趙樹理研究資料》，北嶽文藝出版社 1985 年版，第 462 頁。

力的豐富和深刻。但另一方面,作家們所採用的這些略顯簡單的藝術方式與同樣簡樸的鄉村生活也許有著天然的切近(例如,其相對簡單的心理描寫在表現思想較爲單純的農民生活時就很和諧,與現代文學中路翎等作家將農民心理複雜化的創作形成鮮明對比)。正如巴赫金對「田園詩」文學的論述:「鄉土小說裏的日常生活得到了改造:日常生活諸因素變成爲舉足輕重的事件,並且獲得了情節的意義」〔註9〕,作家們正是充分利用了簡單的寫實方法和質樸本色的語言,再現了鄉村現實生活細節,呈現了富於地方特色的鄉土生活風景。

從現實方面來說,鄉村生活的本來面目是重要原因。建國後,中國農村的政治和經濟面貌有了很大改變,農民生活不再像建國前一樣掙扎在動蕩之中。在時代理想主義文化感染下,農民的精神面貌和整個社會的文化一樣,呈現出樂觀和積極的狀貌(姑且不說這一狀貌存在著多大程度的缺陷),爲作家們的鄉村書寫提供了外在的生活基礎。

同時,作家的生活經驗和情感取向也產生了很大影響。「十七年」農村題材小說的作家大多來自農村,他們對農村生活和農民都非常熟悉,有深厚的鄉村生活功底和直接的鄉村經驗。作家們大多與鄉村有深刻的血脈聯繫,對鄉村懷有濃厚的感情,並將自己的文學創作視作這種感情的一種重要表現手段。如柳青,爲了寫作《創業史》,毅然放棄西安的城市生活,帶著全家人在陝北農村中生活了十幾年。周立波也一樣,爲了創作離開城市回到家鄉鄉村,與農民、與農業生產方式保持著密切的聯繫。趙樹理、孫犁等人雖然身在城市,但心繫鄉村,趙樹理更多次回鄉,爲故鄉人民利益不惜冒犯時政,寫下對「大躍進運動」持不同意見的文章。

作家們的眞誠感情和深厚的生活功底,爲他們鄉村世界的細緻描畫提供了堅實的基礎,也使作家們有可能超越時代限定的簡單政治圖解,去更多地關注鄉村人的命運和生活本身,使他們筆下的鄉村生態世界具有了一定的複雜性。雖然人們一般都認爲「十七年」作家爲政治所累,受到政治觀念的過多羈絆和束縛,影響了他們表現生活的自主性和獨立性,但具體情況要比這種簡單的定論要複雜得多,柳青的這段話不只是體現在言論,也應該是部分作家創作的落實:「作家的傾向,是在生活中決定的,……作家的風格,是在生活中形成的」〔註10〕。

〔註 9〕 (蘇)巴赫金:《巴赫金全集》第3卷,河北教育出版社1998年版,第429頁。
〔註10〕 柳青:《生活是創作的基礎》,《延河》1978年第5期。

當然,「十七年」文學鄉村生態世界能如此大規模地完成,更重要的原因還是當時的文化和文藝政策,是毛澤東《講話》精神的廣泛傳播和巨大影響。「十七年」時代背景對文學的要求是「寫工農兵」,是知識分子向農民的趨附和對自我的改造。這一要求完全不同於「五四」的文化和文學精神,卻促進著那些來自鄉村、對鄉村懷著濃厚興趣和情感關係的作家們對鄉村的進一步親近,為鄉村而寫作。可以說,正是有了政治政策和思想觀念上的支持,作家們才敢於逆「五四」文學傳統而行,表現出鄉村生態更多的質樸和喜悅,呈現出另一種鄉村風情。這是曾經接受過西方文學影響的周立波的創作體會:「我喜歡農民的語言。在鄉下工作時,曾經記錄過一些農民生動的語言,在讀書看報時,也很留心別人怎樣運用農民的口語。我以為農民的語言比知識分子的語言生動得多了。……學會運用勞動人民的語言必能改革我的文體。」〔註 11〕這一體會折射著知識分子改造的時代精神,也融注著時代所賦予的一種「為農民服務」的強烈自信。

四、

「十七年」農村題材小說描畫的鄉村生態世界是中國新文學（當然也是整個中國文學）的一個突破和創造。無論是在塑造鄉村人物的豐富、表現鄉村世界的廣闊,還是在展現鄉村生活的具體切實,尤其是在展示鄉村生活的自在與積極面上,它都達到了新文學前所未有的高度。這一生態世界具有很強的文學和文化意義,應該引起我們「十七年」文學研究者們的充分重視和關注。

首先,在文化上,它是對中國現代文學傳統有意義的糾偏和完善。

正如前所述,中國現代文學對鄉村的書寫主要側重文化象徵和批判的角度。他們或者展現鄉村的抒情和浪漫意蘊,或者揭示鄉村生產關係的落後和愚昧,對鄉村的現實世界比較忽略。作家們的創作姿態,也普遍採用的是批判和旁觀的俯視方式,很少有站在鄉村自身立場上以平等態度看待鄉村的（趙樹理是個突出的例外）。

這當中寓含著一種嚴重的文化缺憾,也存在著創作內容上的缺失。首先,中國現代文學對鄉村現實的淡漠和俯視姿態,體現的是對鄉村平等和自主認識的某種匱乏,具有現代人文精神的一定缺失。鄉村世界是有自己獨立的主

〔註11〕 周立波:《關於寫作》,1950 年《文藝報》第 2 卷第 7 期。

體地位的，雖然人類文明發展的方向是由鄉村向城市的轉變，城市文明中所體現的人類智慧含量也遠勝過鄉村，但正如生活在鄉村的農民應該擁有和城市人同等的地位和尊重一樣，鄉村世界也應該具有平等和受尊重的權利，無論是對鄉村的批判、改造還是讚美，都應該建立在這一權利的前提上，文學自然也不例外；其次，鄉村現實具有很強的文化和現實意義，值得文學的關注與重視。一方面，作為一個農業為主的國家，農村和農民的問題既直接關係到社會中最底層的弱勢群體，也關係到整個國家的未來；另一方面，鄉村現實是鄉村文化反思和批判的重要基礎。在中國，鄉村現實的貧困和發展要求與對文明發展的批判和反思構成著複雜交融的關係，絕對不可簡單地取捨。要處理好這種關係，必須以對鄉村現實的深切關注和認識為前提。

「十七年」文學的鄉村世界雖然帶有較強的政治主導性，不是完全的鄉村自主呈現，但由於它在敘述上是以鄉村為主導來進行的，尤其是作家們表現出對鄉村的關切感情和對生活的熟悉與深入，它在客觀上表現出了鄉村生活的某種自在和自然狀態，展現了農民的許多真實生活品質，折射出對鄉村文化態度的尊重和平等——雖然受政治環境的限制，它所達到的高度有限，但它的文化啟示意義是很充分的。而且，它所反映的許多現實問題，如鄉村科技化問題、農民出路問題等，確實是現實鄉村發展的困厄，在今天仍然有針對性意義。

正是這種文化態度的產物，它表現出了鄉村現實的獨特真實。一般人都認為「十七年」農村題材小說是對現實真實的扭曲和遮蔽，其實，從另一方面講，它也突破了以往文化觀念的束縛，對鄉村真實有所揭示。這裡，我們要重點談談遭人詬病最多的「光明面」問題。正如茅盾對中國現代文學鄉村書寫的評價：「作為反帝反封建的思想鬥爭之一翼的『五四』以來的新文藝還沒有產生多少農民和工人的典型。農民和工人當然已經寫得很多，但是寫得最好的也只是被侮辱與被踐踏而默默忍受的工人與農民，很少見自己掌握著自己命運的新時代的新人民。」〔註 12〕以往文學寫鄉村，多描摹其黑暗面、溫情面或鬥爭面，但這種描述並不太符合鄉村生活本身。正如魯迅所言：「叫人整年的悲憤，勞作的英雄們，一定是自己毫不知道悲憤，勞作的人物。在實際上，悲憤者和勞作者，是時時需要休息和高興的。」〔註 13〕鄉村既不是

〔註 12〕 茅盾：《反帝，反封建，大眾化》，原載 1948 年 5 月 15 日《文藝生活》海外版，見《文學運動史料選》第五冊，上海教育出版社 1979 年版，第 326 頁。
〔註 13〕 魯迅：《「過年」》，《魯迅全集》第 5 卷，人民文學出版社 1981 年版，第 440 頁。

其樂融融的田園風光，也不是簡單的階級鬥爭場所，而主要是平凡質樸的日常生活，是與簡單的農業生產方式相密切聯繫的沉靜和樸實，它有苦難和沉重，也有自己的愉悅與輕鬆。「十七年」文學描繪的鄉村生活光明面也許並不是遮蔽，而恰恰是鄉村生活另一面的真實。

其次，在文學上，它呈現了自己的獨特審美價值，對現代小說形式與傳統文學的關係也提供了借鑒意義。

「十七年」農村題材小說鄉村生態世界的審美意義是獨特的，它對鄉村現實的寫實式再現，與以往同類創作構成了互補關係。如果說魯迅的鄉土小說傳統提供的是一幅鄉村象徵畫，沈從文等描畫的是鄉村寫意畫，那麼，它所展現的就是一幅線條簡樸、內容逼真的寫實畫──雖然不夠細膩委婉，但其粗獷質樸自有其不可忽略的審美意義。尤其在今天，鄉村集體制度已成歷史，其曾經的榮耀、喧囂、喜悅和痛苦，都已化為遙遠的往事，隨著中國社會的工業化，這種生活將可能永遠走出人們的視野。「十七年」農村題材小說描畫的這樣一幅鄉村寫實圖畫，其審美意義也許是不可替代的〔註14〕。

在文學形式上，它對民族傳統小說形式和技巧的採用，也取得了一定程度的成功，對現代小說的發展具有借鑒意義〔註15〕──最直接的一點，就是它因此而博得了農民們的普遍喜愛。像《李雙雙》、《山那面人家》、《登記》、《「鍛鍊鍛鍊」》等作品在當時農村中產生了廣泛的影響，雖然有文化貧乏、借助於電影等形式傳播等因素存在，但它本身在內容和形式上與農民、與傳統的親和也是不可忽略的重要原因。它對中國文學的本土化和民族化，具有相當積極的參考意義。

當然，需要指出的是，「十七年」文學所展現的鄉村生態世界還沒有達到非常深刻和全面的高度，甚至還存在著一定的遮蔽和局限。如在鄉村生態面上就存在著較局促和狹窄的缺陷，鄉村社會的苦難一面基本上沒有得到表現；鄉村精神的表現也不夠豐富，鄉村的歷史、宗教、傳統信仰等方面很少

〔註14〕 「文革」後人們對這一審美風格持普遍的拒絕姿態，一定程度上源於它在時代圍限下形成的單一和狹窄，導致人們產生本能的審美厭倦和反感。我們相信，在一定時間後，人們對這一風格會有重新的認識和評價。

〔註15〕 這方面，近年來已有許多學者進行了大量研究，較有影響的如陳思和《來自民間的土地之歌──評50年代農村題材的文學創作》，《福建論壇》1999年第3期；程光煒《論50～70年代文學中的農民形象》，《中國現代文學研究叢刊》2001年第4期。

被涉及，民俗生活的表現也相當單調和逼仄；人物的塑造上也因對個人心理和私人生活層面關注較少，影響了立體感和豐厚感，等等。但瑕不掩瑜，這一生態世界具有自己的獨特價值，它將在文學史上留下自己的足跡，也將為「十七年」農村題材小說贏得足夠的尊重和地位。

重與輕：歷史的兩面——論中國當代文學中的土改題材小說

　　發生於 20 世紀 40 年代後、50 年代初的土地改革運動〔註1〕是中國農村歷史上一件重大的事情，它不只是重新分配了與農民生活有著最根本聯繫的土地和財產，從而使許多人的社會地位和生活處境有了戲劇性的改變，同時也深刻地影響了整個農村的政治和文化進程，影響了幾代人的未來和精神成長。許多土改運動的親歷者和後來者，都以小說形式書寫了這段歷史。由於作家在年齡、身份和經歷上的差別，也因為不同創作時代的政治、文化背景的影響，作家的創作呈現出明確的代際性和階段性特點：運動親歷者們多嚴正地關注運動深刻的政治歷史意義，追求深沉和厚重的文本形式；而年輕作家的創作則表現出明顯的意義消解色彩，藝術上具有反諷和遊戲的特徵。重與輕，折射著作家對歷史的不同認識，也包孕著值得總結和思索的缺陷。

一、

　　討論當代文學中的土改運動，必須聯繫著剛剛過去的 40 年代解放區文學來進行。正如 40 年代後期的土改和建國後的土改是一個整體的政治運動，它們只有政策的階段性，而不能簡單地以建國時間去分開，以之為題材的同時期文學創作也具有著不可分割的整體關係。它們的創作隊伍都由曾經的「土改工作隊員」組成，創作內容、創作態度和創作思想都與現實的土改運動以

〔註1〕本文涉及的土改運動，僅指 40 年代後期至 1953 年間解放區和全國範圍內進行的大規模土地改革運動，不包括之前局部地區與階段性的土地改革措施。

及他們的個人經歷有非常密切的關係，他們以連續性的群體創作特點，完成著中國當代文學對土改運動的首度書寫。事實上，其中的部分作品，如孫犁的《秋穫》、《石猴》、馬烽的《村仇》等的創作時間就是介於建國前後，很難以截然的現當代界線來限定它們〔註2〕。

對於這一代作家來說，土改運動是他們真正深入地接觸到的現實政治，也給他們留下了深刻的感受和印象，正如王西彥所說：「在這場『天翻地覆』的鬥爭裏所湧現出來的一些人和事，卻一直深印在腦子裏，使你無法忘懷。……逼迫你不得不打主意要給他們『樹碑立傳』。」〔註3〕他們對土改運動表現出了相當濃鬱的創作欲望。在土改運動進行的當時，就產生了大量作品，如趙樹理的《邪不壓正》（1948），孫犁的《十年一別同口鎮》（1947）、《秋穫》（1950），丁玲的《太陽照在桑乾河上》（1948），周立波的《暴風驟雨》（1948），以及陳學昭的《土地》（1953）。此後，陳殘雲的《山村的早晨》（1954），孫犁的《鐵木前傳》（1957）也涉及這一題材，茹志鵑的《三走嚴莊》（1960），王西彥的《春回地暖》（1963），梁斌的《翻身紀事》（1978），陳殘雲的《山谷風煙》（1979），馬烽的《玉龍村紀事》（1998），更將他們的敘述從60年代一直延續到90年代。

上述作品的創作年代不盡一致，創作目的也有差別（如趙樹理的「問題小說」看到土改中的不足，周立波則熱切地關注土改中的英雄人物），藝術形式更有分歧（如丁玲的創作帶有很明確的史詩特徵，孫犁則主要擷取土改生活中的小片斷和小浪花），但是，作家們政治身份的同一性還是構成了對他們創作的主導，使他們作品的共性遠遠大於個性，群體色彩相當明確。

首先，作者都表現出非常嚴謹的創作態度。也許因為土改運動是建國前後非常嚴肅的政治運動，之後它又被納入到神聖的「革命歷史題材」陣營，被賦予了特別的政治身份，在創作此類題材作品時，作家都無一例外地表現出了相當謹慎認真的創作態度，自覺不自覺地將自己的創作與這場運動本身的政治性和莊嚴性聯繫起來。如周立波和丁玲都將自己的創作看作是延安整風運動後思想改造的產物，丁玲更明確將《太陽照在桑乾河上》的創作與對

〔註2〕 洪子誠先生對解放區文學和建國初文學的密切關係體會更深，他的《中國當代文學史》就是把解放區文學作為中國當代文學的起點。應該說，這一做法是有相當合理性的。

〔註3〕 王西彥：《關於〈春回地暖〉答讀者問》，《王西彥選集》第四卷，四川人民出版社1986年版。

毛澤東的感激之情聯繫起來〔註4〕即使在距土改運動將近半個世紀後的 90 年代，馬烽在創作《玉龍村紀事》中，也始終沒有忘記重申這場運動的莊嚴政治內涵〔註5〕。

其次，作家在創作中都寄寓著強烈的意義主題。不少作家在創作時，都將它與現實的土改運動結合起來，如趙樹理寫《邪不壓正》，就是因爲感到「土改中最不易防範的是流氓鑽空子，其次是幹部隊伍的成分不純和作風不正」〔註6〕，想寫出來引起人們關注；周立波也是「打算藉東北土地革命的生動豐富的材料，來表現我黨二十多年領導人民反帝反封建的艱辛雄偉的鬥爭，以及當代農民的苦樂和悲喜」〔註7〕，丁玲的創作則「有這樣一個明確的思想：如果很好的反映了農村的變化、農民的變化，那是很有意義的一件事情」〔註8〕。而更多的作家，則都將這一寫作與還原歷史的莊嚴面目，再現這一運動的輝煌和偉大作爲自己的創作目的。在這種情況下，這些作品幾乎都寓含著強烈的證明意圖，即從各個方面論證和闡述著土改運動的政治合理性和道德正義性，強調其歷史必然性。在一定意義上，這些創作承擔著歷史法官和辯護士的雙重角色，是政治歷史內涵的代言者。

藝術上，這些作品也具有強烈的共性。首先，作家們普遍採用再現現實的創作方法，呈現出明確的寫實色彩。可以說，幾乎每一篇作品，都可以在作家的土改經驗中尋找到相應的蹤跡。其次，作家都將創作建立在自己的政治感受上，他們的政治理念，決定了作品都具有明確的政治化視閾，採用政治化的敘述方式。甚至可以說，作家們展現的土改世界，基本上沒有脫離一名土改工作隊員的審視視野。在這一前提上，作家都有意識地將具體的土改活動和整個社會變化結合起來，注意把握運動背後的政治歷史脈動。許多作家更蘊涵著塑造一部土改運動文學史詩的創作意圖。

這些共同特點，使這一代作家筆下的土改運動呈現出明顯的意義特徵，它與歷史必然性，與階級正義，與社會公平等政治歷史層面，都有深刻的關

〔註4〕 丁玲：《〈太陽照在桑乾河上〉重印前言》，人民文學出版社 1955 年版，1979年印刷。

〔註5〕 參見馬烽：《玉龍村紀事》自序，載《馬烽文集》第三卷，大眾文藝出版社 2000年版。

〔註6〕 趙樹理：《關於〈邪不壓正〉》，《人民日報》1950 年 1 月 15 日。

〔註7〕 周立波：《〈暴風驟雨〉是怎樣寫的？》，載李華盛、胡光凡編《周立波研究資料》，湖南人民出版社 1983 年版，第 281 頁。

〔註8〕 丁玲：《生活、思想與人物》，《人民文學》1955 年第 3 期。

聯，並因此而體現出莊嚴和神聖的精神內涵。可以說，政治革命之凝重，人的政治性生存之重，與作家們厚重的藝術風格融爲一體，展現了土改運動的某種獨特面貌。

二、

土改運動親歷者們書寫土改運動，不只是書寫客觀的社會生活，同時也是書寫自己的一段經歷，是自我心靈記憶的一次自然舒展，但對於「文革」後才開始進行文學創作的年輕作家們來說，土改已經成爲了一種歷史，他們的書寫也成了對歷史的回望和追溯。

也許正因爲如此（當然也因爲當時的政治氛圍尚沒有完全放開對這一題材的限制），在 80 年代初的多個文學潮流中，除了個別親歷者外，幾乎沒有其它人涉足這一題材。一直到 80 年代中期，當西方新歷史主義開始進入中國大陸，傳統革命歷史的神聖光環被黯淡了，那些沒有土改經歷的作家〔註9〕才開始進入對這一歷史的書寫。以喬良的《靈旗》（1986）、張煒的《古船》（1986）爲起點，之後，尤鳳偉創作了《諾言》（1988）、《合歡》（1993）、《小燈》（2003），劉震雲創作了《故鄉天下黃花》（1991），還有蘇童的《楓楊樹故事》（1991），池莉的《預謀殺人》（1991），柳建偉的《蒼茫冬日》（1994）等。作品的數量雖然有限，但是，它們卻呈現出與親歷者一代創作截然不同的特徵——如果說親歷者作家追求的是歷史意義之重的話，那麼，他們進行的，則是對這些意義的解構和顛覆，是對歷史輕的一面的展現。

首先，是遊戲和調侃的歷史態度

與老作家將土改作爲他們心中的神聖事業、以虔誠的態度進行書寫不同，年輕作家多對土改運動採取遊戲和調侃的創作態度。他們袪除掉傳統意識形態所賦予它的政治內涵，把它還原爲個人欲望的背景地，以世俗人生、傳奇故事和戲謔話語，貫串起他們的歷史書寫。

如池莉的《預謀殺人》、柳建偉的《蒼茫冬日》和蘇童的《楓楊樹故事》等，就都完全從個人的世俗欲望角度切入歷史，以人的食和色的欲望，取代

〔註9〕 值得提出的是，雖然沒有參加過土改運動卻與之多少有著現實關係的「五七作家」一代，很少有人書寫這段歷史，這也許是因爲他們既缺乏切實的生活經驗，卻又難以擺脫與這段歷史的瓜葛，難以有明確的創作姿態。參見賀仲明《自我的書寫——「文革」後「五七作家」筆下的 50 年代》，《文藝爭鳴》2003 年第 4 期。

傳統敘事中的階級和正義內涵，作為歷史的本質和中心，從而將以往歷史敘述中的莊嚴和神聖還原為純粹個人欲望的宣泄，盡顯瑣屑和卑微的品性。三部作品的主人公王臘狗、富堂和陳茂和他們的地主主人之間的恩怨，與其說是因為階級矛盾，不如說是因為欲望的不能得到滿足。土改運動與其說是莊嚴的化身，不如說是醜陋欲望的演示場。

在這一前提下，這些作品的政治、歷史和社會內涵被強烈地淡化，它們更像單純的個人復仇故事。雖然作品也有自己的價值評判（它們往往與傳統的政治歷史評判基本相反），但這一評判卻並沒有寄寓深刻的政治歷史內涵，而多是建立在情感層面上。顯然，作者所追求的，不在探究土改運動本身的意義問題，而只追求故事的機巧、曲折和傳奇性。

遊戲態度集中地體現在修辭的反諷上。年輕作家幾乎所有的作品，敘述語言都帶有很強的反諷色彩，在敘述者聲音的背後，往往寓含著對敘述者的自嘲和戲謔，從而對所敘述的歷史本身構成消解。最具代表性的是劉震雲的《故鄉天下黃花》。作者貌似在表述神聖，實際上卻暗含著嘲諷，濃鬱的戲擬和反諷中，傳達的是玩笑般的遊戲態度。這是作品中對土改工作隊員與農民對話的敘述：「共產黨好不好？」「好！」「共產黨怎麼好？」「過去光雞巴要飯，現在共產黨來了，給咱分東西！」對地主的罪惡則是這樣的調侃語調：「是地主都有罪惡，別看他們二十多歲，每個人十六就娶了老婆！從小就知道把窮人的孩子按在地上當馬騎！」

其次，是對傳統歷史意識有意的解構

遊戲和調侃其實就是一種解構。像上述作品將歷史個人化、欲望化，本身就寓含著對正統歷史觀念的強烈消解和否定，在充滿嘲弄和自嘲的笑聲中，在個人欲望的宣泄和故事的蕪雜中，歷史的莊嚴和神聖完全瓦解，傳統正義和道德內涵也失去蹤影。

與此同時，另一些作家則尋找歷史光環背後的陰暗面，以批評的態度進行審視和反思。這一代作家的先鋒之作——喬良的《靈旗》，率先對土改運動的神聖和正義性表示懷疑與追問。作品通過一個破落鄉村流民命運奇跡般的改變來展示土改運動：「十五年後鬧土改，他的成分定得最叫人羨慕：雇農。穿制服的人誇獎他，說他有覺悟。還沒解放，就敢於用各種巧妙的方法跟有錢人鬥。於是在鬥爭會上他鬥得更狠。特別是對那些靠他家發了財的遠親近鄰，他一個都不手軟。全鬥得他們一個二個在地上爬不起來。他入了黨。當

了貧協主席。……」否定性的價值評判不言自明。作品結尾處，作者更表達了對包括土改運動在內的整個中國現代歷史強烈的意義質疑：「青果老爹理不清這滄桑人事中的善惡忠邪，是非曲直，前因後果。他有時相信這一切都是命，有時又懷疑：一些人把那麼多腦殼造出來，就是為了有一天讓另一些人去砍？」

與之相似，劉震雲的《故鄉天下黃花》展示土改運動對普通農民構成的傷害。在敘述者的眼裏，土改運動，和近一個世紀其它的鄉村政治歷史一樣，都是權力的爭奪和泛濫，它帶給普通老百姓的，只有永遠的災難和痛苦。獨特的視角，解構了傳統歷史對土改運動的闡釋和肯定。

張煒的《古船》和尤鳳偉的《諾言》、《小燈》等作品，則展示了土改運動對人性的扭曲和傷害。《古船》以受害者的視角，展現了那些在運動中尚處於童年或少年時期的無辜者所受到的心靈和肉體傷害。其中，既有隋含章身體的備受淩辱，也有隋抱樸的心靈痛苦，還有隋見素的性格扭曲。作品最大的特點是，它雖然以在土改運動中受到打擊的隋家後人角度敘述，但正如主人公隋抱樸的感慨：「我不是恨著哪一個人，我是恨著整個的苦難、殘忍。」它沒有停留在對土改運動的簡單否定上，而是在探究人性的基礎上尋求著理解和寬容。這種反思又是對以往單純政治角度的超越。尤鳳偉具有更濃的理想主義色彩。他所進行的，是對土改運動人性角度的否定和再度闡釋。《諾言》明確表現了這一意圖，作品中，地主女兒李朵的善良純樸與土改運動的殘酷形成鮮明的對比，傳達了對非人性行為的譴責，也對善良人性進行呼喚。《小燈》更是如此，原為土改積極分子的農民胡順，在「燈」——其人性善的象徵意味很明顯——的感召下，善良人性逐步覺醒，終於冒著危險放走了面臨殘殺的地主們。他的肉體雖然犧牲，靈魂卻得到新生。兩篇作品雖然都略顯粗糙，但它們以人道主義的立場和人性的視角，對土改運動重新認識。

第三，是形式上的輕靈與活潑

年輕作家藝術表現上最顯著的特徵是強烈的虛擬色彩。雖然他們依然大多採用傳統的寫實手法，但基本上都沒有結合當時的具體史實去再現這段歷史，更看不到對歷史全貌和真實場景的細緻書寫。他們幾乎都是採用一種興之所至的虛構，或者僅僅以之為故事的背景，只作簡單的勾勒。作家的意圖所要實現的，只是對它進行一種個人化的闡釋，所展現出來的，也只是一些漂流的故事碎片和痕跡而已。

正如蘇童所說：「虛構在成為寫作技術的同時又成為血液，它為個人有限的思想提供了新的增長點，它為個人有限的視野和目光提供了更廣闊的空間，它使文字涉及的歷史同時也成為個人心靈的歷史。」〔註10〕虛構使他們的創作中充滿了個人化的大膽想像和誇張。像《故鄉天下黃花》就充滿著民間的誇張和喜劇色彩，《楓楊樹故事》也彌漫著作者強烈的主觀情緒，至於《諾言》和《小燈》，更體現出不拘泥於現實的浪漫主義特徵。此外，在創作體裁上，年輕作家也普遍採用靈活輕鬆的短篇小說形式，在吉光片羽的故事中，零星、片段地傳達自己強烈個人性的歷史態度。即使是有限的兩部長篇小說劉震雲的《故鄉天下黃花》和蘇童的《楓楊樹故事》，也都不是專門反映這一歷史的，土改運動只是它們所展現的漫長歷史長河中的一個片段。顯然，作家根本沒有完整地再現歷史、解釋歷史的打算，更沒有老作家們的史詩性藝術追求。

三、

兩個時期，兩代作家，在半個多世紀的歷程中，使中國當代小說對土改運動的書寫經歷了從重到輕，從建構到解構的複雜過程。

對於這兩種迥然不同的創作方向和創作特點，簡單的臧否顯然是幼稚的，因為一方面，文學本身就應該呈現豐富多彩的局面，對歷史輕和重的單面切入，是對於歷史不同側面的審視，都可能獲得自己獨特的意義；另一方面，這兩種不同的歷史關注，並非是天然的對立，而是完全可以互相補充、互相協調，是完成對歷史全方位塑造的不同側面。在當代文學中，孫犁的《秋耀》、《鐵木前傳》，張煒的《古船》等作品，就兼備了重與輕的特點，並取得了相當的成就。

然而，就總體而言，兩代作家書寫中的缺陷還是更為突出。雖然他們在對歷史重和輕的關注上做出了種種努力，但都沒有達到各自的深遠和完備處，而且，它們在相對點上所呈現的，不是互補，而是較為明顯的忽略和缺失。

我們首先來看親歷者作家的創作。老作家關注歷史重的一面無疑是有意義的。因為土改運動本身就意義深重，過程複雜，其真實面、複雜面和意義面，都需要作家們去表現和思考。老作家致力於再現歷史、探詢歷史意義的工作，是對歷史責任的一種承擔。

〔註10〕蘇童：《虛構的熱情》，《紙上的美女》，人民日報出版社 1998 年版，第 161 頁。

　　老作家們的藝術表現與之具有明確的一致性。依靠著親歷的生活和切身的感受，以及客觀再現的藝術方式，他們描畫了生動真切的生活狀貌，奉獻出不同地域的生活細節美，並在一定程度上反映了現實農民的生存境遇，表達了他們生活的痛苦、翻身的願望，再現了土改對他們生活和心靈的影響。至於許多作家追求的氣勢宏大的史詩式格局，在時間和空間的跨度上與土改運動本身的浩大和深遠有內在的契合，呈現出內容和形式相和諧的審美效果。像《秋轆》、《太陽照在桑乾河上》等細膩的心理、環境描寫，像《暴風驟雨》、《春回地暖》等對地方語言、地方風俗的生動再現，以及後三部長篇小說的史詩藝術特徵，都取得了相當突出的成就。然而，他們的缺陷同樣很明顯。最根本的，是歷史觀念的狹隘和單一。作家服務性的歷史觀念，使他們僅僅從政治角度（而且是單純的勝利者角度）切入歷史，只表現政治勝利和階級鬥爭的一面，卻遺漏了更廣泛的人性內涵和個人視閾，從而形成了許多思維的誤區，如對人性關懷的匱乏，等等。這樣的歷史觀念是不可能真正深入地表現出歷史之重的，甚至可以說，他們在展現了部分歷史意義和深重的同時，卻遮蔽與掩蓋了更多的歷史意義和真實。在他們努力將歷史納入必然性規律的目的當中，在他們對土改運動正義性的竭力證明和歌頌當中，許多歷史的真相和某些本質被遠遠地隔離在政治的大幕之後，從而失去了歷史的真實性和意義的客觀性。

　　他們的藝術表現同樣受視閾的局限。首先，單一的現實政治視角，缺乏對廣泛生活和人物命運的關注，不可能反映出土改運動的複雜面和深刻面，所塑造的農民形象也只被賦予承擔革命與被革命的單純政治功能，很少具有自主性格特徵；其次，囿於現實問題和政治服務立場，作家們基本上沒有表現出超越現實之上的純理性思考，像人性、客觀歷史本質等問題就基本上被排除在這些作品之外。而這又影響了作家們形成豐富多樣的創作風格，表現出單調和個性匱乏的缺陷。

　　年輕作家對老作家的缺陷進行了有力的反撥。首先，他們從人性角度觀照和闡釋歷史，關注個人的生存和命運，不只是補充了歷史畫面，更修正了某些歷史闡釋。而且，人性的視角更切近文學的獨特本質，所對人性弱點、同情心和悲憫主題的思考，將深化我們對歷史本身和民族精神等方面的探索，也能提升我們的文學品質。其次，他們對歷史某些本質的解構，以及以虛構、趣味、反諷和遊戲對「歷史之輕」一面的展示，使我們看到了以往被

神聖莊嚴所包裹著的歷史的另一面，也可以說被遮蔽的一面，還原了某些歷史現象。像劉震雲從庶民立場看歷史，就是對以往單一政治視角的有意義補充，使我們認識到了歷史背面的某些特徵。正是在此基礎上，作家展示了較複雜的人物心理與人物性格。像《古船》等作品對受鎮壓和歧視的地主子女心理世界的描寫，就相當細膩深入。《小燈》中的農民胡順，也有較強的主體自覺性，超越了以前的同類形象。

但是年輕作家也沒有擺脫自己的局限。最主要的，是他們在對歷史的深入上有明顯的缺陷。歷史之輕，並不僅僅就是解構和嘲諷，不需要任何意義，而是需要更深遠、更具超越性的思考。年輕作家對傳統歷史觀念進行了解構，卻缺乏必要的新的建構，一些作家將歷史的意義停留在傳奇故事和一味嘲諷的層面上，事實上是將歷史之輕等同於完全的虛無。這是對於歷史責任的逃避，也與歷史本身的沉重形成明顯的分離。

這一缺失，嚴重地限制了作家思想的拓展，也影響他們對歷史表現的全面和深刻。甚至可以說，他們在消解以往歷史某些霧障的同時，又形成了新的遮蔽和曲解〔註 11〕。例如他們對土改運動進行的完全負面描寫，就多少顯得簡單化和情緒化，也遮蔽了運動本身的政治歷史內涵。正因為這樣，他們雖然關注了歷史中的人性，但並未寫出真正的人性悲劇，沒有展現深重的歷史苦難和人物的命運遭際，也沒有揭示出歷史的深層真相，辨別出歷史的意義潛流。

藝術上也是一樣，許多年輕作家忘了（也許是無力去表達）生活本身的沉重和複雜，藝術表現上存在著過於輕鬆、過於簡單的缺點。生硬的生活細節和簡單的現實情境，使他們的故事幾乎找不到任何歷史感和地域感。於是，在很多時候，他們不得不借助一些象徵手法，穿插一些奇幻的故事，其結果是既顯得生硬，又缺乏生活實感。因此，他們的創作普遍缺乏鮮明的個性，許多作品背景單一，故事情節也存在著雷同的跡象。像《預謀殺人》、《楓楊樹故事》和《蒼茫冬日》等作品，就都出現了同樣的「仇恨」——「出走」——「回歸」——「復仇」故事模式，明顯缺乏創新精神。此外，他們零散的故事片段，以及純粹的嘲笑和反諷，與土改運動的複雜性和全面性也形成

〔註 11〕 在這裡，我們有必要提一下張愛玲 50 年代的創作《秧歌》和《赤地之戀》。當前年輕作家對土改運動進行的解構和顛覆與這兩部作品有所類似，意義也相近似，但同樣，他們也沒有完全擺脫這兩部作品因政治偏見和情緒化而帶來的局限。

著明顯的距離。在沉重的歷史面前，虛構的、飄逸的故事顯得過於輕浮。輕和重的分離，或者說是重的偏執和狹隘，輕的失重與浮躁，導致了中國當代文學土改題材小説創作上的嚴重缺失。可以説，迄今爲止，中國當代文學中還缺乏眞正優秀的作品，將歷史的眞實和深邃，尤其是這一歷史巨變所帶來的人物命運和社會文化的深層變遷，細緻客觀地在文學中反映出來。文學的不足和歷史的壯闊形成了鮮明的對比，也構成了中國當代文學的一大悲哀。

四、

兩代作家之形成如此劇烈的差距，又呈現出各自突出的缺陷，與作家的生活經歷和文化影響密切相關，也與他們創作時代的政治、文化背景有直接的聯繫。

老一代作家受延安整風運動的影響，在毛澤東《講話》精神的指導下，書寫像土改運動這樣重大的政治事件時，自然不可能悖逆時代對文學的要求，不可能背離他們的政治身份和文學教育。在這樣的語境下，我們就不難理解周立波何以會自覺迴避土改運動中的問題，並且理直氣壯：「因爲革命的現實主義的反映現實，不是自然主義式的單純對於事實的模寫。革命的現實主義的寫作，應該是作者站在無產階級立場上站在黨性和階級性的觀點上所看到的一切眞實之上的現實的再現。在這再現的過程裏，對於現實中發生的一切，容許選擇，而且必須集中，還要典型化，一般地説，典型化的程度越高，藝術的價值就越大。」〔註12〕我們也不難理解，爲什麼這一代作家儘管有最直接的生活感受，卻沒有表現出同樣豐富的生活。

這一代人的文學書寫，折射的是時代的文學潮流。對於年輕作家來説，最直接的影響是生活經驗的缺乏。儘管他們中間可能有人也對它懷有朦朧的兒時記憶，甚至可能有人曾蒙受過歷史所帶來的痛苦和屈辱，但畢竟，這是他們未曾親歷過的歷史事件，他們的書寫，需要付出彌補這一先天性匱乏的巨大努力。他們需要將土改運動化成自己的個人體驗，從具體眞切的個人感受中去描述這一生活。然而，作家在這方面的努力明顯不夠。

其次，他們的生活時代也影響著他們對歷史的認識和表現。如果説老作家在土改運動中感受到的更多是神聖和莊嚴，那麼，年輕作家在成長時期所

〔註12〕周立波：《現在想到的幾點──〈暴風驟雨〉下卷的創作情形》，載李華盛、胡光凡編《周立波研究資料》，湖南人民出版社1983年版，第287頁。

經歷的「文革」歲月中，見識的更多是歷史的虛僞和權力的壓制。當「文革」充分暴露了它的荒謬性，當他們從噩夢中醒來從事文學時，自然喪失了對歷史的尊重和景仰，也自然地將文學和政治、歷史相隔開。他們嘲弄歷史，一定程度上是因爲歷史曾經嘲弄了他們。

作家創作時代的影響是另一個方面的原因。老作家的主要創作歲月是五六十年代，由於土改運動與現實政治的密切關係，政治自然會對這一題材的創作發生影響。首先是政治性文學批評的壓力。40 年代後期，丁玲的《太陽照在桑乾河上》和趙樹理的《邪不壓正》、孫犁的《十年一別同口鎮》等作品，都被指責違背了土改政策，受到嚴厲的政治批評〔註13〕。50 年代，秦兆陽的《改造》（1950），也因爲同樣的原因受到「讀者來信」的嚴厲批評，秦兆陽不得不在《人民文學》上公開檢討。其次，是政治環境的影響。建國之初，知識分子正普遍經受思想改造，而且，由於在中國的國情下，許多作家都來自於農村中比較富裕的家庭，土改運動直接波及他們在故鄉的親人。許多作家身陷政治身份的尷尬中，自然也影響到他們對這一題材的創作〔註14〕。

正是在這些影響下，五六十年代的土改題材小說與 40 年代相比，首先，創作數量出現了嚴重的下滑。除了馬烽、秦兆陽等個別作家外，很少有影響的作家進行創作。茅盾、廢名、何其芳、沙汀、駱賓基等作家，都曾經有過創作土改題材小說的表示，但最後都無一例外地放棄了。當時最有影響的文學刊物《人民文學》，發表的土改題材作品也寥寥可數。藝術上，再也沒有出現象《太陽照在桑乾河上》和《暴風驟雨》這樣的鴻篇巨著〔註15〕，只有到 60 年代才出現《春回地暖》這樣有史詩規模的作品。思想上，除了孫犁的部分作品，基本上沒有敢於揭示土改運動負面因素的創作。以至於批評家陳湧在當時就曾批評過這一創作，認爲「新中國有關土地改革的文藝作品很少表現到我們運動中的錯誤和偏向」〔註16〕。

〔註13〕參見錢理群：《1948：天地玄黃》，山東教育出版社 1998 年版，第 239 頁。

〔註14〕如孫犁、陳學昭等人就都曾受到土改運動對自己或自己家庭的直接衝擊。參見郭志剛《孫犁評傳》第八章，重慶出版社 1995 年版；陳學昭《天涯歸客》，浙江人民出版社 1980 年版，第 276～283 頁。

〔註15〕丁玲原計劃寫作的系列土改小說也只完成了《太陽照在桑乾河上》，後面再無續作。

〔註16〕陳湧：《丁玲的〈太陽照在桑乾河上〉》，《人民文學》1950 年第 5 期。

而且，這種影響還一直延續到以後，對他們後來的創作產生制約。像王西彥在 60 年代創作《春回地暖》，還強烈地感受到時代政治環境的影響，並為此而不得不修改自己的創作計劃：「為了避免人們的責難，只好再加寫一個充滿歡樂氣氛的『尾聲』，也暴露出我在寫作中的彷徨心情。」〔註17〕

時代政治環境當然也對年輕作家產生影響，但他們受到的更直接影響是以下兩個方面，一是西方現代文學觀念和新歷史主義思潮的影響。80 年代後期以來，各種西方現代和後現代主義文學思潮極大地影響著中國文學，它們對文學和現實關係的消解，將文學視為完全的語言虛構和文字遊戲，直接影響了「先鋒文學」的誕生，也促成了「新歷史小說」創作的虛構和解構風。西方新歷史主義思想在 80 年代末登陸中國大陸，克羅齊的「一切歷史都是當代史」和海登・懷特關於新歷史主義的研究等思想〔註18〕，對歷史真實和神聖性進行徹底質疑，更直接影響到年輕作家對土改運動的書寫態度。像蘇童等人將歷史完全的虛構化和遊戲化，以及劉震雲等的歷史題材小說，都與這些思潮都有著精神上的密切聯繫。

其次，80 年代末以來中國社會環境的變異也影響著作家創作。80 年代末以來，隨著市場經濟的興起，中國的社會文化有了很大的變化，尤其是注重個人生存和物質欲望的大眾文化在社會中佔據重要位置，傳統所需求文學的歷史深度意識和主題意識逐漸退出人們的視野，文學創作的市場化，影響著文學和文化的發展。消解深度和將生活瑣屑化的王朔小說和「新寫實小說」就是在這一情境下崛起。書寫土改運動的年輕作家，自然不可能避免時代的風潮。像池莉就曾明確地談到過讀者市場對她創作《預謀殺人》的影響，她之所以將創作目標偏重於「寫出一個全新的復仇故事」的層面上，之所以追求遊戲和虛構的歷史書寫，就是因為考慮到市場的需要〔註19〕。在這個意義上，可以說是大眾文化在參與著對歷史莊嚴和神聖的消解。

對於不同歷史情境下生活和創作的前人進行苛責，是沒有意義的。但一個客觀的事實是，土改運動正距離我們越來越遙遠，我們的記憶也越來越淡漠。作為與這一歷史共生於同一個世紀的一代人，我們不應該辜負這段歷史，

〔註17〕 王西彥：《關於〈春回地暖〉答讀者問》，《王西彥選集》第四卷，四川人民出版社 1986 年版，第 919 頁。

〔註18〕 參見（美）海登・懷特《後現代歷史敘事學》第 11、12 章，陳永國、張萬娟譯，中國社會科學出版社 2003 年版。

〔註19〕 池莉：《「預謀殺人」寫作前後》，《中篇小說選刊》1992 年第 4 期。

不應該讓它始終以模糊的面貌出現在文學中，成為當代文學一個永遠的遺憾。事實上，土改運動並不是一段已經完全湮沒的無意義歷史，相反，無論是從文學角度，還是從現實角度，它都值得我們充分的挖掘和思考。

首先，土改運動是20世紀中國鄉村最複雜和深刻的社會變動，文學的任務不是對它進行簡單的價值評判，真實地再現這段歷史，將其隱藏在歷史表象後的深層現實揭露出來，是文學無可逃避的天然使命。正如有學者所說：「從解放戰爭以來逐漸磅礴於全中國的土地改革運動，徹底地將中國農村社會翻了過來，不僅顛覆了傳統的農村權力結構，而且顛覆了農村的傳統，古老的鄉土文化從形式到內容都發生了根本的變化，不僅意識形態觀念被顛覆，鄉村禮儀被唾棄，連處世規則也發生了空前性的更替……」〔註20〕規模宏闊的土改運動，從鄉村的現實格局和政治文化進程，到個人的命運遭際，以及對人心靈世界的影響，構成了深刻而巨大的衝擊，這其中值得我們關注之處是非常之多的。像孫犁的《鐵木前傳》、《秋耬》對土改運動於人心靈變化的觀察，像張煒的《古船》對苦難於人物性格扭曲的揭示，都顯示出了很強的藝術感染力。但它更多的區域尚處於文學的沉睡狀態，期待著作家將它喚醒。

其次，土改運動還具有著相當深遠的現實意義。雖然土改運動距離當前已經有半個多世紀了，鄉村的政治制度和經濟環境都有了相當大的變化，但正如尤鳳偉所說的：「『歷史是一面鏡子』。有了這面鏡子的映照，我們才知道人類是怎樣一步一步走到今天的，從歷史的真相中領悟人生的真諦。」〔註21〕土改運動的許多枝枝蔓蔓，還在密切地聯繫和影響著今天的中國現實。只有透過歷史來觀照現實，我們才可能超越現實的遮蔽，認識到在現實背後蘊涵著的裂變中的困惑和矛盾，以及所潛藏著的機遇與挑戰。

土改題材小說只是一個縮影，事實上，像土改運動一樣，中國近現代的許多歷史事件，如抗日戰爭、辛亥革命，等等，都還需要不斷拂去歷史的塵埃，在文學中得到更為清晰完整的表現。我希望土改題材小說半個多世紀創作的經驗和教訓，能夠被更多的作家所汲取，也期待著中國近現代歷史題材的小說創作能夠得到真正的發展。

〔註20〕 張鳴：《鄉村社會權力和文化結構的變遷（1903～1953）》，廣西人民出版社2001年版，第254頁。

〔註21〕 尤鳳偉：《我心目中的小說》，載林建法、徐連源主編《中國當代作家面面觀》，春風文藝出版社2003年版，第47頁。

眞實的尺度——重評50年代農業合作化題材小說

1952 至 1955 年間中國農村社會進行了「農業合作化運動」，時間雖然不長，影響卻很深遠。在合作化運動進行的當時及稍後，產生了許多以之爲題材並以肯定爲基調的小說創作，如《三里灣》、《山鄉巨變》、《創業史》、《不能走那條路》、《風雪之夜》等。這些作品的價值，尤其是它們的眞實性問題，引起過人們很多爭議。最近 20 年中最集中的——次是在 80 年代初，劉思謙等人在辨明文學眞實和歷史眞實差異的前提上，批評了以政治評判代替文學評價的評論方式，對這一問題作了相當深入的探討〔註1〕。但是，現在來看，這場討論還有許多問題沒有很好地解決，對這些作品簡單化的評論還一直存在。重新審視 20 世紀文學，對這些小說、尤其是對它們的眞實性問題展開進一步的討論，是非常有必要的。

一、

「細節眞實」是批評者否定合作化題材小說眞實性的地方之一，受到針砭的主要是這些作品對合作化運動中農民熱情的描寫。批評者從現實向歷史進行逆向推理，認爲：80 年代後的現實已經充分證明合作化運動的最終後果——人民公社制度是中國鄉村社會的一大災難，並且，廣大農民在 80 年代現實中對與合作化的集體化方向相反的承包責任製表現出了極大的熱情，也取

〔註 1〕 參見劉思謙《對建國以來農村題材小說的再認識》，《文學評論》1983 年第 2 期；《中國當代文學年會 1981 年廬山年會討論綜述》，《文學評論》1981 年第 5 期。

得了真正的利益，因此，農民們在合作化運動中是不可能擁有真正的喜悅和熱情的。這樣，也就能證明幾乎無一例外都展示了農民們在合作化運動的積極熱情的 50 年代合作化題材小說的非真實性。

批評者的現實前提無疑是正確的，而且，由於 50 年代的特殊政治環境，當時的各種現實記錄並不具備很強的可信度，在我們的資料庫中，也缺乏後來對合作化運動當事人進行的實地調查，不具備充分的證據來對當時現實進行真實的再現。批評者以推理進行論證的方式也無可置疑。

然而，更有說服力的還是事實。我們雖然不能還原歷史，但還是有許多可以作為引證的 50 年代事實，以及更具實證意義的邏輯依據，它們比忽視歷史具體情境的純粹的邏輯推理具有更切實的說服力，得出的結論也與這種推理不相一致。

我們首先來看作家們描繪的合作化運動熱情的主體──農民的情況。即使在今天，我們任何一個人也無法否認 50 年代初中國農民對共產黨無比的熱情和信任度。經歷了土地改革運動之後的絕大多數中國農民，突然之間成為了土地的主人，正如這份喜悅是難以相信的巨大一樣，他們對於給予這份機遇的共產黨政府的感謝同樣深厚。儘管我們可以說農民們的這種思想不夠現代，但卻無法否認這種感情的真實性和普遍性。受這種心態的制約，農民們（至少是絕大多數人）對政府所宣揚的合作化運動是不可能產生真正理性的抗拒的，他們也很容易相信各種報紙和官員口中描繪的合作化運動的各種光明前景。所以，我們儘管可以對當時報刊對農民熱情的各種歡騰記載表示一定的疑問，但卻不能從根本上否定農民熱情存在的真實性。

另一方面，從現實來說，我們也不能完全否定合作化運動對於當時農民利益的積極意義。儘管人民公社被證明是中國農民的一場災難，但對合作化運動卻應該做更具體的分析。根據社會學家們考證，農業合作化運動應該分為不同的時期來評價。1955 年之前進行的「互助組」和「初級社」工作，基本上是符合農民利益和現實需要的。它很好地緩解了土地改革後農村中出現的因規模狹小和貧富懸殊而導致的生產力低下、社會矛盾加劇等問題〔註2〕，是適合當時農村的發展和農民的認識水平的政策措施，其結果也是明顯促進了農業生產力的增長。只是到 1955 年以後，急躁冒進、盲目集體化的傾向才

〔註 2〕郭曉鳴等：《農民與土地》，貴州人民出版社 1994 年版，第 50～53 頁。另參見高化民《農業合作化運動始末》，中國青年出版社 1999 年版。

開始出現，並最終導致了這一政策走上了自我毀滅。由此，我們也可以相信，至少在合作化運動的前期，至少有相當一部分農民（尤其是貧苦農民）是從合作化運動中得到好處，並且是眞誠地歡迎合作化運動的。

從這兩個方面的分析來看，50 年代的農業合作化運動不是天生的怪物，作爲這一運動的主體農民也不是能未卜先知的聖人，農民們對這一運動表示出一定的熱情不但可能，而且應該是完全的現實。由此，我們也就可以得出結論，合作化題材小說中對農民們熱情的描寫並不完全是空穴來風，而是至少具備了一定的眞實性。

解決了細節眞實的基本前提，我們再來看具體描寫上的細節眞實。首先應該承認，50 年代合作化題材小說在藝術表現上具有明顯的高下之別，有些作品甚至存在著藝術描寫虛假甚至粉飾現實的根本缺陷，但我們認爲，其中的大部分作品的生活細節描寫是眞實的，它們體現了作家們的深厚生活功底和細緻的寫實藝術。尤其是像周立波的《蓋滿爹》、《山鄉巨變》，趙樹理《三里灣》，柳青《創業史》等作品，無論是對鄉村生活的具體描摹，還是對鄉村人物的細緻刻畫，對人物口語的眞切再現，以及在展現鄉村社會的濃鬱地域特色和生活氣息上，都具備了很高的細節眞實性〔註3〕。

儘管囿於當時政治形勢的限制，這些作品未能對生活中存在的陰暗面進行深入的揭示，但一些作品還是通過具體生活眞實的描寫，突破了作家的主觀創作意圖，具備了更深刻的眞實意義——這就是在 20 世紀 80 年代後一些學者在對《「鍛鍊鍛鍊」》等作品評論時提出的「隱含主題」問題〔註4〕。實際上，這種情況在 50 年代合作化題材作品中不只是個別的存在，而是有相當普遍的表現。代表作如周立波的《臘妹子》，西戎的《宋老大進城》，馬烽的《三年早知道》。《臘妹子》描寫了一個十三四歲的小女孩帶領一批孩子開展打麻雀運動的過程，作家主觀表現的是對這種行爲的歌頌，但客觀上，我們看到的卻是一顆少女的心靈如何被時代政治所影響、操縱和異化的過程，使我們

〔註3〕 可參閱董之林《追憶激情歲月——五十年代小說藝術類型論》（河南人民出版社 2001 年版），丁帆、王世誠《人與自我的失落》（河南人民出版社 2000 年版）、洪子誠《當代中國文學的藝術問題》（北京大學出版社 1986 年版）。前書對 50 年代作品的藝術特點作了專門論述，後兩書的有關章節也涉及到這一問題。

〔註4〕 參閱〔美〕馬若芬《意在故事構成之中，趙樹理的明描隱示》，載《趙樹理研究文集》下卷，中國文聯出版公司 1997 年版；陳思和《民間的浮沉》，《上海文學》1994 年第 1 期。

自然而然地想到幾年後「文革」狂熱的紅衛兵革命情景，聯想到二者形成原因的一致性。《宋老大進城》意圖借主人公宋老大之口來歌頌和宣傳現實，達到的結果卻具有很強的反諷性，慣於誇耀的宋老大如同一個當代的「華威先生」，接受的是歷史和現實的嘲諷。《三年早知道》寫一個「落後分子」的改變過程，實際折射出來的卻是專制權力對於個性的壓制，是運動當中各種形式主義的泛濫。

二、

　　評價 50 年代農業合作化題材小說真實性的最關鍵、也是引起爭議最多的所在，是在本質真實方面。批評者所持的同樣是逆向推斷的方法：20 世紀 80 年代後鄉村社會的發展，證明了 50 年代的農業合作化運動違背了中國農村社會的現實經濟環境，這一政策從本質上是失誤的，因此，這些歌頌合作化運動的作品，也就違背了生活的本質，違背了文學的本質真實。

　　在對這個問題進行論辯之前，我們有必要先對文學的「本質真實」概念作一些明確。因為被作為現實主義關鍵概念之一的文學「本質真實」，在 20 世紀末受到了人們的極大挑戰，很多人甚至對它的存在與否都表示了明確的質疑〔註5〕。

　　我們的觀點是，首先，文學的本質真實應該是存在的，而且它還是優秀文學作品的一個必備特點。因為一方面，嚴格說來，如同完全客觀的真實無法達到一樣，完全無關本質的真實也是不可能存在的，任何文學作品的描寫都會帶有作家一定的主觀性，也會自然而然地，或正確或錯誤，或深層或淺層地反映部分生活的本質。這是任何一個作家都無法迴避的。另一方面，真正優秀的文學作品絕對不同於客觀實錄，除了事實本身的展示，它必須是滲透了作家深刻的思想的，包含著作家對生命、對人性、對生活事實的深層思考——這一思考就凝結著對於本質真實的深層認識。所以，評價一部文學作品的真實性，不能只看它與外在現實表象是否完全一致，更應該看作家對於深層生活的滲透力、思考力和洞察力，看他透過生活表層（因為這種表層完全有可能是虛假的）、揭示生活本質的能力——只有作者的這一思想滲透力是

〔註 5〕如余華《虛偽的作品》（《上海文論》1989 年第 5 期），馬原《小說》（《文學自由談》1993 年第 1 期），以及當前許多青年作家的言論，都明確表現出對傳統真實觀念的拒絕。

強大而深刻的，揭示出了生活背後潛藏的、為一般人所忽略或難以理解的深層潛流的時候，它才具有真正的思想震撼力，才具備高度的真實性，達到優秀文學的高度。

但是，文學本質真實的內涵並不是以前人們所限定的「典型化」和「揭示歷史發展規律」。這種限定實質上是將文學等同於政治學、哲學和社會學，是對文學特徵的根本忽視。文學區別於其它人文社會科學的最大特點就在於它不是以總結和探索規律為根本，而是以情感人，以人性的書寫和再現為基本目的。所以，文學本質真實的最基本內涵，應該是在於它揭示出了生活表層背後的複雜和深邃，而不是在於它是否合乎某種歷史規律。那些與「歷史發展規律」相悖逆的作品，只要具備了對生活和人性複雜深入的表現，完全也可能獲得它獨特的本質真實。在文學史上，許多從歷史本質上來說是「倒退」的，「在沒落的時代裏、在沒落的階級內部產生、可能帶著這種沒落的印記和局限，卻仍不失為一部道地和偉大的作品」〔註6〕。像中國五代時期的李煜，像俄國的托爾斯泰，儘管他們的思想或被認為是沒落、頹廢和保守的，但因為他們都表現出了自我世界和現實世界的真實內核，達到了高度的文學本質真實。

具體到 50 年代合作化題材作品，其本質真實的含義不是對這一運動作出贊同或反對的意見，不在於它所反映的生活是否符合社會歷史大的發展方向，是否符合「社會主義初級階段的特殊性」。它的內涵應該是揭示出這一運動本身對於農村社會、對於農民心靈世界的影響，寫出合作化運動前後的農村現實狀貌，寫出農民們在這場運動中的複雜心態和內心衝突，他們的願望與恐懼，期待與後怕，以及由此而折射出當時上層政治和社會全局的複雜面貌與矛盾。在這個意義上，那些即使是思想完全正確、具有歷史的先見之明，能夠預示出合作化運動的弊端和發展趨向的文學作品，如果它不是以文學的形象和生活畫面來進行反映，沒有揭示出生活的複雜性的話，那麼它也只是——篇好的政治歷史講稿，絕對不是一部好的文學作品。相反，如果能夠揭示出運動本身的複雜和真實狀貌，即使作者所表現的立場和視野有一定缺陷，它的文學真實意義也應該存在。

在這個角度上說，50 年代農業合作化題材小說雖然從整體上並未能深切

〔註6〕　〔法〕羅傑·加洛蒂：《論無邊的現實主義》「譯者前言」，百花文藝出版社 1998
　　　　年版，第 3 頁。

地反映出合作化運動的全貌，部分作品還存在有簡單化、以二元對立代替生活的豐富和複雜的缺陷，但是，它們還是在一定程度上揭示出了這一運動對於農村社會所形成的巨大衝擊力，反映了部分農民在運動中的真實願望以及心中的矛盾困惑，展示出了一定的本質真實特點。

周立波的《山鄉巨變》（正篇）具有最傑出的代表意義，或者說，它是50年代合作化題材小說中本質真實揭示得最充分的一部。與一般人對它所進行的簡單否定不一致，這部作品遠不是對政治理念進行簡單的圖解，而是建立在生活本身基礎之上，對農業合作化運動對鄉村社會、特別是鄉村倫理所產生的巨大影響作了細緻的表現，尤其是在表現農民們在合作化過程中的複雜、猶豫和矛盾心態上，可以說是非常細膩深刻，揭示出了中國農民身上寓含的真實歷史和文化精神，體現了相當深厚的現實主義功力。與此同時，作品的人物塑造也不是簡單的政治二元對立，而是牢固地和鄉村泥土融爲一體，表現出了強烈的生活特徵。作品中作爲黨的代表者的鄧秀梅和李月輝，就不具備任何完美的「英雄」氣質，而完全是有缺點也有血肉的普通人形象。鄧秀梅的猶豫和樸實，李月輝的沈穩持重，在某個方面反映了作者周立波思想上的慎重和嚴肅，也體現了作品立足生活、還原生活的基本特點。

此外，趙樹理的《三里灣》、柳青的《創業史》，以及馬烽的《四訪孫玉厚》、周立波的《蓋滿爹》、李準的《不能走那條路》等短篇小說，也達到了文學本質真實的一定高度。《三里灣》和《創業史》對農村青年的未來問題的揭示和思考具有超越時代的深刻意義，它們所分別塑造的范登高、郭振山形象，也真實地反映出了建國初期一些黨員幹部利用職權謀私和蛻化變質的生活真實；《不能走那條路》等作品也真實揭示了 50 年代初農民貧富分化，以及有著強大「平均」心理機制的農民在面對可能有的富裕時所產生的困惑。只要我們不是非歷史地把范登高、郭振山和 80 年代後的農村改革人物類比，不按照習慣思維將宋老定的選擇理解爲「路線鬥爭」的產物，就能夠在這些作品中看到相當程度的歷史和文學的真實。

三、

當然，距離高度的現實主義真實，50 年代合作化題材小說還存在著一定的不足。各種原因的制約，影響了它們的真實高度。最典型的是，50 年代農村生活複雜性在作家們的筆下總體上表現得還比較表層，尤其是對合作化運

動中存在的問題，對農民們個人生活領域內的事情，表現得都相當少。即使是農民們在面臨合作化運動時的矛盾和困惑，也只有爲數不多的幾部作品體現得比較深切具體，更多的作品存在著簡單化和程序化的缺陷。

除了時代政治對文學的嚴格要求和限定之外，導致這一情況的最主要原因是作家們創作理念的影響〔註7〕。50 年代合作化題材小說的作家們心中佔據絕對主導的文藝思想，是毛澤東的《在延安文藝座談會上的講話》，是以創作爲現實政治服務的原則，作家們對運動的「眞誠」和信任，在很大程度上是建立在一種政治感情基礎上的。像李準創作《不能走那條路》，就帶有較強的爲現實政策服務的特點〔註8〕，王汶石更明確表示：「無論從事什麼專業，都必須要求自己首先是一個堅強的政治戰士。」〔註9〕將「具有民族特點的無產階級革命英雄主義」〔註10〕作爲文學的最高追求。相比之下，趙樹理和周立波等人的情況要複雜一些。

值得注意的是，50 年代合作化題材小說不同作品之間在所達到的眞實高度上存在著較大的差別。其中的優秀作品表現了比較深入的眞實，也有一些作品存在有虛假和膚淺的缺陷，甚至還有完全背離眞實的浮誇式作品。這一差別的形成，有作家主觀和時代兩方面的原因。這裡，我們想比較一下《三里灣》、《山鄉巨變》和《創業史》這三部長篇小說的創作情況。在三位創作者中，周立波和趙樹理的創作理念比較生活化一些，趙樹理的創作一直以「問題」爲中心，將眞實建立在自己對農村生活深切的關注和瞭解上，在創作《三里灣》時，堅持「現實生活中有多少符合黨的政策的事，我就寫多少符合黨的政策的事」〔註11〕，周立波也堅持以生活爲主，認爲「文學的技巧必須服從於現實事實的邏輯的發展」〔註12〕，因此，他們的創作雖然也受現實政治觀念制約，但追求「規律」的意識相對比較淡薄，生活意識較強。也正因爲如此，他們兩人的作品在當時有些受人冷落。尤其是《山鄉巨變》，在問世不

〔註7〕 正如有論者注意到的，當下許多對 50 年代文學的批評實質上是 50 年代批評的還原，雖然觀點有點變化，但以政治爲出發點的批評方法卻基本一樣。參閱董之林《追憶激情歲月》的「緒論」部分。

〔註8〕 李準：《我怎樣寫〈不能走那條路〉》，《長江文藝》1954 年 2 月號。

〔註9〕 王汶石：《答〈文學知識〉編輯部問》，《文學知識》1959 年 11 期。

〔註10〕 王汶石：《〈風雪之夜〉後記》，人民文學出版社 1959 年版。

〔註11〕 趙樹理：《談談花鼓戲〈三里灣〉》，《湖南文學》1962 年第 1、2 期。

〔註12〕 周立波：《關於〈山鄉巨變〉答讀者問》，《人民文學》1958 年 7 月號。

久，就有人批評它反映的生活沒有表現出正面人物的「共產黨員的心靈的美」
〔註13〕，「看不見農村中轟轟烈烈的合作化場面，也不能完全看到廣大農民迫
切要求走合作化道路的熱情」，「沒有鮮明、準確地體現黨在農村中的階級路
線和政策」〔註14〕。現在來看，這些批評正反映了作品具有著從生活而不是
從觀念出發的創作特點。

相比之下，柳青追求的更主要是史詩化的真實理念。柳青曾這樣解說他
創作《創業史》的初衷：「這篇小說要向讀者回答的是：中國農村爲什麼會發
生社會主義革命和這次革命是怎樣進行的」〔註15〕。顯然，他所追求的是以
「歷史進步」和「歷史規律」爲真實的基本目標，是以「發展」而不是「現
實」的角度來描述生活，其創作意圖是以文學形式對農村發展道路的規律加
以描寫。柳青實質上陷入了對「文學真實」理解上的誤區，他將文學真實等
同於「歷史真實」去追求，結果嚴重地影響了《創業史》的真實性。所以，
雖然柳青擁有深厚的農村生活功底，對創作、對農民的感情都非常執著，爲
《創業史》的創作付出了非常多的心血，但若以現實主義的標準衡量，作品
並沒有達到真正的真實高度〔註16〕，早就引起批評的梁生寶形象是一個突出
的例證〔註17〕。

另外，不同作品的具體創作背景也影響著它們在真實表現上的限度。雖
然也有個別作家的創作超越了時代的圍限，但總體上，這些作品與現實生活
中農業合作化運動的開展進程，與中國農村政策變遷的不同階段有直接關
係。一般而言，創作時間越早的作品，受政治影響要小一些，描繪的現實、
表現的真實就更深切一些。如趙樹理的《三里灣》、周立波的《蓋滿爹》和《山
鄉巨變》、李準《不能走那條路》等作品，創作於合作化運動的前期，普遍具
有較高的真實性。而《山鄉巨變》續篇、《創業史》第二卷、《風雪之夜》等
作品，創作於合作化運動後期與「大躍進」期間，受時代浮誇政治的影響，

〔註13〕 蕭云：《對〈山鄉巨變〉的意見》，《讀書》1958年第13期。

〔註14〕 唐庶宜：《對〈山鄉巨變〉的意見》，載《人民文學》編輯部編《評〈山鄉巨
變〉》，作家出版社1959年版。

〔註15〕 柳青：《提出幾個問題來討論》，《延河》1963年第8期。

〔註16〕 正如我否定「規律」式的本質真實認定，我也不同意長期以來盛行的將《創
業史》作爲「十七年文學」農村題材小說最高成就的觀點。我認爲，《山鄉巨
變》具有比《創業史》更高的藝術性，也具有更高文學真實價值。

〔註17〕 參見嚴家炎：《關於梁生寶形象》，《文學評論》1963年第3期。

圖解政治的意味就強了不少，與眞實的距離也更遠一些。

　　20 世紀 50 年代正在遠離我們，與那樣一個充滿著悲劇的時代相比，我們現在所處的政治、經濟和文化環境都有了很大的不同。當我們看待這段歷史的時候，應該具備客觀的立場和歷史的眼光，在我們審視其間誕生的文學作品，在編撰和書寫這時期文學史的時候，更應該確立以文學爲中心的視角。這不意味著無原則的放縱，但一定要拒絕政治性的苛求。本文所論的「眞實」儘管只是評判文學價值的尺度之一，但它的方法卻具有更廣泛的意義。只有這樣，我們才不至於辜負這段歷史和那些已經逝去的作家，也不至於讓我們的文學研究始終徘徊在文學之外。